W0400236

ullstein

Das Buch

Als Klara Lüdtke an das Beifahrerfenster von Alvaros Taxi klopft, übersieht dieser die zierliche ältere Dame beinahe, die mit einer Menge Gepäck zum Hauptbahnhof gebracht werden möchte. Ein bisschen schüchtern wirkt sie, doch in einem Punkt ist sie fest entschlossen: Sie will weg aus Berlin. Und ihren geblümten Rollkoffer gibt sie nicht aus der Hand. Was Alvaro nicht weiß: Klara war 60 Jahre lang vernünftig, jetzt hat sie genug von Heim, Herd und Familie. Sie brennt mit ihrem Lottogewinn durch und sucht das Abenteuer. Wie Alvaro, der in der kalten grauen Großstadt schon lange unglücklich ist. Beide begeben sich auf eine verrückte Tour – erst nach Westen, weil Klara einmal auf den Champs-Élysées frühstücken möchte, dann nach Süden, in ein neues Leben …

Der Autor

Florian Herb, 1971 in Berlin geboren, lebt mit seiner Frau und den beiden Söhnen im Allgäu. Neben seiner schriftstellerischen Tätigkeit begeistert er sich für Musik, Fotografie, Film, Theater, den VFB Stuttgart und die Tücken des menschlichen Zusammenlebens.

Von Florian Herb sind in unserem Hause bereits erschienen:

Männerwirtschaft
Liselotte, Fräulein Nowak und der Grieche

Florian Herb

Der Tag, an dem Lotto-Klara in mein Taxi stieg

Roman

Ullstein

Besuchen Sie uns im Internet:
www.ullstein-taschenbuch.de

MIX
Papier aus verantwortungsvollen Quellen
FSC www.fsc.org
FSC® C083411

Originalausgabe im Ullstein Taschenbuch
1. Auflage Juli 2015

Umschlaggestaltung: ZERO Werbeagentur, München
Titelabbildung: FinePic®, München
Satz: Pinkuin Satz und Datentechnik, Berlin
Gesetzt aus der Goudy Old Style
Druck und Bindearbeiten: CPI books GmbH, Leck
Printed in Germany
ISBN 978-3-548-28696-9

Für meine Eltern
Barbara & Walter Penzenstadler
zur goldenen Hochzeit

1

Alvaro Contente de Ayllon wurde an dem Tag, an dem Klara Lüdtke in sein Taxi steigen sollte, um drei Uhr in der Früh jäh von einem kalten, haltlosen Gefühl aus dem Schlaf gerissen. Entsetzt öffnete er seine blauen Augen, richtete seinen Körper auf und griff kurzatmig an seine Brust. Sein Herz galoppierte wie verrückt. Panik stieg in Alvaro auf. Was war nur los? Er vergrub sein Gesicht in den feingliedrigen Händen, massierte seine Schläfen und versuchte sich zu beruhigen.

Unwillkürlich blitzten Bilder vor seinem inneren Auge auf. Szenen aus seiner Kindheit. Sein Vater, wie er ihn weckte, um ihn im Morgengrauen mit auf das Feld zu nehmen, bevor die Hitze des Mittags jegliche körperliche Arbeit unerträglich machte. Der Bachlauf hinter dem Haus, auf dem er Eichenrindenschiffe fahren ließ. Der erste Schnee des nahenden Winters, der sich über Nacht, einem sanften Zauber gleich, auf die Gipfel rund um den Mulhacén, den höchsten Berg der Sierra Nevada, gelegt hatte. Darunter mischten sich Düfte, die Alvaro jahrelang nicht mehr gerochen hatte. Der Geruch von taunasser Erde, sich öffnenden Mandelblüten, frischgebackenem Brot, geronnenem Wildschweinblut und dem Aftershave seines Vaters. Er meinte sogar den Duft seiner Mutter unter alldem erahnen zu können.

»Heimweh?!«, murmelte er perplex. »Und das mir!«

In der Dunkelheit seines Zimmers erinnerte sich Alvaro plötzlich an etwas, was ihm dabei helfen konnte, diesen Spuk zu beenden. Allerdings war er sich nicht sicher, ob er es überhaupt noch besaß. Es handelte sich um ein kleines, sorgsam zusammengenähtes Säckchen aus grobem Leinen, das mit einer langen weichen Lederschnur zugebunden war, mit der man es sich um den Hals hängen konnte. In ihm befand sich, was die Dorfältesten »La alma de nuestra tierra«, »die Seele unseres Landes« nannten.

Seit jeher wurde es mit der Erde der Felder, die Alvaros Heimatdorf umgaben, mit getrocknetem wilden Fenchel, Ginster, Honig-Salbei, Wacholder und etwas Eichenlaub gefüllt. Ein Abschiedsgeschenk, das seit 1492 jedem mitgegeben wurde, der das Dorf am Fuße der Sierra Nevada, unweit von Granada gelegen, verließ, um anderswo sein Glück zu suchen – als eine Art »Erste-Hilfe-Kit« bei akutem Heimweh.

Vor acht Jahren hatte es Alvaros Vater ihm umgehängt, als er an der Bushaltestelle seines Dorfes gestanden und ungeduldig auf den Bus gewartet hatte, der ihn zuerst nach Granada und dann weiter nach Salamanca, seinen zukünftigen Studienort, bringen sollte. Fort in ein spannenderes Leben, weg aus der Enge des Tals und seiner traditionsbewussten Bewohner.

»Ich werde es nicht brauchen«, hatte er damals überheblich zu seinem Vater gesagt.

»Oh doch, mein Sohn, glaube mir«, erwiderte dieser. »Es wird der Tag kommen, an dem du es an deine Nase führen wirst. Aber vergiss nicht, es vorher ein wenig zu befeuchten.«

Kaum hatte Alvaro jedoch im Bus Platz genommen und war hinter der ersten Kurve außer Sichtweite gelangt, befreite er seinen Hals von dem Bündel und stopfte es achtlos in die Seitentasche seines Rucksacks.

Und genau jene Achtlosigkeit, die an diesem frühen Morgen eine Ewigkeit zurücklag, brachte Alvaro jetzt fast um den Verstand. Seit einer halben Stunde durchstöberte er seine Umzugskisten, aus denen er bereits seit drei Jahren lebte. In seine Verzweiflung mischte sich Ärger darüber, dass sein Vater mit seiner Prophezeiung recht behalten hatte. Frustriert schnaubte er eine Locke seines kaum zu bändigenden schwarzen Haares aus der Stirn und trat gegen einen der Kartons. Er kippte um, und aus ihm rutschte, wie vom Schicksal bestellt, der speckige Rucksack auf das graubraune Linoleum des Fußbodens. Gleich darauf wusste er, wo er das Säckchen finden würde.

Als er es aus der Seitentasche befreit hatte, rieselten aus den Poren des Stoffes Teile der getrockneten Erde. Schützend legte er seine Hand unter das Leinen, ging zur Spüle und drehte vorsichtig den Hahn auf. Schwitzend beobachtete er, wie die Wassertropfen zuerst am Geflecht des Stoffes abperlten, dann jedoch endlich von ihm aufgenommen wurden, um darin zu versickern. Dabei knetete er das Säckchen behutsam, damit sich die Feuchtigkeit im Inneren verteilen konnte.

Es erschien Alvaro wie ein Frevel, in der Enge seiner Wohnung, umgeben von der verbrauchten Luft der Nacht, daran zu riechen. Er musste ins Freie. Nicht hinunter auf die vierspurige Straße, sondern an einen intimeren Ort. Nur mit der Unterhose bekleidet, verließ er eilig sein Zimmer, huschte über den Gang, stieg die zwei Stockwerke zur Dachterrasse hinauf und öffnete die schwere Eisentür. Frühsommerliche Morgenluft schlug ihm entgegen.

Im Osten zeichnete sich ein schmaler Streifen tiefen Blaus ab. Der Rest lag noch im schwarzen Schlaf. Vereinzelt drangen Motorengeräusche zu ihm hoch.

Alvaro trat bis zur Dachkante vor, schloss die Augen, entleerte seine Lungen, führte das Säckchen an die Nase und inhalierte tief. Er hoffte, dass der Duft das Etwas, das in ihm tobte, im Zaum halten oder sogar zurückdrängen könnte. Aber es wollte einfach nicht nach Heimat riechen. Auch nicht, als er sich das Leinen zum vierten Mal an die Nase führte. Ganz im Gegenteil. Es war eine Mischung aus modriger Feuchtigkeit, Verwelktem und Abgestandenem. Wie hätte es auch anders sein können. Wenn man die Dinge nicht pflegte … Genauso wie mein eigenes Leben, dachte Alvaro enttäuscht. Und schlagartig wurde ihm bewusst, dass es nichts und niemanden gab, in das oder in den er seine Hoffnung setzen konnte. Gleichzeitig beschlich ihn das Gefühl, selbst daran schuld zu sein. Hilfesuchend schaute er zu den verblassenden Sternen auf.

»Es muss mich doch jemand retten können!«, schrie er sie an.

»Ach du meine Güte, Alvaro, du feuriger Spanier! Das hier ist Berlin und noch dazu Kreuzberg! Da kannst du schreien, so viel du willst.«

Vor Schreck glitt Alvaro das Säckchen aus den Händen. Hilflos schaute er ihm nach, wie es die vier Stockwerke an der mintgrünen Fassade des Wohnhauses hinuntersegelte. Kaum war es auf dem Bürgersteig vor Gorans Spätkauf gelandet, wurde es von dem Fahrtwind eines Müllwagens hochgewirbelt, auf die Straße getragen und von einem Taxi überfahren. Im Rot der Bremslichter erkannte Alvaro gerade noch, wie sich der kostbare Inhalt unwiederbringlich über die Straße verteilte. Fassungslos drehte er sich um.

Keine vier Meter von ihm entfernt saß Kerstin im Schneidersitz auf einer abgewetzten Yogamatte. Sie trug einen violetten Trainingsanzug und grinste ihn an.

»Ein schöner Slip, den du da anhast!« Sie zwinkerte ihm zu, nahm einen großen Schluck aus der Bierdose, die neben ihr stand, und bewegte ihren massigen Körper ein wenig zur Seite.

»Nun komm schon, mein iberischer Hengst, setz dich zu mir und klag mir mit deinem unwiderstehlichen Akzent dein Leid!«

Unwillkürlich ließ Alvaro die Schultern hängen, tapste barfuß in seiner Homer-Simpson-Unterhose über die raue Dachpappe und setzte sich zu ihr auf den Rand der Matte. Er legte erschöpft den Kopf in Kerstins Schoß und schloss die Augen. Hätte ihn sein Vater so sehen können, hätte er verächtlich aufgeschnauft und den Kopf geschüttelt. Dazu hätte er ein leises »Als ob ich es nicht geahnt hätte« gemurmelt.

Kerstin hieß früher einmal Karsten. Sie steckte in einem schwammigen, hellblond behaarten, zwei Meter großen Körper, besaß einen üppigen Bierbauch sowie ein Paar voluminöse Männerbrüste, trug einen buschigen Vollbart, hatte intelligente grüne Augen und war die selbsternannte Integrationsbeauftragte der Wiener Straße, Abschnitt Görlitzer Park.

Vor ihrer Metamorphose war Kerstin von ihren Erzeugern in die ihr vorgedachten Bahnen gezwängt worden. Als ihre Eltern eines Tages auf Mallorca einer Rennradgruppe ausweichen mussten und samt Leihwagen in eine Schlucht stürzten – Shiva hatte ihren Fehler erkannt und korrigiert, da war Kerstin sich sicher –, hinterließen sie ihr das Wohn- und Geschäftshaus, in dem Alvaro wohnte. Kurz nach der Testamentseröffnung wurde Karsten zu Kerstin, zog sich Frauenklamotten an, ließ sich die Haare und, warum auch immer, einen Bart wachsen, entmietete die Homophoben, Nationalisten und Schubladendenker aus ihrer Immobilie und füllte den Leerstand mit Menschen, von denen mehr zu erwarten war: dem internationalen Strandgut, das das wirtschaftliche und politische Erdgeschehen kontinuierlich in die Stadt schwemmte. Kerstin nahm sich ihrer an und erwartete als Gegenleistung nur drei Dinge: Toleranz, Fleiß und pünktliche Bezahlung der Miete in bar. Und wenn man ihr diese drei Dinge entgegenbrachte, sorgte sie wie eine Löwenmutter für einen. Sie mutierte zum Schrecken der Kreuzberger Amtsstuben, wurde zur Arbeitsvermittlerin, Streitschlichterin, zum Pfandhaus und, wie an diesem frühen Morgen, zum Kummerkasten in Personalunion.

Als die Sonne den Horizont ein letztes Mal küsste, bevor sie sich über ihn erhob, streichelte Kerstin immer noch ruhig über Alvaros Locken.

»Was ist los, Alvaro? Nagt das Heimweh an deinem Herzen?«, tastete sie sich vor.

»Wenn es nur das wäre! Ich glaube, ich habe mein gesamtes Leben an die Wand gefahren!«

»Herrlich, du faselst daher wie ein verwelkter Mann am Tresen seiner Stammkneipe. Und das mit knackigen sechsundzwanzig! Aber man ist so alt, wie man sich fühlt. Ach Alvaro, alles verpufft, was? Keine Spur mehr von diesem hinreißenden Mir-gehört-die-Welt-Lächeln, dem lässig-überheblichen Gang. Kein Machismo, keine fremdländische Exotik, die dir mehr anhaftet. Nur noch diese erschöpfte, ausgeblichene, rissige Fassade, die sich nach etwas sehnt, mit dem sie sich wieder frisch machen kann. Glaub mir, ich habe es bereits seit einem Jahr, leise trippelnd, kommen sehen. Aber um ehrlich zu sein, ich habe mich auf diesen Tag gefreut, und so gefällst du mir wesentlich besser als vorher.«

»Wie meinst du das jetzt?«

»So, wie ich es sage! Und wenn du es nicht verstehst, so mach dir endlich einmal die Mühe und finde es selbst heraus, du hedonistisches Etwas.«

Kerstin richtete sich auf. Sie kniff Alvaro mit ihren manikürten Fingern versöhnlich in die Wange.

»Du solltest es mal mit deinem wahren Ich versuchen. Es ist weitaus bequemer, wenn du deine Energie nicht mehr darauf verwenden musst, ein anderes Ich aufrechtzuerhalten. Glaube mir. Ich spreche da aus eigener Erfahrung.«

»Und wo, bitte schön, soll ich dieses Ich finden?«

»Na wo schon? Zu Hause in deinem andalusischen Kaff natürlich. Dort, wo alles seinen Anfang nahm.«

Alvaro musste unwillkürlich schlucken. »Da kann ich nicht hin!«

Kerstin gestikulierte wild, dass die Armreifen nur so aneinanderklackten, und rappelte sich mühsam von ihrer Yogamatte auf.

»Ihr armen, stolzen Männer! Für eine ehrenhafte Heimkehr kommen für euch nur zwei Wege in Frage: entweder lebend als gemachter Mann oder tot in einer Holzkiste. Und das, mein Lieber, ist die eigentliche Schande, die euch anhaftet und vor der ihr eine solch panische Angst habt.«

Schnaufend breitete Kerstin ihre Arme aus, richtete ihr Gesicht zur Sonne, reckte den Kopf in den Nacken und kniff die Augen zusammen.

»Musst du nicht zur Arbeit, Alvaro? Oder willst du mir lieber bei meinem Morgengruß zuschauen?«

Alvaro stand auf und trottete in Richtung Eisentür. Bevor er sie öffnete, drehte er sich noch einmal um. Schmunzelnd beobachtete er im Gegenlicht diesen durchgeknallten Menschen, wie er grotesk gekleidet in ungelenken Bewegungen den Morgen begrüßte. Er fragte sich, ob er derartig willkommen geheißen werden wollte, wenn er der Morgen wäre.

»Alvaro!« Drohend hob Kerstin ihre dunkle Stimme. »Mein drittes Auge sieht und hört alles. Dass du dich jetzt besser fühlst, heißt nicht, dass du dich über mich lustig machen könntest! Und nun geh meine Miete verdienen!«

Sie hatte recht. Erleichtert stellte Alvaro fest, dass nur noch ein Nachhall des beklemmenden Gefühls in ihm zu spüren war. Zumindest für diesen Augenblick.

2

Nicht nur Goran, der Betreiber des Spätkaufs im Erdgeschoss des Wohnhauses, sondern auch Miguel Teixeira, der mit seiner Frau das danebenliegende portugiesische Frühstückscafé »Der frühe Vogel« unterhielt, wunderte sich an diesem Morgen über die Stille, die im zweiten Stock herrschte. Normalerweise ertönte bereits um diese Uhrzeit aus Alvaros Apartment der dumpfe Bass eines seiner Lieblingslieder, der den einen vom Schlafen abhielt und den anderen verlässlich wie ein Wecker daran erinnerte, dass es höchste Zeit war, seiner Frau unten im Laden behilflich zu sein.

Während Goran besorgt das Ohr an die Wand legte, die ihn von seinem Nachbarn trennte, tat Miguel das Gleiche an Alvaros Wohnungstür. Es ist Montag, er muss doch zur Arbeit, dachten sie im selben Moment. Unsicher, was zu tun sei, entschieden sich beide nach kurzer Überlegung dazu, mit ihrer Tätigkeit fortzufahren. Der eine drehte sich um und schloss die Augen, der andere eilte die Treppen hinunter.

Wären die Wände aus Glas gewesen, hätten sie Alvaro an seinem kleinen Tisch sitzen sehen können, wie er, frisch geduscht, befreit vom Schweiß, jedoch auch von allem Esprit, zweifelnd seine Hände betrachtete. Er seufzte, raffte sich wie ein Roboter auf, zog die Lederjacke über das weiße T-Shirt und trat an die Wohnungstür. Unentwegt grübelte er darüber nach, was er in Berlin eigentlich sollte, was er erwartet hatte, in dieser Stadt vorzufinden. Die Frage war einfach so, aus dem Nichts, beim Zähneputzen in seinem Kopf aufgetaucht und machte keine Anstalten zu verschwinden, bevor sie nicht beantwortet war. Alvaro war es nicht gewohnt, sich mit solchen Dingen auseinanderzusetzen. Da half ihm auch nicht der Gedanke, dass er in Berlin sicherlich nicht der einzige Mensch war, der sich in diesem Moment mit diesem Thema herumquälte. Eine ganze Heerschar saß bestimmt bereits an den abgewetzten Holztischen ihrer Küchen oder an denen ihrer Kulturvereine und sinnierte darüber.

Alvaro verließ die Wohnung, stieg das Treppenhaus hinunter, ging an den Mülltonnen vorbei und betrat wie gewöhnlich den »Frühen Vogel« durch den Hintereingang. Auf dem Weg zu seinem Stammplatz lobte er weder den Geruch des Gebäcks, wie er es ansonsten immer tat, noch warf er Miguels Frau Beatriz einen Luftkuss zu, und er rief auch nicht sein gewohntes »Guten Morgen« in den Raum. Stattdessen setzte er sich wortlos an den Tisch, nahm eine Boulevardzeitung, murmelte Miguel ein »Wie immer!« zu und vertiefte sich in das Papier.

Miguel runzelte die Stirn, machte sich ans Werk und servierte kurz darauf den Milchkaffee und das karamellisierte Blätterteigtörtchen.

»Sag mal, Alvaro, hast du dich dazu entschlossen, Berliner zu werden, oder hat Kerstin eines ihrer berühmtberüchtigten ernsthaften Gespräche über das wahre Ich mit dir geführt?«

Alvaro trieb es die Schamesröte ins Gesicht. Schon wieder so ein nackter Moment. Er versuchte, Miguels Lächeln zu erwidern, bekam jedoch nur ein angestrengtes Grinsen zustande.

»Soll ich dir die Sachen lieber einpacken?«

Dankbar nahm er Miguels Angebot an. Zwei Minuten später trat er mit einer kleinen Papiertüte in der linken und einem Pappbecher in der rechten Hand auf den sonnenüberfluteten Bürgersteig. Geblendet schaute Alvaro zu Boden und entdeckte überrascht im Rinnstein das Lederband, das vormals das Leinensäckchen zusammengehalten hatte. Achtlos stellte er sein Frühstück auf dem Bürgersteig ab und griff danach. Er befreite es vom Schmutz, wickelte es um sein linkes Handgelenk, verknotete es zwei Mal und zog prüfend daran. Dabei zerzauste ihm ein für diese Uhrzeit ungewöhnlich warmer Wind das Haar. Alvaro löste seinen Blick vom Lederband, hob den Kopf und starrte in den azurblauen Himmel. Er war sich sicher, dass es früher oder später zu einem ordentlichen Gewitter kommen würde. Das ist gut fürs Geschäft, dachte er, denn es gab für einen Taxifahrer nichts Schlimmeres als den ersten richtig warmen Frühsommertag des Jahres. Beflügelt entschied sich die potentielle Kundschaft dann eher dazu, sich das Sakko über die Schulter zu hängen und den Weg zu Fuß anzugehen, alternativ das Fahrrad aus dem Keller zu holen oder spontanerweise einfach an Ort und Stelle zu verweilen, anstatt einen Wagen zu rufen.

Die Aussicht auf einen arbeitsreichen Tag nahm Alvaro außerdem die Angst vor dem endlosen Warten auf Fahrgäste, das ihm Raum zum Nachdenken gegeben hätte.

Das Mobiltelefon vibrierte in seiner Tasche. Eine Kurznachricht leuchtete ihm entgegen: »Bemüh dich nur und sei hübsch froh, der Ärger kommt schon sowieso! Wie immer nicht von mir, diesmal von Wilhelm Busch. Schichtbeginn in fünfzehn Minuten! Cemal.«

Oh Cemal!, dachte Alvaro. Ich hab dir schon tausend Mal gesagt, dass du mich aus deinem Verteiler herausnehmen sollst!

Dennoch musste er grinsen. Er steckte das Telefon zurück und machte sich auf den Weg.

Cemal Bozoglu war Alvaros Chef und starker Raucher. Sein tägliches an die Mitarbeiter übermitteltes Lebenszitat entnahm er aus den bedruckten Innendeckeln seines Zigarettenpapiers. Er führte bereits in dritter Generation das familieneigene Taxiunternehmen und bezeichnete sich zu Recht als Berliner Urgestein, obwohl er seinen geerbten türkischen Geschäftssinn nicht verleugnen konnte. Denn wo sonst auf der Welt, wenn nicht in Berlin, konnte man als Taxiunternehmer mit einer auf orientalische Gastfreundschaft getrimmten Belegschaft der Konkurrenz ein Schnippchen schlagen? Um den von ihm geforderten Standard zu etablieren und halten zu können, hatte er eigens ein Handbuch mit dem Titel »Der Taxiknigge« verfasst. Dieses Werk mussten seine Fahrer aus dem Effeff kennen, außerdem neben Deutsch zumindest eine Fremdsprache beherrschen und ein gepflegtes Äußeres aufweisen. Aus Gründen des Berufsethos gab es kein einziges Navigationsgerät in Cemals Wagenflotte. Darüber hinaus war er stolz darauf, noch nie in seinem Leben die Stadt verlassen zu haben. Abgesehen von diesen Prinzipien war er ein recht umgänglicher Mensch.

Und wie konnte es anders sein, als dass Kerstin Alvaro den Job vor einem Jahr verschafft hatte? Nicht aus Nächstenliebe, sondern zur Befriedung der Spannungen, die offen in ihrem Haus ausgetragen wurden. Denn zuvor hatte sich Alvaro als Tresenkraft in unterschiedlichen Bars der Stadt verdingt. Für ihn ein Traumjob, für die Hausgemeinschaft eine Herausforderung. Regelmäßig lud er die verbliebenen Gäste und den Rest der Belegschaft nach Dienstschluss zu sich ein, um dort in der Begrenztheit seines Ein-Raum-Apartments weiterzufeiern. Nicht selten gabelte er auf dem Heimweg noch ein paar Touristen auf, die auf der Suche nach ein wenig frühmorgendlicher Zerstreuung durch die verwaisten Straßen irrten.

So hatte es damals nicht weitergehen können, und so ging es auch nicht weiter. Kerstin hatte Alvaro die Pistole auf die Brust gesetzt. Er willigte ein. Für die Zeit, die er für den Taxischein benötigte, erließ ihm seine Vermieterin den Mietzins. Als Gegenleistung erwartete sie eine fehlerfreie Prüfung, denn sie stand bei Cemal in der Pflicht.

»Bitte, Cemal, was ist das?«, fragte Alvaro verwundert, als er durch die kleine Zufahrt den Innenhof der Taxizentrale betrat. Er traute seinen Augen nicht. Anstatt an einem beigefarbenen Wagen lehnte sein Chef mit einem Grinsen, das vom einen zum anderen Ende seines runden Gesichtes reichte, an einer Sportwagenkarosse, wie Alvaro sie aus amerikanischen Gangsterfilmen der siebziger Jahre kannte.

»Ditte da, mein lieber Alvaro, dit is dein neuer Arbeitsplatz. Ein ’69er Chevrolet Camaro. Der steht keinem von uns so jut wie dir!«

»Arbeitsplatz?!«

Cemal schob sich seine Sonnenbrille auf die Glatze, zündete die zwölfte Zigarette des Tages an und klatschte sich vor Freude mit den Wurstfingern auf den kugelrunden Bauch, der sich unter seinem fliederfarbenen Hemd wölbte.

»Jenau! Unser neuet Flaggschiff. Die Antwort auf diese lästigen, wie Pilze aus der Erde sprießenden Fahrgastvermittlungsportale, die wir hiermit in die Knie zwingen werden. Det sag ick dir. Und wer, frag ick dir, hat in dieser Stadt schon ’nen Wagen zu bieten, der einen vierhundertfünfundzwanzig PS starken V8-Big-Block-Motor unter der Haube hat? Hä? Eben! Und wirst sehn, wie det Ding beim Beschleunigen röhrt. Wie’n Hirsch in der Brunftzeit! Und hier, kiek dir erst mal diese Orange-metallic-Lackierung an, wie die in der Sonne funkeln tut. Abjefahren, wa? Da sieht man dich schon aus ’nem Kilometer Entfernung! Und erst mal diese zwei rassigen schwarzen Vinylstreifen. Siehste?! Jetz kiek doch mal, Alvaro. Wie bei Rennwagen, von der Motorhaube übers Dach bis zum Kofferraum. Und, was sagste?!«

Alvaro schob sich skeptisch an seinem Chef vorbei, öffnete die Fahrertür und betrachtete den Innenraum. Die Sitze waren mit grauem Nubukleder bezogen, rechts neben dem polierten Holzlenkrad ragte der Hebel einer Automatikschaltung wie der verchromte Lauf eines Repetiergewehrs heraus. Auf der Mittelkonsole prangte der Taxameter wie ein Fremdkörper und am Rückspiegel hing ein Duftbäumchen in Form einer unbekleideten

Frau. Anstelle des alten Radios war eine moderne CD-Anlage eingebaut worden, die Alvaro in einem klinischen Blau entgegenfunkelte. Der Wagenhimmel war mit einem schwarzen Plüschstoff überzogen, von dem vor der Windschutzscheibe kleine Bommel herunterhingen.

»Und wie viel verbraucht der auf hundert Kilometer?«, fragte Alvaro. »Ich meine natürlich im Stadtverkehr.«

»Det glob ick jetzt nicht! Weißte eigentlich, dass es alleine in diesem Viertel über zehntausend Menschen jibt, die sich ihre linke Hand dafür abhacken lassen würden, nur um einmal mit diesem Jeschoss um den Block fahren zu dürfen? Und wat machst du? Du belästigst mir mit Kraftstoffdurchschnittsverbrauchskennzahlen im Stadtverkehr.«

Alvaro löste sich vom Wagen und blickte auf das kleine Taxischild, das provisorisch auf dem Dach befestigt war.

»Sie werden mich für einen Zuhälter anstatt für einen Taxifahrer halten, Cemal.«

»Wir zählen die Leichen nach dem Krieg.«

Mit großer Geste überreichte er Alvaro den Autoschlüssel, der an einem Nazar-Amulett hing, das den Träger gegen den Bösen Blick schützen sollte. Alvaro nahm ihn eher beiläufig entgegen, stieg ein, schloss die Tür und startete das Ungetüm. Cemal hatte nicht zu viel versprochen. Die Häuserwände des Innenhofes vervielfachten das blubbernde Geräusch. Neugierige Gesichter erschienen an den Fenstern.

Hätte Alvaro vierundzwanzig Stunden zuvor in dem kühlen Leder des Fahrersitzes gesessen, so hätte er, ebenso dauergrinsend wie sein Chef, das Fenster heruntergekurbelt, lässig seinen Ellbogen auf die Chromleiste gelegt, den Motor hochgetrieben und wäre, zum Entsetzen Cemals, mit quietschenden Reifen vom Hof gerast. Aber heute sehnte er sich nach Unauffälligkeit. Im Rückspiegel sah er die Kollegen, die ihn aus neidischen Augen betrachteten, am Rolltor der Wagenhalle lehnen. Am liebsten hätte er mit einem von ihnen getauscht.

Plötzlich erschien Cemal am Fenster.

»Wat ist los mit dir, Alvaro?! Ick dachte, er würde dir Freude bereiten.« Er erhob warnend den Zeigefinger. »Und denk an Rejel Nummer 12 det Taxi-Knigges. Sobald du hinter einem meiner Steuer sitzt, möchte ick dir lächeln sehen, kapiert? Und wehe, du bringst ihn mir mit 'nem Kratzer und leerer Jeldbörse nach Hause! Und jetze mach dir vom Acker. Wir sehn uns dann um sechse.«

Alvaro beschleunigte vorsichtig und ließ den Wagen aus der Einfahrt rollen. Er blinkte, fädelte sich in den morgendlichen Berufsverkehr ein und wurde sofort von drei spätpubertierenden Schülern herangewunken. Kaum hatte er den Wagen zum Stehen gebracht, klappten die Rotzlöffel den Beifahrersitz vor, schmissen ihre Rücksäcke auf die Hinterbank und quetschten sich in den Fond des Wagens. Der dickste von ihnen beugte sich zu Alvaro vor und ließ eine Kaugummiblase platzen.

»In die Felix-Vogelsang-Oberschule, aber mit Burnout! Haste och Sound?«

Alvaro tat der Kundschaft eher unfreiwillig den Gefallen. Er schaltete die Anlage an, und aus unsichtbaren Boxen ertönte plötzlich ein ohrenbetäubendes Wummern. Vor Schreck trat er auf das Gaspedal. Die Reifen drehten durch, stinkender Nebel umhüllte den Wagen, aus dessen Wolke kurz darauf, orange funkelnd, der Camaro schoss. Das Johlen der drei Schüler, die durch die

Beschleunigung nach hinten gepresst wurden, war sogar noch lauter als das Quietschen der Reifen.

Selbst Cemal vernahm noch das Getöse, das vor seiner Einfahrt herrschte. Kurz darauf wehte ihm der warme Wind den Geruch verbrannten Gummis zu. Zufrieden lehnte er sich auf seinem Bürostuhl zurück und schmunzelte. Na also, jeht doch, dachte er.

Erst als Alvaro driftend auf die Ravinoff-Straße einbog, bekam er den schlingernden Wagen unter Kontrolle. Keine zweihundert Meter weiter musste er mit beiden Füßen auf die Bremse treten. Mit klopfendem Herzen schaltete er zunächst die Anlage, dann den Taxameter und zuletzt den Motor aus. Ihm wurde ein zerknüllter Fünf-Euro-Schein vorgeschmissen.

In Windeseile gruppierte sich eine große Traube staunender Schüler um den Wagen. Hie und da entstanden Schubsereien, wer als Nächstes mitfahren dürfte, jedoch machte die Polizei dem zankenden Mob einen Strich durch die Rechnung. Es dauerte eine geschlagene halbe Stunde, bis die Beamten alles am Wagen auf seine Rechtmäßigkeit hin überprüft hatten. Dann nahmen sie ihre Dienstmützen ab und ließen sich von Alvaro einmal um den Block chauffieren.

Und so folgte Tour um Tour, keine für mehr als zehn Euro. Am frühen Vormittag, nach einer erneuten polizeilichen Überprüfung, musste Alvaro bereits den Tank wieder füllen. Seine Einnahmen reichten gerade aus, um den Kraftstoff zu bezahlen. Entnervt setzte er sich hinter das Lenkrad, schaltete die Fahrbereitschaft aus, fuhr in westlicher Richtung die Skalitzer Straße entlang, die ihn auf die Gitschiner Straße und schließlich zum Halleschen Ufer führte. Erst als er am Mendelssohn-Bartholdy-Park Kreuzberg hinter sich gelassen hatte, schaltete er die Bereitschaft wieder ein. Zwei rote Ampeln weiter bot ihm ein betrunkener skandinavischer Tourist hartnäckig einhundert Euro an, wenn er sich selbst hinter das Steuer setzen dürfte. Da war es Alvaro nur recht, dass neben ihm erneut ein Streifenwagen mit angeschaltetem Blaulicht zum Stehen kam. Nach einer kurzen Rangelei bekam der Skandinavier letztendlich doch noch seine Mitfahrgelegenheit.

Der Wagen ist ein Fluch, er zieht die Irren an wie Mist die Fliegen, dachte Alvaro, als er wieder an seinem Arbeitsplatz saß. Hatte er am Morgen noch auf einen betriebsamen Arbeitstag gehofft, der ihn vor Grübeleien bewahren sollte, so entschied sich Alvaro nun, stur auf der linken Fahrbahn zu bleiben, geradeaus zu schauen und sich vom Verkehr treiben zu lassen.

Eine Viertelstunde später folgte er einem schwarz funkelnden Geländewagen, der vor ihm vom Kurfürstendamm in die Brandenburgische Straße abbog. Fast wäre Alvaro in ihn hineingefahren, als dieser abrupt anhielt. Vier Autos vor ihnen stand, in zweiter Reihe, ein Paketdienstlieferwagen, dessen Fahrer seelenruhig an der geöffneten Hecktür lehnte und in sein Headset hineinquatschte. Ein bitonales Hupkonzert setzte ein. Der beschlipste Fahrer des SUV ließ den Motor aufheulen, rangierte wild gestikulierend, brach nach links aus und rauschte seinem Vordermann in den rechten hinteren Kotflügel, da dieser gerade das Gleiche vorhatte.

Nein, es ist nicht der Wagen, es ist die Stadt, die die Irren anzieht, schimpfte Alvaro, umklammerte das Lenkrad und schloss die Lider. Er hoffte darauf, dass sich die heimatlichen Bilder und Gerüche der vergangenen

Nacht wieder einstellen würden, auch auf die Gefahr hin, dass sie erneut dieses Gefühl mit im Gepäck hätten. Stattdessen zuckten Blitze durch die Schwärze seines inneren Auges und die schwüle Luft trug den Geruch von Klostein, vermengt mit Abgasen, in das Wageninnere.

»Kerstin hat recht, ich muss hier raus«, murmelte er mantraartig vor sich hin.

3

Beinahe wäre Alvaro in eine kleine frühnachmittägliche Trance gefallen, wäre da nicht ein zaghaftes Klopfen an der Beifahrerscheibe gewesen, das ihn zurück in die Realität holte. Aus Angst, den nächsten Spinner vierhundert Meter weit fahren zu müssen, drehte er den Kopf leicht zur Seite und begutachtete erst einmal aus dem Augenwinkel heraus seinen potentiellen Fahrgast.

Die Frau war sicherlich nicht größer als einen Meter sechzig, denn er konnte am oberen Fensterrand noch ihren mintgrünen Hut entdecken, den ein gestickter Zweig mit roten Blüten zierte. Darunter schauten ihre glatten grauen Haare hervor, die ihr bis zu den stark geschminkten Wangen reichten. Ihre Lippen leuchteten signalrot. Die grünen Augen hinter der runden Brille wirkten unsicher und schienen nicht zu wissen, wo sie hinschauen sollten. Um den Hals trug die Frau ein rosafarbenes Seidentuch, das keck an der Seite zusammengeknotet war und dessen Enden über dem mintgrünen Blazer flatterten.

An irgendjemanden erinnerte Alvaro diese Frau vage. Er glaubte zu wissen, dass es mit dem englischen Königshaus zu tun hatte, mit dem ihm eine seiner Exfreundinnen immer auf die Nerven gegangen war. Aber im Gegensatz zu den Abbildungen in den Illustrierten sah diese Dame weitaus nahbarer aus.

Da dies allem Anschein nach der erste Fahrgast des Tages war, der keinen Sprung in der Schüssel hatte, beugte sich Alvaro zur Beifahrertür hinüber und wagte es, das Fenster einen Spaltbreit herunterzukurbeln.

»Entschuldigen Sie die Störung, aber sind Sie ein Taxi?«, fragte die Frau mit leiser Stimme.

Alvaro nickte.

»Das trifft sich gut. Obwohl ich immer dachte, sie müssten in Beige gehalten sein. Aber dann habe ich Ihr Schild auf dem Dach gesehen. Wären Sie so freundlich und würden mir mit meinem Gepäck helfen? Ich müsste zum Bahnhof.«

Alvaro atmete erleichtert aus. Alles normal. Hilfsbereit verließ er den Fahrersitz, lief um den Wagen herum und stand unvermittelt vor drei unterschiedlich großen, brandneuen, mit Eisenecken beschlagenen Reisekoffern. Aufgereiht wie Matroschka-Holzpuppen standen sie neben den ebenso mintgrünen Pumps der Frau. Links von ihr befand sich ein mit einem grotesken floralen Muster bedruckter Trolley, dessen Griff die Dame mit ihrer schmächtigen Hand umklammert hielt. Dann erblickte Alvaro den steinernen Zuckertopf, der mit einem vergilbten Korkdeckel verschlossen war und den die Dame anstelle einer Handtasche schützend an die Brust drückte.

Doch nicht alles normal, ging es Alvaro durch den Kopf. Er zuckte resigniert mit den Schultern, bemühte sich, sein Lächeln aufrechtzuerhalten, und schloss den Kofferraum auf. Aber anstatt dort eine geräumige Leere vorzufinden, blinkten ihn unzählige LED-Dioden an, die einen voluminösen Bassverstärker umrahmten.

Alvaro trat einen Schritt zurück, kratzte sich hinter dem Ohr und schaute verschämt zu seiner Kundin hinüber.

»Habe ich vielleicht zu viel Reisegepäck dabei? Ich wusste nicht genau, was ich alles benötigen werde. Ich war nämlich noch nie im Ausland«, sagte sie.

»Nein, nein. Es ist nur … Aber sehen Sie selbst.« Alvaro nahm sich fest vor, am Abend ein ernsthaftes Gespräch mit Cemal zu führen, oder besser noch mit dessen Frau.

Mit kleinen Schritten und ohne dabei den Trolley oder den Zuckertopf abzustellen, trat seine Kundin an ihn heran und schaute neugierig in das in allen Regenbogenfarben schimmernde Innere.

»Darf ich fragen, was das ist? Ich habe so etwas noch nie gesehen. Es sieht so … so modern aus.«

»Das ist ein Subwoofer mit integrierter Endstufe.«

»Und wofür ist so ein Subwoofer mit integriertem Dings gut?«

Alvaro überlegte kurz, wie er ihr es am besten erklären sollte.

»Er macht die Musik im Wageninneren irgendwie runder. Er verleiht ihr mehr Kraft.«

»Wie schön!«

Ein in sich gekehrtes Lächeln überzog das faltige Gesicht der Frau. Dann wurde sie schlagartig ernst und schaute stirnrunzelnd auf ihre kleine Armbanduhr.

»Aber was machen wir nun mit meinen Koffern? Vielleicht fahren Sie mit diesen voraus und geben sie bei der Gepäckaufbewahrung ab, während ich hier auf Sie warte. Oder sollten wir es andersherum machen? Aber nein, so geht das nicht, dann würden sie hier ja ganz alleine herumstehen. Also doch zuerst die Koffer, oder was meinen Sie?«

Unter die zarte Stimme der Frau hatte sich eine gewisse Dringlichkeit gelegt, die Alvaro nicht als fordernd, sondern als notwendig interpretierte. Sie musste allem Anschein nach los, ihren Zug erreichen, wohin auch immer, und zwar sofort. An seiner von Cemal indoktrinierten Berufsehre gepackt, schaute sich Alvaro hilfesuchend um. Das sperrige Gepäck musste irgendwie aufs Dach. Vielleicht sollte er die Spanngurte von der Ladefläche des nach wie vor die Straße blockierenden Lieferwagens klauen.

»Was meinen Sie, könnten wir es eventuell hiermit probieren?«

Alvaro drehte sich zu seiner Kundin um, die mit ihrem Kinn auf die Innenseite des Kofferraumdeckels deutete. Dort befanden sich, diagonal an drei Halterungen befestigt, längliche Gegenstände, die mit einer robusten Plastikplane umwickelt waren. »Dachgepäckträger!!!!«, hatte Cemal in seiner kindlich ausladenden Handschrift darauf notiert. Wie konnte ich nur an ihm zweifeln?!, dachte Alvaro.

Er wickelte das Paket aus und setzte die ausziehbaren Aluminiumstreben nach deren Nummerierung zusammen. Während er die Konstruktion auf dem Dach befestigte, schob sich träge eine dunkle Wand, die bereits den halben Horizont eingenommen hatte, vor die Sonne. Prüfend hob Alvaro seinen Blick, stieg vom Chromtritt der Beifahrertür herab und begann, eilig die Koffer auf das Dach zu wuchten.

Als Alvaro den letzten der drei vom Bürgersteig hob, zerplatzten dumpf erste schwere Regentropfen auf dem Asphalt. Schnell setzte er das Gepäckstück wieder ab, klappte den Beifahrersitz vor und wollte seiner Kundin den Trolley abnehmen, damit sie es beim Einstieg leichter haben würde.

»Bitte lassen Sie nur, den nehme ich lieber selbst mit in den Wagen.«

Dabei errötete sie so stark, dass man es sogar unter der dick aufgetragenen Schicht ihres Make-ups sehen konnte. Umständlich, als ob sie so ein Kostüm zum ersten Mal in ihrem Leben trug, stieg sie, den kleinen Koffer hinter sich her zerrend, in den Fond des Wagens. Als sie sich so weit arrangiert hatte, richtete sie ihr verrutschtes Hütchen wieder gerade, stellte den Trolley neben sich auf die Rückbank, nahm Alvaro dankbar den Zuckertopf ab und schaute durch die Windschutzscheibe in den Regen hinaus. Und plötzlich wusste Alvaro, an wen ihn diese seltsam anmutende Frau erinnerte. Sie sah aus wie die Queen höchstpersönlich, die teilnahmslos wirkend hinten rechts in seinem Wagen saß und auf die Abfahrt wartete.

Alvaro setzte den letzten Koffer auf die kleine Pyramide, drapierte sorgsam die Plane darüber und sicherte alles mit den von Cemal beigefügten Spanngurten. Hinter dem Steuer nahm er Haltung an, startete den Wagen, fuhr sanft an und schlängelte sich an den Unfallbeteiligten vorbei, die nach wie vor streitend auf die Polizei warteten.

Dreiundzwanzig Minuten später betätigte er vor dem Hauptportal des Berliner Hauptbahnhofs die Bremse.

Anfangs dachte Alvaro, das Prasseln des sintflutartigen Regens hätte seine Stimme verschluckt. Aber auch als er seine Kundin zum dritten Mal ansprach, zeigte sie keinerlei Regung. Stattdessen starrte sie auf die wasserüberzogenen Steinfliesen des Vorplatzes und schien in ihrer eigenen Welt gefangen zu sein. Alvaro überlegte schon, ob es nicht ein wenig voreilig gewesen war, den Taxameter anzuhalten, als sie endlich zaghaft ihren Kopf in seine Richtung drehte.

»Würde es Ihnen etwas ausmachen, mich ins Innere des Bahnhofes zu begleiten? Er sieht so groß aus.«

Nichts anderes hatte Alvaro vorgehabt.

Eilig hob er das Gepäck herunter und stapelte es auf einem Kofferwagen, der wie bestellt neben dem Camaro stand. Als dies erledigt war, schüttelte er sich wie ein nasser Pudel. Das Procedere des Ausstiegs verlief noch komplizierter als das des Einstiegs, da Alvaro neben dem Zuckertopf noch die Plane schützend über die Beifahrertür halten musste.

Aus der Ferne betrachtet, sahen sie aus wie ein obdachloses Pärchen, das langsam und gebückt unter seinem improvisierten Regenschutz mit seinem mit Leergutflaschen bestückten Einkaufswagen in Richtung Haupteingang vorrückte.

In der Bahnhofshalle herrschte ein subtropisches Mikroklima. Feuchte, vor sich hin dampfende Menschen standen dicht aneinandergedrängt unter den großen Anzeigetafeln und reckten ihre Köpfe in die Höhe, um Verspätungsanzeigen zu entziffern. An den Schaltern herrschte eine Betriebsamkeit wie zum Start des Sommerschlussverkaufs. Ein Bahnbeamter stieg wild gestikulierend auf seinen Stuhl, um die Kundschaft mit einer

Trillerpfeife im Mund zu disziplinieren. Dazwischen tummelten sich Horden von angetrunkenen Reisegruppen, bleichen Rucksacktouristen und Berufspendlern. Umhüllt wurde das Ganze von einer nicht enden wollenden Dauerdurchsage, die blechern aus den Lautsprechern schallte.

Alvaro spürte, dass sich die Hand seiner Kundin um sein Handgelenk legte und es eng umschloss.

»Zu welchem Gleis müssen Sie denn?«

Unsicher schaute sich die Dame um. »Ich müsste zuerst zu einem Fahrkartenschalter.«

So würde das nichts werden. Alvaro entschied, die Sache selbst in die Hand zu nehmen und erst dann zu seinem Wagen zurückzukehren, wenn er sie sicher in den Zug gesetzt hatte. Er bahnte sich einen Weg durch den Irrsinn und stellte sich mit ihr am Ende einer endlosen Schlange an, die allerdings zur Kasse eines Schnellrestaurants führte. Nach einer Viertelstunde bemerkte er seinen Irrtum. Mit geröteten Wangen dirigierte Alvaro den Gepäckwagen und seine Kundin an das korrekte Ende einer noch längeren Schlange.

In Wahrheit waren erst fünfundvierzig Minuten vergangen, aber es hatte sich wie anderthalb Stunden angefühlt, als sie endlich vor einer Servicemitarbeiterin der Deutschen Bahn standen. Sie war gerade dabei, ihre Sachen zusammenzupacken.

»Schichtwechsel, die Kollegin kommt gleich!«, blaffte sie in Alvaros fragendes Gesicht und erhob sich.

Die Kollegin war ein schmächtiger Kollege, der beinahe in seiner Dienstkleidung ertrank. Unterhalb seines falsch herum angesteckten Namensschildes prangte ein großer Button, der die Kundschaft darüber informierte, dass er noch lernen würde. Er schob sich die Hornbrille auf die Nase, nahm unsicher hinter dem Computer Platz, hämmerte mit zwei Fingern auf die Tastatur ein und sah sich dann hilfesuchend um.

»Kann mir jemand helfen? Ich weiß nicht mehr, wie man sich anmeldet«, rief er flehentlich über die tönende Fahrgastinformation hinweg, die fast schon gehässig klingend einen Blitzeinschlag im Stellwerk verkündete.

Alvaro bemerkte ein leichtes Zupfen an seiner durchnässten Lederjacke. Er beugte sich zu seiner Kundin hinunter.

»Das wird wohl noch etwas dauern, oder was meinen Sie? Ich, ich … muss los. Es ist wohl besser, wenn ich ein Flugzeug nehme. Würde es Ihnen etwas ausmachen, mich zu einem Flughafen zu fahren?«

Dankbar, aus dem Vorhof der Hölle entkommen zu können, machte Alvaro sich mit ihr auf den Weg zurück ins Freie. Der Regen fiel nicht mehr schräg aus den tiefschwarzen Wolken, sondern wurde ihnen waagerecht in die Gesichter getrieben. Blitze zuckten wie ausgefahrene Krallen über den Himmel und illuminierten ihnen den Weg zum Wagen. Alvaro vertäute erneut das Gepäck, stieg ein, startete mit tropfenden Fingern den Motor, stellte die Lüftung auf Anschlag und verließ den Bahnhof in Richtung Flughafen Tegel.

Auf dem Saatwinkler Damm, kurz vor ihrem Ziel, mischten sich kleine Hagelkörner unter den Regen, die mit jedem gefahrenen Meter größer wurden. Alvaro beschleunigte den Wagen aus Angst, dass ihm die Eisgeschosse die Karosserie zerbeulen könnten, bog schlitternd auf die Zufahrtstraße zum Flughafen und brachte den Camaro mit Mühe und Not unter der Rollbahnunterführung zum Stehen. Die einkehrende Stille wurde knarzend vom Taxifunk durchbrochen, der die Kollegen über die vorübergehende Einstellung des Flugverkehrs im Großraum Berlin informierte.

Alvaro drehte sich fragend zu seiner Kundin um. Offensichtlich um eine Entscheidung ringend, saß sie auf der Rückbank und knetete abwesend ihr mintgrünes Taschentuch in den Händen. Im selben Takt, mit dem sie ihr Tuch bearbeitete, trat ihre Kiefermuskulatur hervor und erschlaffte wieder. Alvaro wandte seinen Blick ab. Er schloss die Augen und fragte sich, ob er genauso scheitern würde wie sein Fahrgast, wenn er eines Tages versuchte, die Stadt zu verlassen. Und er würde sie verlassen, das nahm er sich fest vor. Nicht an diesem Tag, aber schon bald. Und dann würde er in seine Heimat fahren, endlich seinen Vater besuchen und vielleicht sogar Kerstins Rat befolgen. Gedankenversunken strich er mit seinen Fingern über das Lederband an seinem Handgelenk.

Alvaro spürte förmlich den Ruck, der unverhofft von seiner Kundin ausging, als sie sich kerzengerade aufrichtete. Gefolgt wurde er von ihrer Stimme, die jegliche Unsicherheit verloren hatte.

»Ach was! Die Erben sollen laufen«, sprach sie zu sich selbst. Dabei legte sie sanft die Hand auf den Trolley und beugte sich vor. »Seien Sie bitte so freundlich und fahren Sie mich nach Paris!«

Alvaro öffnete völlig überrumpelt die Augen.

»Bitte wohin, nach Paris?«

»Ja, in die Stadt der Liebe.«

Von dem Glück, eine solche Tour zu bekommen, träumte jeder Taxifahrer, vom Lottogewinn einmal abgesehen. Da fragte man nicht zweimal nach. Es galt einzig die Liquidität des Auftraggebers zu überprüfen, und war diese geklärt, setzte man den Blinker und fuhr los.

Alvaro jedoch schaute zweifelnd in den Rückspiegel. Gerade noch hatte er mit dem Gedanken gespielt, der Stadt den Rücken zu kehren, und kaum bot sich ihm die Chance, Berlin zumindest für eine Nacht und einen Tag zu entfliehen, bekam er kalte Füße.

»Hören Sie, ähm, das tut mir leid, aber ich habe weder Wechselklamotten noch eine Zahnbürste bei mir. Und der Wagen verbraucht ja recht viel … Ich müsste vielleicht erst zu meinem Chef …«

»Wenn ich jetzt nicht von hier wegkomme, werde ich es nie schaffen, verstehen Sie?«, erwiderte sie, und ihre Stimme brach. Sie öffnete den Korkdeckel des Zuckertopfes, griff hinein und streckte Alvaro eine Handvoll Geldscheine entgegen. Tränen rollten ihr über die Wangen und verschmierten das Make-up.

Alvaro starrte auf die zitternde Hand, die rechts neben seinem Kopf zu schweben schien.

»Bitte, fahren Sie! Sonst wird alles so bleiben, wie es schon immer war, und das wäre das Schrecklichste, was mir passieren könnte.« Alvaro wusste nicht, wieso, aber er hatte das diffuse Gefühl, dass dies auch für ihn galt.

Er ließ die Schaltung auf »Drive« einrasten, kniff die Augen zusammen, drückte das Gaspedal durch, riss gleichzeitig das Lenkrad nach links, überfuhr die doppelt durchgezogene Mittellinie und öffnete die Augen erst wieder, als sich der Wagen schlingernd auf der Gegenfahrbahn gefangen hatte.

»Du meine Güte!« Seine Kundin rappelte sich im Fond wieder auf, kontrollierte den Sitz ihres Hütchens und betrachtete sorgenvoll die Schlieren, die ihre geschminkte Wange an der Scheibe hinterlassen hatte. Sie versuchte, sie mit ihrem Taschentuch zu beseitigen, was die Sache noch schlimmer machte. Dann begann sie, das durcheinandergewirbelte Geld aufzulesen, legte es zurück in den Zuckertopf, verschloss ihn sorgsam und schnaufte tief durch.

»Danke!«

»Für was?«

»Dass Sie mich retten!«

Alvaro lächelte sie im Rückspiegel an. »Und wen genau rette ich?«

»Entschuldigen Sie bitte vielmals, wie unhöflich von mir. Ich habe mich in der ganzen Aufregung ja noch gar nicht vorgestellt. Angenehm, Lüdtke, Klara Lüdtke ist mein Name.« Sie reichte Alvaro die Hand, und er nahm sie in die seine. Sie strahlte eine angenehme mütterliche Wärme aus.

»Mucho gusto, Alvaro Contente de Ayllon ist der meine.«

»Wie poetisch. Er klingt irgendwie zerbrechlich. Würde es Ihnen etwas ausmachen, ihn nochmals für mich auszusprechen?«

»Nein, überhaupt nicht, aber nur, wenn Sie endlich mit diesem ›entschuldigen Sie‹ hier, ›würde es Ihnen etwas ausmachen‹ dort aufhören. Schließlich bezahlen Sie mich.«

Gemeinsam brausten sie, einen Gischtschleier aus Regenwasser hinter sich her ziehend, über die Ringautobahn in Richtung Avus. Als sie eine Viertelstunde später röhrend an dem ehemaligen Grenzübergang Dreilinden vorbeifuhren, öffnete Klara einen Reißverschluss an ihrem Trolley und holte eine CD-Hülle hervor. Sorgsam nahm sie die innenliegende Scheibe heraus.

»Würde es …?« Sie schüttelte lachend den Kopf und begann erneut. »Sie haben doch dieses bunte Dings im Kofferraum, das die Musik noch schöner macht, nicht?«

Alvaro nickte, nahm die CD entgegen und ließ sie im Schlitz der Anlage verschwinden. Einen Moment später erfüllte Angèle Durands glockenklare Stimme den Wagen, welche die Liebe in Paris besang. Klara lehnte sich an das Seitenfenster, schloss die Augen und dirigierte stumm mit ihrem Zeigefinger die einsetzenden Streicher. Kurz darauf war sie, wie ein Kind, das einen anstrengenden Tag hinter sich hatte, eingeschlafen.

Alvaro ließ die CD weiterlaufen. Er bestaunte die blutrot untergehende Sonne, die sich unter den tiefliegenden schwarzen Wolken in eine Lücke hineingeschummelt hatte, und fühlte sich geborgen wie lange schon nicht mehr.

4

Klara träumte von der Hightech-Küchenmaschine mit integriertem Induktionskochfeld, Zwölffach-Multi-Zerkleinerer und Fleischwolfaufsatz, die sie fünf Tage zuvor von ihrem Mann zu ihrem sechzigsten Geburtstag geschenkt bekommen hatte, als das fast geräuschlose Zuschnappen der Fahrertür sie von diesen Bildern befreite. Sie schreckte auf, tastete hektisch nach dem Trolley und ließ sich erleichtert zurückfallen, als ihre Hand den Griff fand. Angèle Durand sang dazu »Ja, ich bin die tolle Frau«.

Klara rieb sich den Schlaf aus den Augen, wischte die beschlagene Scheibe frei und sah Alvaro, der gerade über den gelb ausgeleuchteten Parkplatz der Autobahnraststätte in Richtung des Kassengebäudes ging. Sie begleitete ihn mit ihren Blicken, bis er hinter der automatischen Schiebetür verschwunden war.

»Ich habe es wirklich getan!«

Endorphine schossen durch ihren Körper und tauchten ihn in ein angenehmes Kribbeln. Endlich war in ihrem Leben etwas geschehen, auf das sie nicht vergeblich gewartet, sondern das sie selbst herbeigeführt hatte.

Als die letzten Akkorde des Liedes verklungen waren,

schaute sie den Regentropfen zu, die ihre unvorherseh-
baren Bahnen über die Windschutzscheibe zogen. Plötzlich musste Klara laut auflachen.

»Wie die Zornestränen auf den Wangen meines Rüdigers«, rief sie aus.

Denn das viele Geld in ihrem Trolley war das Produkt eines unfreiwilligen Geburtstagsgeschenks ihres Sohnes Rüdiger. So wie dieser seit sechsundzwanzig Jahren die Uhrzeiten vergaß, zu denen er eingeladen war, so hatte er es auch versäumt, seiner Mutter ein Präsent zu besorgen. Mit einstündiger Verspätung hatte er lässig am Mittagstisch Platz genommen, den Teller mit verkochten Kohlrouladen, Stampfkartoffeln und Fleischsoße von sich geschoben, in die Innentasche seines metallisch glänzenden Sakkos gegriffen und seiner Mutter drei Rubbellose überreicht, die er kurz zuvor am Kiosk mit einem Päckchen Zigaretten eigentlich für sich selbst gekauft hatte. Doch sein Grinsen erstarrte, als Klara bereits beim ersten Los sechs goldene Sonnen von der Rubbelmasse befreite.

Während er sich den linken Knöchel seines Zeigefingers fast blutig biss, besagte Tränen vergoss und Wortfetzen wie »Hypothek«, »War meins« und »Du Idiot« von sich gab, sah ihn Klara verständnislos an. Sie hatte absolut keine Ahnung, was diese Sonnen bedeuteten, und vor allem warum sie ihren Sohn in eine derartige Rage versetzen konnten. Hilfesuchend schaute sie sich um. Von ihrem Mann Gerhard war keine Hilfe zu erwarten. Jubelnd, die Arme hochgestreckt wie früher seine Geschichtsschüler nach bestandenem Examen, lief er zur Vitrine, fischte dort eine Flasche Sanddornschnaps heraus und rief: »Endlich können wir uns das Ferienhaus auf Rügen leisten!«

Klara wandte sich fragend an ihre Tochter Angelika, die bisher demonstrativ schweigend vor ihrem unangerührten Teller gesessen hatte, da sie seit ihrem letzten Besuch vor genau einem Jahr nichts mehr mit toten Tieren zu tun haben wollte.

»Angelika, was hat das denn um Himmels willen alles zu bedeuten?«

»Prabha, Mama, ich heiße jetzt Prabha! Und wenn sich dein Sohn derartig aufführt, dann kann es sich nur um Geld handeln, das ihm durch die Lappen gegangen ist.«

»Welches Geld denn, Br… Parbhaaa?«

»Prabha! Mama, du hast allem Anschein nach in einer dieser faschistoiden Lotterien gewonnen. Und wenn du bisher nicht fähig gewesen bist, dich von der Knechtschaft des Hausfrauendaseins zu emanzipieren, so hast du nun wenigstens die Gelegenheit, mit dem Geld viel Gutes zu tun. Und ich kann endlich einmal nach Indien.«

»Indien, Rügen und Hypotheken! Um das ist es euch all die Jahre gegangen«, schimpfte Klara den letzten rinnenden Regentropfen an, der in der Mitte der Windschutzscheibe stehen blieb. Sie wollte an Paris denken, nicht an ihre Familie. Und außerdem musste sie auf die Toilette.

»Wo bleibt denn nur Herr Contente de Ayllon?«

Nach fünf Minuten hielt sie es nicht mehr aus. Mit dem Zuckertopf in der einen und dem Trolley in der anderen Hand zwängte sie sich von der Rückbank ins Freie. Unschlüssig blieb sie stehen. Ihr Blick glitt von der unverschlossenen Wagentür hoch zu ihren Koffern. Jemand müsste doch aufpassen.

»Das ist ein wirklich schnittiger Wagen, den Madame da fahren!«

Erschrocken drehte sich Klara um und schaute direkt in das freundliche runde Gesicht eines bulgarischen Fernfahrers, der im Trainingsanzug am Picknicktisch saß und gerade dabei war, seinen Campingkocher anzufeuern. Er deutete mit dem Dosenöffner auf das Wagendach.

»Und so viel schänes Gepäck! Was da alles drin sein mag?«

Unschlüssig, was sie darauf antworten sollte, trat Klara vom einen auf das andere Bein. Es lag nicht an der indiskreten Frage des Mannes, sondern daran, dass sie selbst nicht mehr genau wusste, was sich in den drei Koffern befand.

Vor zwölf Stunden hatte Klara nervös mit ihrem Zuckertopf das Haus verlassen und das Kaufhaus Bolle angesteuert, das mit dem Slogan »Wenn wir es nicht führen, benötigen Sie es nicht« warb. Bevor sie still und heimlich ihren Gewinn bei der Lotteriegesellschaft abholte, musste sie sich schließlich noch um ihre Reisegarderobe kümmern. Sie konnte unmöglich in ihrem abgetragenen Kord-Kostüm nach Paris fahren. Klara wusste nicht, was genau ihr vorschwebte, als sie im ersten Stock in der Damenabteilung von einer Kundenbetreuerin abgefangen wurde, die aussah, als hätte sie vor dreißig Jahren in den amerikanischen Serien »Dallas« oder »Denver Clan« mitgespielt.

»Hallöchen! Ich bin die Ramona, wie kann ich Ihnen behilflich sein?«

Klara nahm die Sonnenbrille ab und schaute sich unsicher um.

»Wenn Sie so freundlich wären, ich fahre nämlich in den Urlaub und benötige eine entsprechende Garderobe.«

Ramona tippte sich mit ihrem Zeigefinger an die Wange, stemmte die andere Hand in die Hüfte und lächelte Klara an.

»Moskau oder Paris?«

»Paris! Aber woher wissen Sie das?«

Ramona ließ ein rasselndes Lachen erklingen.

»Ich wusste es nicht! Aber seit ich hier arbeite, habe ich mir immer diesen Moment herbeigesehnt. Es ist Ihr Glückstag. Ramona weiß genau, was Sie für eine Reise in die Stadt der Liebe brauchen.« Dabei fuhr sie sich mit ihrer Zunge über die blutrot geschminkten Lippen.

Zwei Stunden später stand Klara – der Hälfte ihres im Zuckertopf über die Jahre hinweg angesparten Haushaltgeldes beraubt – in ihrem mintgrünen Ensemble, frisch frisiert und parfümiert sowie geschminkt wie eine Operndiva vor ihren drei neuen, vollgepackten Koffern an der Kasse und fragte Ramona benommen, was sie eigentlich alles eingekauft hätte.

Und mit den gleichen Worten, mit denen Ramona ihr vor zehn Stunden geantwortet hatte, antwortete Klara nun dem Fernfahrer: »Für jede Witterung und jeden Anlass das Passende.«

Der Mann nickte, als ob dies die einzig richtige Antwort auf seine Frage gewesen wäre, und trieb den Öffner in seine Raviolidose.

»Nun gehn Se schon, Madame. Machen Sie sich frisch. Branko passt auf.«

Im hinteren Bereich des Verkaufsraumes machte

Klara Alvaro an einem der Bistrotische aus. Er saß dort im Halbdunkel, von einem Deckenstrahler beschienen, konzentriert über einen Autoatlas gebeugt, und fuhr mit dem Zeigefinger langsam Straßenlinien nach. Dabei las er sich kaum hörbar Städtenamen vor. Neben ihm standen zwei dampfende Tassen Kaffee. Im Hintergrund blinkte unruhig ein Geldspielautomat.

Obwohl Klara dringend auf die Toilette musste, blieb sie wie angewurzelt stehen. Nicht nur sein Name wirkt verletzlich, dachte sie. Ihr wurde es mütterlich warm ums Herz. Klara versuchte sich vergeblich daran zu erinnern, wann sie das letzte Mal so für ihre eigenen Kinder empfunden hatte.

Plötzlich hob Alvaro den Kopf und schaute in ihre Richtung. Klara errötete. Schleunigst verschwand sie in Richtung Toiletten und blieb unschlüssig vor dem Drehkreuz stehen, das sie am Betreten der Waschräume hinderte. Da führte sie über eine Million Euro mit sich und hatte doch kein Kleingeld. Verschämt schaute sie in die Überwachungskamera, hob entschuldigend die Schultern, zwängte sich mit dem Trolley durch die kleine Öffnung des Kindereingangs und verschwand hinter der blau beleuchteten Glassteinwand.

Als sie im hellen Neonlicht mit ihrem Spiegelbild konfrontiert wurde, musste sie zuerst einige Grimassen ziehen, um sich von der Echtheit der Reflektion zu überzeugen. Sie benötigte geschlagene zwanzig Minuten, um sich vom Make-up und der restlichen Schminke zu befreien. Erleichtert betrachtete Klara ihre freigelegten Falten, setzte ihr Hütchen auf und hoffte darauf, dass Alvaro noch an seinem Platz saß. Ein wenig Gesellschaft würde ihr guttun.

Der Kaffee, den ihr Alvaro mit einem Lächeln zuschob, war bereits kalt, aber dennoch pustete sie hinein und nahm einen großen Schluck. Klara räusperte sich. Sie war es nicht gewohnt, nachts allein mit einem jungen Taxifahrer in einer Autobahnraststätte zu sitzen und ein Gespräch anzufangen.

»Ich glaube, man sagt, dass kalter Kaffee schön machen würde.«

Alvaro grinste. Er war kurz davor, eine seiner üblichen Schmeicheleien loszulassen, hielt dann aber inne. »Darf ich Sie etwas fragen?«

Klara nickte.

»Kurz bevor ich in Berlin das Gaspedal durchgetreten habe, haben Sie gesagt, dass, wenn Sie jetzt nicht fahren würden, alles so bliebe, wie es schon immer war, und dass dies das Schrecklichste wäre, was Ihnen passieren könnte. Wie haben Sie das gemeint?«

Klara schaute Alvaro überrascht an. Auch so etwas war sie nicht gewohnt. Ihr Mann stellte normalerweise rhetorische Fragen, die er ausführlich selbst beantwortete. Die Ansprachen ihrer Tochter waren vorwurfsvoller Natur und ihr Sohn bat eher ungeduldig um etwas, als dass er etwas von ihr wissen wollte. Alvaro hingegen schien keine Eile zu haben. Interessiert schob er den Straßenatlas beiseite und lächelte sie an. Klara musste schlucken. Sie wusste auch nicht, warum, aber sie hatte das Gefühl, ihm ehrlich antworten zu können. Zögerlich begann sie.

»Ich bin immer der Überzeugung gewesen, dass es etwas im Hintergrund gibt, das die Fäden in der Hand hält und den Menschen durch das Leben führt. Zu dem Mann bringt, den man lieben wird, einem die Kinder schenkt, die man sich erhofft hat, und einem das Leben eröffnet, das man immer führen wollte. Aber in den letzten Jahren hat mich das Gefühl beschlichen, dass dieser Faden, an dem ich hing, sich verheddert hatte und dann, fast unmerklich, gänzlich gerissen war. Stattdessen wurde alles so vorhersehbar. Vielleicht verstehen Sie, was ich damit meine?«

Alvaro nickte.

»Und in der gleichen Regelmäßigkeit, in der sich die Wochentage aneinanderreihen, habe ich zu meinen Geburtstagen insgeheim darauf gehofft, dass dieses Etwas den Faden wieder aufnehmen, verknoten und mich zurückführen würde. So, als ob das Leben an Geburtstagen etwas zu verschenken hätte.«

»Aber es hat nichts zu verschenken!« Alvaro war selbst über die Bitterkeit, die seine Worte begleiteten, überrascht.

»Nein, leider. Sehen Sie, vor fünf Tagen hatte ich meinen sechzigsten Geburtstag. Ich schlug die Augen auf und fühlte in mich hinein. Doch der herannahende Morgen war wie jeder beliebige andere in meinem Leben. Es war nichts Besonderes zu erwarten – außer Routine und als Geschenk von meinem Mann ein neues Haushaltsgerät, was wiederum auch schon eine siebenunddreißigjährige Routine ist. Am liebsten wäre ich liegen geblieben. Ich wusste genau, wie der Tag verlaufen würde.«

Alvaro musste an die Vorhersehbarkeit seiner eigenen Tage denken. Aufstehen, Frühstück bei Miguel, Taxi fahren für Cemal, Feierabendbier bei Goran, dann Abendessen vor dem Fernseher, danach in eine Bar, Bekannten zur Begrüßung auf die Schultern klopfen, Frauen einladen und ihnen schöntun und je nach Erfolg allein oder gemeinsam ins Bett.

»Und, ist er so verlaufen wie gedacht?«

Klara nickte. »Nach einer Viertelstunde bin ich aufgestanden, habe mich zurechtgemacht und ging dann in die Küche, um mein eigenes Geburtstagsfrühstück vorzubereiten. Als der Kaffee durchgelaufen war, hörte ich meinen Mann im Badezimmer sich murmelnd fragen, ob er an die Blumen gedacht hatte. Ich nutzte die Zeit, in der er sich rasieren und duschen würde, um zwei Mohnbrötchen und vier Schrippen sowie einen Strauß weiße Astern zu kaufen. Nicht, dass ich Astern mag, aber es waren die ersten Blumen gewesen, die mir mein Gerhard vor siebenunddreißig Jahren geschenkt hatte. Er hält die Astern für eine Art Talisman, der unser Ehegelübde alljährlich aufs Neue besiegelt.«

Klara machte eine kurze Pause und fuhr dann fort: »Als ich zurückkam, blieb mir genug Zeit, den Strauß neben mein Geschenk zu legen. Ich kehrte in die Küche zurück, tat geschäftig und in gleichem Maße überrascht, als er im Anzug, mit weißem Oberhemd und Fliege zu mir trat und feierlich die Blumen überreichte. Selbst seine Worte, die er dabei wählte, waren die gleichen wie die Jahre zuvor. Ich goss Gerhard den Kaffee ein, stellte die Astern in eine Vase, setzte mich, schnitt sein Mohnbrötchen auseinander, bestrich es mit Hagebuttenmarmelade und reichte es ihm.«

»Und dann?«

Klara bekam feuchte Augen.

»Bin ich in die Küche und habe das Mittagessen vorbereitet, während mein Mann seine Zeitung gelesen hat. Ich habe vergeblich darauf gehofft, dass meine Kinder wenigstens an diesem Tag pünktlich erscheinen und sich nicht am Tisch zanken würden.«

Alvaro reichte ihr seine Serviette. »Aber irgendetwas Unvorhergesehenes muss doch geschehen sein, ansonsten würden wir nicht hier gemeinsam sitzen.«

Klara schwirrten die Geburtstagserinnerungen durch den Kopf.

Ihr Mann, der ihr stolz die Multifunktionsküchenmaschine überreicht hatte, obwohl ihre Schränke bereits alles beherbergten, was diese vermochte.

Ihre streitenden Kinder am Mittagstisch.

Die Aussicht, ab Dienstag zum fünfundzwanzigsten Mal in Folge den Jahresurlaub auf Rügen zu verbringen – allein der Gedanke an die zahllosen Räucherfischbuden, die am Strand wie Schnellrestaurants an der Autobahn lagen, ließ sie aufstoßen.

Die plötzliche Zuvorkommenheit ihrer Familie, nachdem sie begriffen hatten, dass sie nun reich waren – selbst ihre Tochter hatte ihre emanzipatorische Vorreiterrolle über Bord geworfen und sich um den Abwasch gekümmert.

Das aus dem Radio erklingende, leicht debil wirkende Basslachen Fred Bertelmanns, das das Lied »Der lachende Vagabund« intonierte, während sie von ihrem Mann zu seinem Fernsehsessel dirigiert worden war, um dort auf eine von ihrem Sohn zubereitete Tasse Kaffee zu warten.

All das hatte so leblos und berechnend auf Klara gewirkt, dass sie noch nicht einmal ihren Millionengewinn als das Unvorhergesehene gelten lassen wollte.

Nein, befand Klara und zerknüllte die Serviette. Der war nur der berühmte letzte Tropfen gewesen, der das Fass zum Überlaufen gebracht hatte. Ein Katalysator, der sie vor größerem Unheil bewahrt hatte und den sie sich nicht, so wie ihr Leben, von jemandem stehlen lassen wollte.

»Ich denke, das Unvorhergesehene war ich. Ich hatte immer auf das Etwas gewartet, das den Faden wiederaufnehmen würde. Aber vor fünf Tagen habe ich endlich begriffen, dass man das nur selbst tun kann. Oder was meinen Sie?«

Alvaro wusste nicht, wieso, aber es wurde ihm ganz unwohl in seiner Haut. Er nippte mehrmals an seiner Tasse, obwohl er sie bereits ausgetrunken hatte.

»Und warum ausgerechnet Paris?«, versuchte er das Gespräch auf ein anderes Thema zu lenken.

Nun war es Klara, die sich bemühte, etwas aus ihrem leeren Becher zu trinken. Ihre große Leidenschaft war der internationale Schlager aus den fünfziger und sechziger Jahren des vergangenen Jahrhunderts. Es ließ sich bei ihm so schön von einer anderen Welt träumen. Wie oft schon hatte sie stundenlang am Kühlschrank gelehnt, der Musik gelauscht und aus dem Fenster des einundzwanzigsten Stocks ihres Mietshauses auf der Fischerinsel geschaut. Ihr Blick überflog dabei die dichtbefahrene Leipziger Straße, streifte die seelenlos wirkenden Gebäude des Potsdamer Platzes, erreichte die spitz zulaufenden Giebel der Berliner Philharmonie und verlor sich im dahinterliegenden Grün. Anfangs hatte Klaras Mann ihre Leidenschaft geteilt, bis er im Strudel der Wiedervereinigung gänzlich sein geordnetes Weltbild als in der DDR ausgebildeter Geschichtslehrer verloren hatte und der Realität unverhohlen ins Auge blicken wollte. Für Sentimentalitäten war da kein Platz mehr. Ganz im Gegenteil.

Aber es waren diese Lieder gewesen, die sie über Wasser gehalten hatten. Sie hatten Klara mit Sehnsüchten erfüllt, und diese wollte sie nun endlich stillen. Und zwar vor Ort und nicht in der Küche einer Berliner Mietwohnung oder in der eines Ferienhauses auf Rügen.

Aber wie sollte man diesen Reisegrund einem Berliner Taxifahrer nahebringen können, ohne belächelt zu werden – auch wenn er einem noch so sympathisch erschien? Außerdem war es ihr einfach peinlich, sie war ja schließlich keine zwanzig mehr.

Ein esoterisch anschwellender Klangteppich, der gedämpft aus Klaras Zuckertopf kam, ersparte ihr eine Antwort. Alvaro blickte verwundert auf das Steingutgefäß.

Klara nahm den Korkdeckel ab und schaute hinein. Zwischen dem Bargeld und ihrem Ausweis leuchtete ihr silbrig das alte Mobiltelefon ihrer Tochter entgegen.

»Damit man dich im Notfall erreichen kann, Mama. Ich kann mir ja bald ein neues kaufen.«

Seltsam, hatte Klara gedacht. Ansonsten war ihre Angelika doch auch nicht so fürsorglich. Das Wochenende nach ihrem Geburtstag war eh ein seltsames gewesen. Wie im Gefängnis-Dreischicht-Betrieb wurde sie abwechselnd von ihren Familienmitgliedern bewacht. Es hatte einem Wunder geglichen, dass sie überhaupt unbemerkt bei der Lotteriegesellschaft hatte anrufen können. Und selbst dies hatte sie auf der Toilette erledigen müssen.

Erst am Montag, als ihr Mann zur Vorsorgeuntersuchung, ihr Sohn zur Arbeit in die Versicherung und ihre Tochter zu einem Klangschalenseminar musste, ließ man sie notgedrungen allein. Sobald ihre Tochter gegangen war, hatte Klara den Kopf geschüttelt und das

Telefon eilig mit ihrem Ausweis und dem Rubbellos in den Zuckertopf gelegt. Für ihr Vorhaben, unbemerkt zu verschwinden, waren ihr nur wenige Stunden geblieben.

Als ob sie sich an dem Gerät mit einer ansteckenden Krankheit infizieren könnte, fischte sie es nun aus dem Gefäß und betrachtete stirnrunzelnd auf dem Display das Abbild ihres Schnellkochtopfs, unter dem »Mutter« stand.

»Wollen Sie nicht rangehen?«

»Ich würde ja, wenn ich wüsste, wie man das macht.«

Alvaro nahm ihr das Smartphone ab, wischte einmal über das Display und hielt es an sein Ohr, um es sofort wieder zu entfernen. Drei hysterische Stimmen schrien zeitgleich aus dem Telefon. Klaras Pupillen weiteten sich schreckhaft.

»Bitte legen Sie auf und lassen Sie uns weiterfahren.«

Alvaro beendete stirnrunzelnd die Verbindung.

Das Telefon fing sofort wieder mit seinem Gesäusel an. Klara deponierte es eilig in dem Topf und verschloss ihn sorgfältig.

»Können wir jetzt, bitte?«

Alvaro schaute Klara verlegen an.

»Um ehrlich zu sein: Bis vor kurzem hatte ich keine Ahnung, wo wir uns überhaupt befinden. Ich glaube, wir sind zu weit südlich. Und dabei dachte ich, Paris muss irgendwo im Süden liegen.«

Klara schaute ihn vorwurfsvoll an.

»Paris liegt eintausendeinundfünfzig Kilometer südwestlich von Berlin. Sofern Sie die Route über Hannover, Bielefeld, Köln, Eschweiler und dann durch Belgien und über Cambrai und Compiègne wählen. Sie sind doch der Taxifahrer, Herr Contente de Ayllon.«

Alvaro hob abwehrend die Hände.

»Das ist mir jetzt ein wenig peinlich. Ja, ich weiß, ich bin Taxifahrer, und wenn mein Chef Cemal das spitzkriegt, bin ich so gut wie gefeuert. Aber ich kenne mich nur in Berlin aus und in Südspanien. Der Rest ist für mich wie ein weißes Tuch. Sind Sie denn schon einmal nach Paris gefahren?«

»Nein, in echt noch nie, aber schon tausende Male mit dem Finger auf der Landkarte.«

»Sie können also Karten lesen?«

»Ja natürlich, auch wenn mein Mann das Gegenteil behauptet. Darf ich?«

Klara rutschte mit ihrem Stuhl zu Alvaro.

»So, nun zeigen Sie mir mal, wo wir uns überhaupt befinden.«

»Da.«

»In Hof? Ach, Alvaro!« Klara knuffte ihren Chauffeur in den Oberarm und vergaß darüber, dass sie ihn geduzt hatte.

Als sie mit frischem Kaffee zurück zum Wagen kamen, saß im Dunkeln ein hagerer Mann am Picknicktisch, der selbst im Sitzen noch größer war als Klara.

»Wo ist denn Herr Branko? Er war doch so freundlich und wollte aufpassen?«, fragte sie ein wenig enttäuscht.

»Musste los. Hat mir gesagt: Piotr, du musst aufpassen, bis gut geschminkte Frau wiederkommt. Aber du nicht geschminkt.«

Alvaro lachte, gab dem Mann den Schlüssel und ließ ihn den Wagen starten. Er übertrieb dabei ein wenig. Alvaro öffnete währenddessen die Beifahrertür und klappte für seine Kundin den Sitz nach hinten. Klara schüttelte kaum merkbar den Kopf.

»Wollen Sie nicht hinten sitzen, Frau Lüdtke?«

»Nein, es sei denn, es macht Ihnen etwas aus. Schließlich muss jemand darauf achten, dass wir nicht doch noch in Südspanien landen. Wenn Sie nur den Trolley auf die Rückbank legen würden ... Und wäre es schlimm, wenn wir das Telefon zu Ihrem Musikdings in den Kofferraum packten? Es hört mit dem Gegonge gar nicht mehr auf.«

Keine zwei Minuten später setzte Alvaro den Blinker, fegte vom Beschleunigungsstreifen auf die Autobahn und wartete darauf, dass Klara ihm den Weg wies.

5

»Kiek mal, wat macht Alvaro denn jetze? Der biegt ja nach Westen ab! Wo will der denn hin?«

Cemal deutete mit einem Schokoladenriegel auf den blinkenden Punkt, der sich auf dem Bildschirm seines Laptops langsam nach links bewegte. Kerstin schnäuzte geräuschvoll, geplagt von Sorge und Selbstvorwürfen, in ihr Stofftaschentuch. Gemeinsam standen sie mit drei angetrunkenen Abiturienten aus dem Saarland am Stehtisch in Gorans Spätkauf und folgten seit einer Stunde Alvaros kryptischem Fahrverhalten.

»Ach, hätte ich ihn doch bloß sanfter angefasst. Ich hätte nie gedacht, dass er so sensibel ist. Bist du dir überhaupt sicher, dass er es ist?«

Cemal war Kerstin dankbar gewesen, als sie ihn um zwanzig Uhr angerufen hatte, um sich völlig aufgelöst nach Alvaros Verbleib zu erkundigen. Bis dahin war ihm selbst das Fehlen seines Fahrers nicht aufgefallen. Wie auch, seine Frau Pinar hatte ihren kinderfreien Abend. Zum Zeitpunkt des Anrufes saß er völlig ausgelaugt mit seinen schreienden Zwillingen am Esszimmertisch und versuchte, ihnen singend den Brei zu verabreichen. Dabei hoffte er inständig, dass seine Frau jeden Augenblick von der Rückbildungsgymnastik zurückkehren würde.

Aber nun fragte sich Cemal, was schlimmer war, hysterische Transsexuelle oder essens- wie schlafverweigernde Kinder.

»Kerstin, dit is mein ›Vertrauen ist jut, Kontrolle ist besser‹-GPS-Programm, und der Camaro hat die Kennung ›007‹. Da jibt es nichts zu rütteln dran, okay? Dit is Alvaro.«

»Und wenn jemand den Wagen geklaut hat und Alvaro sich nicht zu dir traut?«

»Dann befände sich die Kiste bereits umjespritzt östlich von uns, und der GPS-Sender wäre entfernt worden. Ick bin mir sicher, der fährt 'nen Jeschäftsmann durch die Gegend, die ham doch am Nachmittag Tegel zujemacht.«

»Woher willst du das wissen?« Kerstins Stimme überschlug sich.

Cemal seufzte und rief Alvaros Bewegungsprofil des Tages auf.

»Da, siehste? Erst lauter Kleinmisttouren, dann 'ne ordentliche Tour in die Brandenburgische Straße tief im Westen, zack zum Bahnhof, 'ne halbe Stunde später Richtung Flughafen, kurz vor Ankunft hatter umjedreht, dann nach Hof, 'ne längere Pause und nun ab Richtung Frankfurt!«

»Vielleicht wurde er auch entführt! Jetzt lass uns ihn doch endlich anrufen!«

Cemal rollte mit den Augen.

»Kerstin, Regel Nummer 09: ›Der Chef stört nicht, solange der Wagen und somit der Rubel rollt.‹«

»Cemal!« Selbst das saarländische Trio ging in Deckung.

»Is ja jut, ick ruf ihn ja schon an.«

Als Cemal sein Telefon aus der Brusttasche zog, erklang der Radetzkymarsch. Er drehte sich zur Seite und nahm das Gespräch an. Es war seine Frau, die ihn zuckersüß fragte, ob er im Falle einer Scheidung die Kinder lieber am Donnerstag oder Mittwoch haben wollte.

»Dat ihr uns Männer nicht einfach mal in Ruhe machen lasst.« Cemal schrieb Kerstin eilig Alvaros Nummer auf, klappte seinen Laptop zu und sah zu, dass er nach Hause kam.

Aber auch als Kerstin zum elften Mal Alvaros Nummer in das Telefon eines der Abiturienten tippte, antwortete nur die Mailbox. Frustriert gab sie es zurück, bestellte bei Goran einen grünen Tee und schaute ratlos durch die Schaufensterscheibe in die beleuchtete Nacht hinaus.

Drei Kilometer weiter nordwestlich, im einundzwanzigsten Stock einer Mietwohnung, saßen ebenso ratlos drei Menschen auf dem Sofa beieinander. Ihre Gedanken kreisten dabei nicht wie in Kerstins Fall um einen Menschen, sondern um Dinge, die vor zwölf Stunden noch zum Greifen nahe gewesen waren. Klaras Mann Gerhard hatte bereits den Maklertermin auf Rügen verschoben, Angelika ihre Indienreise storniert und Rüdiger fragte sich, wie er den Kundenkreditberater seiner Bank erneut vertrösten konnte, ohne ihn gänzlich zu verprellen.

Vor ihnen auf dem Beistelltisch lag eine große Fotografie, die Klara in einem neuen Kostüm zeigte. Sie schaute mit einem schüchternen Lächeln leicht am Fotografen vorbei. In ihrer linken Hand hielt sie einen

Strauß roter Rosen, in der rechten den heimischen Zuckertopf. Vor ihr, auf einem Glastisch, lag ein geöffneter, floral bedruckter Reisetrolley. Und in ihm befand sich, säuberlich aufgeschichtet, Bündel an Bündel, eine Million Euro in bar.

»Das kann sie uns doch nicht antun!« Rüdiger rieb sich mit der Hand über das Gesicht, goss sich einen weiteren Sanddornschnaps ein und leerte das Glas in einem Zug.

»Vielleicht ist sie ja schon vorgefahren nach Rügen, um uns dort zu überraschen.« Gerhard gab seinem Sohn ein Zeichen mit dem Glas.

»Das glaubt ihr doch selbst nicht«, warf Angelika ein. »Warum musstest du auch ausgerechnet heute zum Arzt, Papa? Aber wenn ich mir euch so anschaue: Ich hätte es genauso gemacht! Als Frau muss man wirklich alles selbst in die Hand nehmen!«

Es war Angelika gewesen, die bereits in ihrem Klangschalenseminar meinte, eine gewisse Disharmonie des kosmischen Gleichgewichts zu verspüren, was aber eigentlich daran lag, dass ihre Schale einen Haarriss hatte. Nichtsdestotrotz hatte sie den Kurs abgebrochen, war alarmiert zurück auf die Fischerinsel gefahren und stand grübelnd vor dem Hauseingang, als auch beim zehnten Klingeln niemand öffnete. Sie zog ihr neues Smartphone aus dem Hanfbeutel, steckte es aber wieder zurück, da sie ihre alte Nummer nicht auswendig wusste.

»Wenn ich sie wäre …«, sprach sie vor sich hin, »würde ich mir den Gewinn auszahlen lassen, mich in ein Flugzeug setzen, nach Indien fliegen und mir dort meine Träume erfüllen.«

Intuitiv wusste sie, was ihre Mutter vorhatte. Es erfüllte sie sogar mit Stolz, der jedoch sofort versiegte, als ihr bewusst wurde, was dies für ihre eigenen Pläne bedeutete. Da sie keine Ahnung hatte, wovon ihre Mutter genau träumte, geschweige denn, wo sie ihre Träume ausleben könnte, beschloss sie, zuerst die Lotteriegesellschaft aufzusuchen. Sie erschrak, als sie auf dem Display des Telefons sah, dass sie dazu in den kapitalistischen Westteil der Stadt musste – in die Brandenburgische Straße.

Angelika drohte dem Empfangsmitarbeiter damit, ihn an sich zu reißen, seine Hand grob auf ihre linke Brust zu legen und laut um Hilfe zu schreien, wenn er ihr nicht endlich Auskunft gab. Verstört berichtete er über eine ältere Dame, die vor zwei Stunden im mintgrünen Kostüm von einem Lieferwagen des Kaufhauses Bolle vorgefahren worden war. Ja, er würde sich genau daran erinnern, da er ihr noch mit dem vielen Gepäck behilflich gewesen sei. Er habe sie in den oberen Konferenzsaal begleitet, wo er nach der Geldübergabe noch das Foto für die »Galerie der Gewinner« habe anfertigen müssen. Angelika hatte das Bild brüsk an sich genommen.

»Und dann?«

Habe er sie noch mit dem Gepäck hinausbegleitet und diskret gewartet, bis sie in ein Taxi gestiegen sei.

»Weißt du noch die Nummer?«

Der Portier hatte panisch den Kopf geschüttelt und Angelika versichert, dass er aber zumindest noch wüsste, dass es sich bei dem Wagen um einen alten amerikanischen gehandelt habe, der wiederum knallorange gewesen sei.

Als Angelika zu Hause angekommen war, erwartete

sie ihr hilfloser Vater, der seinen Sohn bereits aus einem Bankgespräch zur Krisensitzung nach Hause zitiert hatte. Nach geschlagenen drei Stunden gelang es Angelika endlich, ihre eigene Nummer herauszufinden – keiner ihrer Bekannten hatte abheben wollen, selbst ihr Tantra-Partner nicht. Es war schließlich die Telefonauskunft, die ihr den Gefallen tat.

Mit klopfendem Herzen hatte sie die Tasten bedient. Kaum wurde abgenommen, begannen sie gemeinsam in den Hörer zu schreien. Angelika war der Meinung, dass sie kurz im Hintergrund die Stimme ihrer Mutter gehört hätte, die jemandem etwas zurief. Dann war die Verbindung zusammengebrochen. Sie hatten es weitere vierzig Male mit demselben Ergebnis probiert: Es nahm niemand mehr ab.

Rüdiger betrachtete skeptisch seine manikürten Hände. Sie mussten seine Mutter ausfindig machen. Ihm stand das Wasser bis zum Hals. Es war nicht nur die Maisonette-Wohnung in Charlottenburg, die auf dem Spiel stand. Es war auch seine Verlobte, die auf seltsame Weise mit der Wohnung verbunden war. Und was sollten erst seine Freunde denken, denen genauso beiläufig Wörter wie »Patina« oder »Finissage« aus dem Mund kamen wie Champagner hinein, wenn er zur nächsten Soiree anstatt Kobe-Rind aus Japan Hackbraten aus dem Brandenburgischen servieren würde. Er wollte nicht dahin zurück, woher er gekommen war.

Schließlich durchbrach er die Stille.

»Wenn Mutter wirklich dein altes Telefon dabeihat, können wir sie dann nicht orten?«

Angelika lag bereits das Wort »Faschist« auf der Zunge. Sie schluckte es jedoch bei genauerer Überlegung wieder herunter.

»Unter keinen Umständen! Das hatten wir in der Vergangenheit schon zur Genüge.« Es war ihr Vater, der abrupt aufgestanden war.

»Aber ansonsten finden wir Mama nie.« Angelikas Stimme klang ungewöhnlich sanft. »Denk an Ovid, Papa. Der Zweck heiligt die Mittel. Oder vermisst du Mama gar nicht?«

Gerhard musste sich setzen. Natürlich vermisste er seine Klara! Erst am frühen Nachmittag, als er hungrig vom Arzt nach Hause gekommen war, hatte sie ihm besonders gefehlt. Ansonsten roch es um die Uhrzeit immer nach dem Mittagessen, das sie für ihn frisch zubereitet hatte, aber diesmal nicht. Er rief irritiert in die leere Wohnung hinein, suchte sie, und als er sie nirgendwo ausmachen konnte, öffnete er den Kühlschrank. In ihm fand er sieben vorgekochte Portionen seiner Lieblingsmahlzeit. »Guten Appetit!« stand auf den kleinen Zetteln, die Klara auf die Deckel der Tupperboxen geklebt hatte.

»Aber wie macht man das mit dem Orten überhaupt?« Er ließ die Hände auf die abgewetzten Knie seiner Stoffhose fallen.

Rüdiger schenkte ihm nach.

»Vielleicht kann uns ja Herr Ossietzky aus dem Dreizehnten weiterhelfen«, murmelte er gedankenversunken und trank einen Schluck.

»Stasi-Ossietzky?!«

Alfred Ossietzky war einer der ersten Mieter, der 1973, nach der fertiggestellten Kahlschlagsanierung der Fischerinsel, in das vorderste der standardisierten Wohnhochhäuser vom »Typ Berlin, WHH GT 18« gezogen war. Er hatte keinen Hehl daraus gemacht, wer sein Arbeitgeber war. Und so war es nicht verwunderlich, dass er nie Besuch erhalten hatte. Abgesehen von einem japanischen Fernsehteam, das ihn groteskerweise für einen Nachkommen des Friedensnobelpreisträgers und Naziregimekritikers Carl von Ossietzky gehalten hatte.

Als es an seiner Tür schellte, rief er dem verbliebenen Rest der Familie Lüdtke aus seinem Wohnzimmer eine seiner Unverschämtheiten zu und stellte den Ton des Fernsehers lauter. Aber es klingelte weiter. Schnaufend raffte er sich von seinem samtbezogenen grünen Sofa auf und ging zum Türspion.

»Genosse Gerhard! Was verschafft mir die späte Ehre?«

Gerhard war sich sicher, dass Herr Ossietzky damit nicht die Uhrzeit meinte. Schüchtern traten sie ein, nahmen auf den ihnen zugewiesenen Plätzen Platz. Herr Ossietzky schaltete den Fernseher aus, setzte sich ihnen gegenüber und bildete mit seinen Händen die berühmte Merkel-Raute, die ihnen signalisieren sollte, dass er empfangsbereit war.

Rüdiger traute seinen Augen kaum, als Herr Ossietzky nach der vorgetragenen Bitte seines Vaters die Handynummer entgegennahm, aufstand, die Schrankwand öffnete, sich auf einen Schemel setzte und einen der leistungsstärksten Rechner, den es auf dem Markt gab, anschaltete. Es dauerte keine zwei Minuten, da drehte er sich lächelnd um.

»Genosse Gerhard, klarer Fall von familiärer Republikflucht! Ihre Frau befindet sich gerade auf dem Weg nach Frankfurt am Main. Was nun?«

Ja, was nun? Herr Lüdtke schaute seinen Sohn an, dieser hob die Schultern und reichte den fragenden Blick seines Vaters an seine Schwester weiter.

Auch als Herr Ossietzky sie mit den Worten: »Jederzeit gerne, Genossin und Genossen. Es war schön, mal wieder gebraucht zu werden«, verabschiedet hatte und das Ganglicht erloschen war, hatten sie immer noch keine Ahnung, wie es nun weitergehen sollte.

6

Es war die Vergänglichkeit des Augenblickes, die Alvaro am Autofahren so sehr liebte. Besonders bei Nacht. Kaum kenntlich huschten die Dinge am Rande des Scheinwerferlichts an ihm vorbei, den Blick auf die Straße gerichtet, umhüllt vom monotonen Schnurren des Motors, das dezent ausgeleuchtete Armaturenbrett, die leicht vor sich hin zitternde Tachometernadel. Es gab nichts weiter zu tun, als den Kurs zu halten. Alvaro kam sich vor wie der Pilot eines Raumschiffes, der von der Menschheit losgeschickt worden war, um eine Alternative zur sterbenden Welt zu finden. Und Frau Lüdtke war sein Navigator.

Er drehte sich zu ihr um und musste schmunzeln. Sie war eingenickt. Ihr Kinn lag auf der Brust, die Brille war auf ihre Nasenspitze gerutscht und das Hütchen auf den aufgeschlagenen Atlas gefallen. Ein leichtes Schnarchen kam aus ihrem Mund. Behutsam nahm er ihr den Straßenatlas vom Schoß, legte ihn auf den seinen und orientierte sich. Es waren noch circa einhundert Kilometer bis zur deutsch-französischen Grenze. Und obwohl Alvaro bereits seit vierundzwanzig Stunden wach war, fühlte er sich frisch und ausgeruht. Er nahm den Fuß etwas vom

Gas. Von ihm aus hätte die Fahrt noch viel weiter als bis nach Paris gehen können.

Der Grenzübergang lag verwaist und gelblich ausgeleuchtet wie ein Flussdelta im diffusen Morgennebel. Einzig einige Lastkraftwagen standen am Fahrbahnrand, als ob die Fahrer ihre Reise aufgegeben hätten. Landesgrenzen hatten für Alvaro etwas Bedrohliches an sich. Obwohl er nichts zu verbergen hatte und noch dazu Europäer war, sah er sie als letzte autoritäre Instanz eines Staates an, die es zu überwinden galt, und fürchtete sich vor der dort anzutreffenden Willkür, der er nichts entgegenzusetzen hatte.

Vor drei Jahren, als er in umgekehrter Richtung aus Frankreich nach Deutschland gekommen war, hatte man die Echtheit seines spanischen Passes angezweifelt. Mit der Hand am Pistolenhalfter war er vom Grenzbeamten gebeten worden, den Wagen seiner Mitfahrgelegenheit zu verlassen, ihm zu folgen und in einem stickigen, renovierungsbedürftigen Raum Platz zu nehmen. Er war nicht der Einzige gewesen, der dort nervös auf das weitere Procedere gewartet hatte.

Nach drei Stunden war er zu einem Schreibtisch geführt worden. Ihm gegenüber saß ein blonder, gründlich rasierter junger Mann, der in einer frisch gebügelten Uniform steckte. Als Alvaro sich gesetzt hatte, schaute der Beamte nach wie vor in Alvaros Reisedokument.

»Wussten Sie, dass wir am selben Tag und im selben Jahr geboren worden sind? Nur an unterschiedlichen Orten.«

Der Beamte klappte den Pass zu und sah Alvaro unverhohlen in die Augen.

»Woher kommen Sie, wohin wollen Sie, was ist der

Grund Ihrer Reise und was haben Sie in Ihrem Gepäck?«

Alvaro hätte ihm in passablem Deutsch sagen können, dass er aus Salamanca gekommen sei und sein Betriebswirtschaftsstudium abgebrochen habe, da sich für ihn und seinesgleichen der Aufwand nicht mehr gelohnt habe. Es habe keinen Platz mehr für die spanische Jugend und ihre Träume im eigenen Land gegeben. Dass er, wie so viele andere seiner Landsleute, in Deutschland sein Glück versuchen wolle und im Gepäck sein komplettes Hab und Gut bei sich führe. Stattdessen hatte er sich an den Rat des Nordafrikaners gehalten, der mit ihm in dem fensterlosen Raum gesessen hatte.

»Dokument gut? Ja! Dann gehen. Okay?!«

Dem Beamten war ein Lächeln über die Lippen gehuscht.

»Dokument gut, ja. Aber nun wollen wir einmal schauen, ob Sie in Ihren Körperöffnungen noch etwas Unerlaubtes mit sich führen.«

Alvaro schaltete in den Leerlauf, ließ den Wagen ausrollen und fuhr in Schrittgeschwindigkeit am Grenzhäuschen vorbei. Er wollte nichts falsch machen. Kaum hatte er den Posten passiert, erschienen im Rückspiegel wie auf Kommando drei auf und ab hüpfende Dienstmützen. Die Stille der Nacht wurde durch gellende Trillerpfeifen zerrissen.

Es war nicht Alvaros Verhalten gewesen, das die drei Grenzbeamten aus ihrem Halbschlaf gerissen hatte, sondern das Blubbern des V8-Motors. Als ob selbst ein amerikanisches Produkt den Franzosen die eigene Identität streitig machen, an dem Fundament der »Grande

Nation« nagen könnte, liefen sie alarmiert dem imperialistischen Eindringling hinterher.

Nach Luft japsend, nahm der Dickste des Trios neben der Fahrertür Haltung an, schob seine Jacke zurück über den Bauch und klopfte ungehalten mit seiner Pfeife an das Fenster. Alvaro kurbelte es herunter und streckte den Kopf in die kühle Morgenluft hinaus. Dabei führte er seinen Zeigefinger an die Lippen und deutete auf Klara. Die strenge Miene des Beamten weichte auf.

»*Excusez-moi, Monsieur! Est-ce que c'est votre mère?!* Ist … das Ihre Mama?«

Alvaro fühlte einen kleinen Stich in seinem Herzen. Was hätte er in diesem Augenblick dafür gegeben, neben seiner schlummernden Mutter zu sitzen und sie nach Paris zu begleiten. Aber sie lebte bereits seit zwanzig Jahren nicht mehr. Schlagartig wurde Alvaro bewusst, wann genau *er* von dem Faden getrennt worden war, der ihn durch das Leben geleitet hatte, und vor allem, wer diesen, bis zu seinem sechsten Lebensjahr, fürsorglich in den Händen gehalten hatte.

Er schluckte die aufkeimenden Erinnerungen hinunter. Anstatt zu antworten, folgte er dem verträumten Blick des Grenzbeamten, der beinahe so aussah, als ob dort seine eigene Mutter säße. Klara ließ einen kleinen Seufzer los und drehte den Kopf zum Beifahrerfenster. Meine Mutter Salma wäre jetzt auch sechzig Jahre alt, dachte Alvaro. Aber vielleicht war es nicht das Leben, sondern das Schicksal, das manchmal etwas zu verschenken hatte.

»Sehen Sie nur, wie friedlich sie schläft«, sagte der Grenzbeamte. »Und erst ihr Kostüm! *Très joli.*«

Alvaro nickte.

»Und wo wollen Sie mit ihr hin?«

»Nach Paris.«

Der Beamte hob anerkennend seine Augenbrauen.

»Ah, Paris! Sie sind ein guter Sohn!« Er trat einen Schritt zurück und salutierte. *»Bon voyage!«*

Kaum hatte Alvaro den Wagen beschleunigt, erwachte Klara ruckartig aus ihrem traumlosen Schlaf. Verwundert rieb sie sich die Augen.

»Habe ich etwas verpasst, Herr Contente de Ayllon? Mir war so, als ob ich französische Stimmen gehört hätte.«

»Ein höflicher Grenzbeamter hat Sie für meine Mutter und mich für Ihren Sohn gehalten, Frau Lüdtke.«

Da gibt es durchaus Schlimmeres, dachte Klara. Sie richtete sich auf, öffnete das Fenster einen Spalt und ließ sich die französische Luft um die Nase wehen.

»Und, riecht es schon anders?«

»Ja, einfach herrlich! Ein wenig Musik wäre jetzt schön, finden Sie nicht?«

Der Pariser Autobahnring schlängelte sich um die Stadt herum wie der biblische Leviathan, den es erst zu überwinden galt, bevor man das verheißungsvolle Innere betreten durfte. Sich als Ortsfremder auf den vierspurigen Bahnen zurechtzufinden glich einem Glücksspiel. Besonders im Berufsverkehr. Und so war es nicht verwunderlich, dass er seit seinem Bestehen neben unzähligen Menschenleben ebenso viele Ehen auf dem Gewissen hatte.

Nervös schaute Alvaro in den Rückspiegel. Er versuchte schon seit geraumer Zeit vergeblich, von der äußeren linken Spur, auf die man ihn gedrängt hatte, auf die rechte zu gelangen. Sie waren bereits fast ein ganzes Mal um den Ring gefahren.

»Ich bin ein Berliner Taxifahrer!«, ermutigte er sich, setzte erneut den Blinker, drehte das Lenkrad leicht nach rechts und wurde sofort von einem dauerhupenden Flughafen-Shuttlebus in die Schranken gewiesen. Klara hingegen war die Ruhe selbst. Sie hatte schon so lange auf diesen Moment gewartet, da kam es auf ein paar Stunden mehr oder weniger auch nicht an. Sie winkte lächelnd den vorbeifahrenden Flugbegleitern zu, die nicht wussten, wen sie entzückender finden sollten: die nette ältere Dame in Türkisgrün oder den rassigen jungen Mann, der neben ihr am Lenkrad saß.

Alvaro lief der Schweiß von der Stirn.

»Da, schauen Sie, in zwei Kilometern kommt eine Raststätte. Ich glaube, ich brauche eine kleine Pause. Oder was meinen Sie?« Klara tätschelte Alvaro leicht das Knie.

»Ja, ich auch! Aber wie sollen wir nur von der Autobahn abfahren?«

»Ich habe da eine Idee.«

Klara knotete ihr roséfarbenes Halstuch ab, öffnete das Fenster, hielt ihr Hütchen fest, streckte den Kopf sowie ihre rechte Hand hinaus und begann, mit dem Tuch dem nachfolgenden Verkehr ihre Absicht zu signalisieren.

»Ich glaube, jetzt können wir.«

Langsam tastete sich Alvaro immer weiter nach rechts und gelangte genau zum richtigen Zeitpunkt auf die Abfahrtsspur. Erleichtert atmete er aus, steuerte den Wagen direkt vor die Toilettenanlage, parkte, schaltete den Motor ab und schloss die Augen. Er fühlte sich nicht mehr wie ein heldenhafter Raumschiffpilot, sondern eher wie Robinson Crusoe, der gerade den Strand erreicht hatte.

»Das haben Sie gut hinbekommen, Herr Contente de Ayllon! Nun verschnaufen Sie ein wenig, und in der Zwischenzeit mache ich mich frisch und besorge uns etwas zur Stärkung. Croissant und Café au lait?«

Alvaro nickte, rieb sich die müden Augen und gähnte dabei herzhaft. »Das hört sich wunderbar an, Frau Lüdtke.«

»Wären Sie nur noch so freundlich und würden mir den obersten meiner Koffer herunterholen? Ich glaube, dort befindet sich das, was ich benötige.«

Doch während Klara noch überlegte, ob sie zur Sicherheit ihren Trolley mitnehmen sollte, war Alvaro bereits auf seinem Fahrersitz eingeschlafen. Wie ein Kind, dachte sie. Ach, es wird auch so gehen.

Klara zog den Schlüssel aus dem Zündschloss, öffnete ihre Tür, zerrte den Trolley heraus, stieg auf ihn und löste die Spanngurte vom Dachgepäckträger. Als sie ihren Koffer heruntergehoben hatte, verstaute sie den Trolley wieder auf der Rückbank und schloss den Wagen gewissenhaft ab. Nicht, dass sie um ihr Geld fürchtete, sie wollte nur vermeiden, dass Alvaro von irgendjemandem im wohlverdienten Schlaf gestört würde.

Klara hatte in ihrem Leben noch nie zuvor eine Fernfahrerdusche gesehen. Aber sie empfand diese Erfindung als äußerst praktisch. Keine zwanzig Minuten später fühlte sie sich wie neugeboren. Sie hatte ihr mintgrünes Ensemble gegen ein zitronengelbes ausgetauscht, rückte ihr ebenso signalfarbenes Hütchen gerade und entschied dann, es lieber keck zur Seite zu tragen. Zum Schluss band sie noch den malvenfarbenen Schal um. Dann machte sie sich auf, um etwas Essbares für sie beide aufzutreiben.

Zwar hatte sie schon viel von der französischen Esskultur gelesen und im Fernsehen gesehen, aber sie musste an einem anderen Ort als diesem zu finden sein. Der beleibte Herr hinter der Theke machte keine Anstalten, sie verstehen zu wollen. Er deutete ungeduldig mit seinem Bratwender auf die von Fett überzogene Speisekarte, die über der Fritteuse hing. Unschlüssig, was sie auswählen sollte, entschied sich Klara der Einfachheit halber für das Gericht Nummer eins. Dazu bestellte sie zwei Café au lait. Während der Wirt den kalten Kaffee vom Vortag in der Mikrowelle aufwärmte, bestrich er zwei aufgeschnittene Baguettes mit selbstgemachter Mayonnaise, legte dort krosse Pommes frites hinein und garnierte das Ganze mit auf den Punkt genau frittierten Hühnerbrüsten.

»*Voilà, Madame, les deux baguettes poulet frites à la chef, et les cafés au lait.*«

Nur der Preis, den Klara zu begleichen hatte, erinnerte an das, was die französische Küche eigentlich zu leisten vermochte. Klara zahlte, nahm die Tüte entgegen, ging zum Wagen zurück und klopfte leicht an die Scheibe, um Alvaro zu wecken. Der Kaffee sollte kein zweites Mal erkalten.

Gemeinsam setzten sie sich in die Sonne auf die Bordsteinkante, bissen hungrig in ihre knusprigen Baguettes und hoben im selben Augenblick die Augenbrauen. Die eigenwillige Komposition schmeckte überraschenderweise sehr gut.

Während sie genüsslich kauten, hielt zwei Parkbuchten weiter links mit quietschenden Reifen ein stark zerbeultes Taxi an. Der Fahrer sprang heraus, ließ die Tür offen stehen und eilte zu den Toiletten. Alvaro kam ins Grübeln.

»Ich weiß nicht, Frau Lüdtke«, begann er schweren Herzens. »Vielleicht ist es besser, wenn Sie sich ab hier ein Pariser Taxi nehmen. Ich kriege es ja noch nicht einmal hin, in die Stadt hineinzugelangen. Geschweige denn, mich dort zurechtzufinden.«

Klara hörte mit dem Kauen auf.

»Das kann nicht Ihr Ernst sein, Herr Contente de Ayllon. Wir haben es doch fast geschafft. So kurz vor dem Ziel, da darf man nicht aufgeben!«

Erleichtert trat der Taxifahrer neben sie ins Freie, schüttelte das rechte Bein aus wie ein Hund und zog den Reißverschluss seiner Hose zu. Er blickte kurz auf Klara und Alvaro, zwinkerte ihnen zu, schob den Zahnstocher in seinem Mund gekonnt mit der Zunge von der einen auf die andere Seite und setzte die Sonnenbrille wieder auf.

»Ich glaube, Sie haben recht, Alvaro. Wir würden uns hoffnungslos verfahren. Warten Sie bitte kurz.« Entschlossen stand Klara auf und folgte dem Mann zu seinem Wagen. Schon wieder durchbohrte etwas Alvaros Herz.

Es war kein richtiges Gespräch, eher ein Austausch von Gesten, den Alvaro wehmütig beobachtete. Nach fünf Minuten schienen sie sich einig geworden zu sein. Klara gab dem Mann die Hand, öffnete ihren Zuckertopf und überreichte ihrem neuen Chauffeur fünfzig Euro.

»Kommen Sie, Herr Contente de Ayllon. Er hat es offenbar eilig!«, rief ihm Klara aufgeregt zu.

Sein französischer Kollege saß bereits im Wagen, setzte mit Vollgas zurück und wartete ungeduldig.

Alvaro seufzte, erhob sich schwermütig und ging zum Dachgepäckträger.

»Nein, nein! Sie müssen sich hinter das Steuer klemmen und den Wagen starten. Hervé fährt vor und bringt uns in die Stadt. Direkt zu den Champs-Élysées! Ist das nicht aufregend?«

»Wenn Cemal das jemals mitbekommt, wird er mich im Betriebshof öffentlich auspeitschen lassen. Ein Taxifahrer, der sich von einem anderen Taxifahrer den Weg weisen lassen muss! Ach, warum eigentlich nicht?«

Eilig schmiss Alvaro Klaras Koffer zu dem Trolley auf die Rückbank, nahm Platz und ließ den Motor aufheulen. Er musste die Reifen durchdrehen lassen, um seinem Kollegen folgen zu können. Dabei nahm er sich fest vor, auf den Weg zu achten, damit er wenigstens fähig wäre, aus der Stadt wieder herauszufinden. Doch das war unmöglich. Hervé hatte es anscheinend wirklich eilig. Selbst bei seinen riskanten Überholmanövern hatte Alvaro keine Chance, in den Rückspiegel zu schauen. Aber das war anscheinend der Trick an der ganzen Sache, um in Paris ernsthaft voranzukommen.

»Da! Der Eiffelturm!« Alvaro wagte es, seinen Blick für den Bruchteil einer Sekunde von der Stoßstange seines französischen Kollegen zu nehmen. So schnell das stählerne Gebilde zwischen den Häuserfluchten aufgetaucht war, so schnell verschwand es auch wieder. Schon schossen sie über die Seine, rasten die Avenue Georges V hoch und drifteten nach links, direkt auf das Kopfsteinpflaster der Champs-Élysées. Hervé hupte zum Abschied dreimal, klinkte die imaginäre Zugleine aus, beschleunigte erneut und entschwand im dichten Stadtverkehr.

Als ob man sie bereits erwartet hätte, erschien in diesem Augenblick die Sonne hinter einer fluffigen Wolke und tauchte die Szenerie in ihr wärmendes Licht. Und für einen Moment schien die Welt sich langsamer zu drehen. Ein leichter Wind strich zart durch das Geäst der Kastanienbäume und ließ das Blattwerk schimmernd erzittern. Die darunter flanierenden Passanten waren all ihrer Eile beraubt. Die liebevoll arrangierten Auslagen der Geschäfte erschienen zum Greifen nahe. Anstatt des Motorenlärms war überhebliches Vogelgezwitscher zu hören. Und selbst der die Luft schwängernde Abgasgeruch hatte etwas Lieblicherem Platz gemacht.

»Endlich!«, hauchte Klara. Und auch Alvaro hatte irgendwie das Gefühl, irgendwo angekommen zu sein.

Dann nahm alles wieder Fahrt auf. Konzentriert steuerte er den Wagen, während Klara nicht wusste, wo sie zuerst hinschauen sollte. Wie ein Kind zu Weihnachten gab sie unterschiedliche Laute der Entzückung von sich, rieb sich ab und zu die Augen und strahlte dabei wie noch nie in ihrem Leben. Nach einem kurzen Stück wurden sie unweigerlich in das Chaos des sechsspurigen Kreisverkehrs auf dem Place Charles de Gaulle hineingezogen, aus dem es kaum ein Entrinnen gab. Klara machte dies jedoch absolut nichts aus.

»Schauen Sie nur, Herr Contente de Ayllon. Der Arc de Triomphe. Wie erhaben er in echt ist. Wundervoll!«

Sie klebte mit offenem Mund an der Windschutzscheibe, während Alvaro alle Hände voll damit zu tun hatte, den Camaro beulenfrei zu halten, so gerne er auch Klaras Begeisterung geteilt hätte.

Nach der siebten Umrundung hatte er den Dreh endlich heraus. Aus Spaß an seinem neu erworbenen

Können wechselte er die Spuren nach Belieben, hupte grundlos und zog weitere Kreise um das Wahrzeichen der Metropole. Klara juchzte und ließ sich von der Fliehkraft an die Beifahrertür treiben.

»Ich fühle mich so … so lebendig! Was meinen Sie, wollen wir schauen, was es ansonsten noch zu bestaunen gibt?«

Von ihrer Leichtigkeit angesteckt, ließ Alvaro sein Fenster herunter, legte den Ellbogen auf die Chromleiste der Fahrertür und bog gekonnt zurück auf den Prachtboulevard. Ohne sich dessen bewusst zu sein, fing er an, ein Lied zu summen.

»Sie kennen Joe Dassin?!«

Alvaro hielt abrupt inne und schaute Klara fragend an.

»Nein, nein, machen Sie bitte weiter! Welches Lied könnte ansonsten hierher passen?«

Und plötzlich erinnerte sich Alvaro an den Text. Keine Minute später hatte Klara ebenfalls ihr Fenster heruntergekurbelt und den Ellbogen aufgelegt. Und gemeinsam sangen sie mit einer solchen Inbrunst den Gassenhauer »Les Champs-Élysées«, dass sich die Passanten nach ihnen umdrehten.

7

In Paris einen Parkplatz zu ergattern glich der Wahrscheinlichkeit, in Niederbayern ein veganes Restaurant ausfindig zu machen. Sie hatten bereits viermal den gesamten Prachtboulevard abgesucht, doch Alvaro wollte nicht aufgeben.

»Dann lassen Sie uns der Einfachheit halber irgendwo anders hinfahren, Herr Contente de Ayllon. Es muss ja nicht unbedingt ein Kaffeehaus direkt an den Champs-Élysées sein. In einem anderen Bezirk wird es sicherlich auch ein hübsches geben.«

»Doch, Frau Lüdtke, es muss sein! Ansonsten werden Sie bis an Ihr Lebensende darüber grübeln, wie der Milchkaffee dort, direkt in der ersten Reihe, geschmeckt hätte.«

»Meinen Sie wirklich?«

»Ja! Mit verpassten Chancen kenne ich mich nun wirklich aus.«

Plötzlich entdeckte Alvaro einen Parkplatz. Er bremste barsch, setzte zurück und musste passen, als hinter ihm aufdringlich hupend ein Kleinwagen in die Lücke fuhr. Aus dem Wagen stieg in vollendeter Eleganz eine Dame, die ihre Nase so hoch trug, als ob sie im Himmel etwas suchen würde. Wie ein Storch stolzierte sie an ihnen vorbei.

»Wirklich? Wo wollten Sie denn schon einmal Kaffee trinken und haben es sich dann anders überlegt?«, fragte Klara interessiert.

Alvaro musste lachen.

»Nein, das meinte ich nicht. Ich habe in meinem Leben Entscheidungen getroffen, auf die ich nicht gerade sehr stolz bin. Und ich frage mich seit kurzem häufiger, wie sich das Leben heute anfühlen würde, hätte ich mich damals anders entschieden.«

Während sie ihm zuhörte, folgten Klaras Augen der Pariserin, die sich doch noch einmal umdrehte und Alvaro zuzwinkerte.

»Haben Sie das gesehen? Sie hat Ihnen einen wirklich verführerischen Blick zugeworfen.«

»Wer?«

»Na, die Dame mit dem kleinen weißen Hund auf dem Arm, die uns den Parkplatz vor der Nase weggeschnappt hat.«

Alvaro zuckte resigniert mit den Schultern.

Klara seufzte. »Zumindest verstehe ich jetzt, was Sie meinen. Also gut.« Sie öffnete die Tür.

Alvaro schaute überrascht zu ihr hinüber.

»Wohin wollen Sie denn?«

»Ich dachte, ich sollte meinen Kaffee trinken gehen? Keine Angst, ich berichte Ihnen anschließend auch, wie er geschmeckt hat. Aber wie wollen wir es denn überhaupt machen?«

Alvaro musste kurz nachdenken. Zu gerne hätte er Frau Lüdtke an einen der Bistrotische geführt, ihr den Flechtstuhl untergeschoben und für sie gemeinsam bestellt, um dann schweigend an den Tassen nippend das frühsommerliche Treiben zu genießen.

»Wir machen es so: Sie gehen in Ruhe Ihren Kaffee trinken, während ich ein paar weitere Runden drehe.«

»Meinen Sie wirklich? Und falls wir uns aus den Augen verlieren sollten?«

Alvaro grinste über den Gedanken. Eine Frau, die wie ein Zitronenfalter gekleidet war, und ein Taxifahrer in einem orangefarbenen Amischlitten mit zwei Koffern auf dem Dach.

»Nein, Frau Lüdtke. Ausgeschlossen. Zwei wie uns gibt es in ganz Paris nicht noch einmal.«

»Da haben Sie wohl recht. Nun gut!«

Klara stieg aus, nahm den Trolley von der Rückbank und blieb zögernd an der Beifahrertür stehen.

»Hier, Frau Lüdtke! Nur zur Sicherheit.«

Alvaro reichte ihr seine Karte. Sie betrachtete sie skeptisch.

»Ist Ihr Telefon denn auch angeschaltet?«

Alvaro langte in die Innentasche seiner Lederjacke – nein, das war es nicht. Trotzdem nickte er. Erleichtert fuhr Klara den Griff ihres Koffers aus, richtete sich auf und steuerte, um einen eleganten Gang bemüht, die Terrasse des »Café Georges V« an. Kaum hatte Klara sie erreicht, eilte ihr ein beschürzter Kellner entgegen und verbeugte sich dezent vor ihr. Er platzierte sie mit einer einladenden Geste an einem der besten Tische, reichte ihr die Karte und wartete geduldig, bis sein Gast seine Wünsche formuliert hatte.

Als ob Frau Lüdtke schon immer hierher gehören würde, dachte Alvaro zufrieden und schaltete das Telefon ein. Hinter ihm heulte die Sirene eines Polizeiwagens auf. Er wusste nicht, wo er zuerst hinschauen sollte. In den Rückspiegel oder auf das dauerblinkende und vibrierende Telefon, das auf seinem Schoß hin und her hüpfte. Er hob entschuldigend die Hand, legte den Gang ein und fuhr langsam an. Als er Klara passierte, die mit geschlossenen Augen genüsslich den ersten Schluck von ihrem Kaffee nahm, fiel sein Blick auf den Beifahrersitz. Auf ihm thronte der Zuckertopf. Mist, jetzt hatte sie ihr Geld vergessen!

Das Telefon klingelte. Cemal! Alvaro ließ den Polizeiwagen passieren, in dem zwei aufgeregte junge Beamten saßen, die ihm ihre Daumen entgegenstreckten. Dann nahm er ab.

»Cemal, ich kann gerade nicht. Ich bin in …«

»Ick weiß, dass de in Paris bist. Meine Fraje is nur, ob du dich im Voraus hast bezahlen lassen.«

Alvaro schaute skeptisch auf den Taxameter, der gerade auf eintausendachthundert Euro umsprang. Am Telefon rief jemand etwas im Hintergrund, dann folgte ein kleines Handgemenge, lautes Geraschel war zu hören. Auf einmal vernahm Alvaro Kerstins aufgelöste Stimme.

»Alvaro, es tut mir ja so leid …!«

»Kerstin, dit Jeschäft geht vor. Du kommst ja gleich dran.«

Alvaro legte das Telefon beiseite, fuhr eine weitere Runde um den Arc de Triomphe und dann zurück auf die Champs-Élysées. Erst als er durch die Bäume die gelbe Silhouette von Frau Lüdtke leuchten sah, nahm er das Gerät wieder auf.

»Cemal, ich kann jetzt nicht, ich muss schauen, dass ich meinen Fahrgast nicht aus den Augen verliere.«

»Dit kann doch gar nicht sein, oder? Ist der etwa nicht

im Wajen? Du fährst doch gerade! Wann kommsde wieder nach Berlin? Und sag, hat er dich bezahlt?!«

Alvaro legte auf, stellte das Telefon auf stumm und hob mit schlechtem Gewissen den Korkdeckel vom Zuckertopf. In ihm befanden sich unzählige sorgsam zusammengefaltete Fünfzig-Euro-Scheine. Er hatte keine Ahnung, ob sie ausreichen würden, um die Tour zu begleichen, aber im Moment war es ihm egal. Es würde sich schon alles finden.

Mit einem Lächeln schaltete er den Taxameter aus, stellte das Radio ein und fuhr zum Kreisverkehr des Franklin-D.-Roosevelt-Platzes, um erneut seine Runde zu drehen.

Der erste Schluck des Milchkaffees schmeckte genau so, wie Klara ihn sich schon so oft in der Küche ihrer Mietwohnung vorgestellt hatte. Er war nicht zu stark und die aufgeschäumte Milch nicht zu heiß geraten. Klara reckte den Kopf zur Sonne und schloss die Augen. Ein fremder und doch ebenso vertrauter Klangteppich aus französischen Wortfetzen, Geschirrgeklapper, gedämpften Motorengeräuschen und Vogelgezwitscher umhüllte sie. Eine warme Brise umschmeichelte ihr Gesicht. Klara tastete nach der Kaffeeschale, führte sie zum Mund und nahm einen weiteren Schluck.

»Einfach traumhaft, Gerhard. Oder findest du nicht?«

Klara öffnete überrascht die Augen. Die Worte waren wie von selbst aus ihrem Mund gekommen. Nicht dass sie tatsächlich erwartet hätte, ihren Mann neben sich vorzufinden, der über das Kreuzworträtsel einer Tageszeitung gebeugt vor seinem Mittagsbier saß. Nein, sie war darüber überrascht, dass sie das Bedürfnis hatte, diesen lang herbeiersehnten Moment mit jemandem teilen zu können. Als ob sie dadurch dessen Zauber konservieren könnte.

Irritiert blickte sich Klara um. An den Nebentischen sah sie Menschengruppen, die sich angeregt unterhielten, ein älteres Ehepaar, das schweigend und händchenhaltend vor seinen Sherrygläsern saß, und drei Geschäftsleute, die ihre Krawatten gelockert und allem Anschein nach etwas zu feiern hatten. Auf der gegenüberliegenden Straßenseite rollte gerade der orangefarbene Camaro vorbei. Klara hob ihre Hand und winkte Alvaro zart durch den Verkehr zu. Sie fragte sich, ob es auch reichen würde, ihm später über die Erfüllung ihres Traumes zu berichten, oder ob dies dann nur noch verwässert möglich wäre.

Als Klara wieder auf das lackierte Eichenholzfurnier ihres Tisches schaute, hüpfte dort ein Spatz aufgeregt hin und her, der seinen Kopf schräg hielt und sie auffordernd betrachtete. Lächelnd brach Klara ein Stück ihres Croissants ab und warf es dem Vogel zu. Er machte keine Anstalten wegzufliegen, um in Sicherheit seine Beute zu vertilgen. Stattdessen leistete er ihr Gesellschaft, bis sie ihren Milchkaffee ausgetrunken hatte.

Die frühsommerliche Harmonie, die auf der Terrasse des Cafés herrschte, wurde barsch durch die Ankunft einer amerikanischen Reisegruppe zerstört. Als ob die Touristen in ihrem eigenen Vorgarten wären, schoben sie freie Tische und Stühle zu einer Tafel zusammen, riefen lauthals nach dem »Garçon« und stellten ihre mitgebrachten Limonadenflaschen auf die Tische.

Der Spatz verließ unter protestierendem Gezwitscher den Tisch und auch Klara befand, dass es an der Zeit war zu gehen.

Als der Kellner mit der Rechnung an ihren Tisch kam, bemerkte sie das Fehlen ihres Zuckertopfes. Peinlich berührt schaute sie zuerst dem Herrn in die dunklen Augen und dann auf ihren Trolley. Es würde nicht anders gehen. Umständlich schob sie sich halb unter den Bistrotisch, öffnete den Reißverschluss des Koffers so weit wie nötig, schob zitternd ihre Hand hinein und zog aus Versehen ein ganzes Bündel Hundert-Euro-Scheine heraus. Hektisch blickte sie hoch und sah auf den Rücken des Kellners, der sich anscheinend respektvoll von ihr abgewandt hatte. Sie war entzückt, einem Menschen mit so viel Taktgefühl begegnet zu sein. Dann jedoch erkannte sie ihren Irrtum. Denn der Kellner befand sich gerade in einer lebhaften Diskussion mit Alvaro, der ihren Zuckertopf in den Händen hielt.

Erleichtert und ebenso dankbar verstaute sie die Scheine in der Innentasche ihres Sakkos und tauchte wieder auf. Alvaro schaute Klara schockiert über die Schulter des Kellners an.

»Der will uns betrügen, Frau Lüdtke! Stellen Sie sich vor, der verlangt siebzehn Euro vierzig für einen Milchkaffee und ein Hörnchen!«

Klara hob überrascht ihre Augenbrauen, dann lächelte sie.

»Ich denke, das war es wert.«

Schnaubend öffnete Alvaro den Zuckertopf und überreichte dem Kellner einen von Klaras Fünfzig-Euro-Scheinen.

»Und runden Sie bitte auf.«

»Auf zwanzig?!«

Klara wusste nicht, wieso, aber sie entschied sich spontan, auf fünfzig aufzurunden. Während beide Herren aus unterschiedlichen Gründen durch ihre Zahnlücken pfiffen, strich Klara ihren gelben Rock glatt und fuhr den Griff ihres Trolleys aus. Der Kellner ließ es sich nicht nehmen und geleitete seine Kundin unter einem schmeichelnden Wortschwall zum Wagen, hielt ihr die Tür auf und winkte ihnen zum Abschied mit seinem blütenweißen Serviertuch hinterher, während er beschloss, erst einmal Pause zu machen und die amerikanischen Touristen Touristen sein zu lassen. Sie würden schon nicht verdursten.

»Und, wie war Ihr Milchkaffee, Frau Lüdtke? Haben Sie ihn wenigstens mit Blattgold serviert bekommen? Als ob ich Sie nicht selbst zum Wagen hätte führen können!«

Klara betrachtete liebevoll Alvaro, dessen Stirn von einer senkrechten Zornesfalte geteilt wurde. Wie ein eifersüchtiger Sohn, dachte sie berührt. Es war ein schönes Gefühl, das sie noch ein wenig auskostete, bevor sie ihm antwortete.

»Wenn ich ehrlich sein darf, hätte ich den Kaffee lieber mit Ihnen gemeinsam genossen als mit dem Spatz.«

»Mit dem Spatz? Sie meinen damit aber nicht den liebestollen älteren Kellner?«

»Nein! Einen wirklichen Spatz. Einzig ein Vogel hat mir Gesellschaft geleistet.«

Alvaro drehte irritiert den Kopf zu Klara. Dabei fiel sein Blick auf ihren Ehering, der sich über die Jahre hinweg wie ein immer enger werdendes goldenes Band in das Fleisch ihres linken Ringfingers gegraben hatte. Sein Ärger war genauso schnell verschwunden, wie er in ihm aufgekeimt war.

»Sagten Sie gerade mit mir? Nicht mit Ihrem Mann,

wenn Sie die Frage erlauben?« Alvaro räusperte sich verlegen und schaute wieder auf den Verkehr.

Klara musste unwillkürlich auflachen, obwohl sie es eigentlich gar nicht wollte. Sie versuchte es zu unterdrücken, was sich eher nach einem Schluchzen anhörte.

»Ja, das war eigentlich immer mein größter Wunsch. Nur einmal mit meinem Mann gemeinsam nach Paris anstatt nach Rügen zu fahren. Untergehakt über die Champs-Élysées geführt zu werden, dort einen Milchkaffee zu trinken und in einen Bus zu steigen, um zumindest aus der Ferne die Sehenswürdigkeiten zu bestaunen. Aber es sollte nicht sein. Und jetzt ist es eh zu spät.«

Alvaro biss sich vor Ärger auf die Lippen. Er hatte über die Jahre hinweg ein untrügliches Gespür dafür entwickelt, in jedes noch so entfernte Fettnäpfchen zu treten. Nun wusste er auch, warum Frau Lüdtke unter der Brücke am Flughafen Tegel so panisch reagiert hatte und so dringend nach Paris musste: Denn im Trolley, den sie kaum aus den Händen gab, führte sie die Asche ihres verstorbenen Mannes mit sich. Eine Art letzte gemeinsame Reise.

»Entschuldigen Sie bitte, und mein herzlichstes Beileid, Frau Lüdtke. Wie lange weilt Ihr Mann denn nicht mehr bei Ihnen?«

Nun konnte Klara nicht mehr an sich halten. Es dauerte eine Weile, bis sie sich so weit wieder im Griff hatte, um ein klares Wort äußern zu können. Sie wusste selbst nicht, was plötzlich mit ihr los war. So läppisch kannte sie sich nur aus ihrer Jugend und der Zeit, als sie ihren Mann auf einem Feuerwehrfest in der Uckermark kennengelernt hatte. Klara hinterfragte es nicht weiter. In jedem Fall fühlte es sich gut an, irgendwie lebendig.

Sie wischte sich die Lachtränen mit ihrem zitronengelben Einstecktuch aus den Augen und lehnte Alvaros höfliches Angebot, rechts heranzufahren, dankend ab.

»Wenn ich es mir recht überlege, Herr Contente de Ayllon, weilt mein Gerhard schon seit dem Ende der Deutschen Demokratischen Republik nicht mehr bei mir. Sie müssen wissen, er war von frühester Jugend an ein überzeugter Sozialist und ein begnadeter Hobbysänger. Aber er hat alles immer so ernst genommen. Den Kampf gegen den Kapitalismus, das Streben nach Gleichheit, Gerechtigkeit und Solidarität. Am Anfang habe ich ihn dafür angehimmelt. Er war so engagiert, ein richtiges Vorbild. Aber mit der Geburt unserer Kinder musste auch er einsehen, dass der Freiheitskampf seine praktischen Tücken hatte und in unserem Land nicht alles gleichgeschaltet war. Und als sich die Grenzen geöffnet haben und uns endlich alle Möglichkeiten offenstanden, das zu tun, was wir uns schon immer erträumt hatten, haben sich die Grenzen meines Mannes gänzlich geschlossen. Er fand sich von einem Tag auf den anderen inmitten einer Gesellschaft wieder, die er immer verachtet hatte. Dazu war er noch Geschichtslehrer. Alle Bücher mussten umgeschrieben werden. Feinde wurden auf einmal zu Freunden erklärt und andersherum. Können Sie sich das vorstellen? Selbst die Musik, die uns noch verbunden hatte, gab er gänzlich auf. Für Sentimentalitäten war in seinem Leben kein Platz mehr. Und für Paris schon gar nicht.«

Zum ersten Mal seit langem empfand Klara so etwas wie Mitleid mit ihrem Mann. Sie hatte damals versucht, ihn nach Möglichkeit zu unterstützen, aber da waren noch die Kinder, die mitten in der Pubertät steckten, und die damit einhergehenden Sorgen, dazu ein neues Land, in dem es sich erst einmal zurechtzufinden galt. Und irgendwann hatte Klara einfach die Kraft gefehlt, die eingefahrenen Bahnen ihres gemeinsamen Lebens zu verlassen.

»Aber wieso ist er nie mit Ihnen nach Paris gereist? Frankreich ist doch seit der Revolution das Ursprungsland des sozialistischen Gedankens.«

Klara drehte sich erstaunt zu Alvaro um. Es gab schon lange keinen Menschen mehr, der sich mit ihrem Leben und ihren Gedanken auseinandersetzte. Wer war dieser junge, intelligente Mann überhaupt, warum sprach er so gut Deutsch und saß hinter dem Steuer eines Wagens, um sein Geld zu verdienen?

»Sie haben recht. Aber es ist nicht mehr der Gedanke von Gleichheit, Freiheit und Brüderlichkeit, der das soziale Zusammenleben der Menschheit prägt, sondern es sind die individuellen wirtschaftlichen Interessen einzelner Gruppen und der Rechtspopulisten, die die Gunst der Stunde für sich nutzen. Wie könnte man da in ein Land reisen, das seine Ideale selbst verraten und verkauft hat? Das stammt nicht von mir, sondern von meinem Mann. Wenn Sie mich fragen, hat er einfach nur Angst vor jeglichem Neuen.«

»Und jetzt haben Sie ihn doch noch mit auf Ihre letzte gemeinsame Reise genommen?« Alvaro deutete mit den Daumen auf den Trolley, der auf der Rückbank lag.

Klara verstand nicht, was er mit dieser Geste meinte, doch dann machte es »klick« in ihrem Kopf.

»Nein, nein. Er lebt noch. Aller Wahrscheinlichkeit nach sitzt er gerade mit meinen beiden Kindern am Couchtisch und fragt sich, wo ich bin, oder zumindest mein Geld. Aber machen Sie sich keine Gedanken um meinen Mann, ich habe ihm für eine Woche vorgekocht.«

Alvaro musste hinter dem Steuer lachen.

»Also, Sie haben das gemeinsame Girokonto geplündert und sind Ihrer Familie ausgebüxt. Habe ich das richtig verstanden?«

Klara gefiel diese Formulierung.

»Ja, ich bin ihnen ausgebüxt. Allerdings würde ich niemals im Leben etwas an mich nehmen, was nicht gänzlich mir gehören würde. Aber sagen Sie, Herr Contente de Ayllon, wohin fahren Sie eigentlich mit mir?«

Alvaro hatte keine Ahnung, wo sie sich gerade befanden. Während ihres Gespräches hatte er sich einfach vom dichten Stadtverkehr treiben lassen. Direkt vor ihnen stand ein Touristenbus, der in vier verschiedenen Sprachen damit warb, von sechs Uhr morgens bis zwölf Uhr abends alle Touristenattraktionen in Dauerschleife abzufahren. Man konnte beliebig zu- und aussteigen. Alvaro zeigte auf den Bus.

»Wenn Sie möchten, Frau Lüdtke, können Sie aussteigen und sich dort hineinsetzen. Ich fahre Ihnen dann hinterher.«

Klara überlegte einen Moment und schüttelte schließlich den Kopf.

»Nein, das Erlebnis möchte ich gerne mit Ihnen teilen. Das Kaffeetrinken war schon einsam genug. Was halten Sie davon, wenn wir dem Bus einfach folgen? Irgendwann werden wir schon wieder auf die Champs-Élysées gelangen.«

Alvaro nickte zufrieden, drehte die Lehne seines Sitzes ein Stück nach hinten und hängte sich an den ruckelnd anfahrenden Bus. In gemächlichem Tempo ging es über die Seine auf die Île de la Cité, an der sonnenbeschienenen Kathedrale Notre Dame vorbei, vor der sich ebenso viele Menschen wie Tauben befanden. Dann überquerten sie erneut den Fluss und steuerten direkt in das Quartier Latin hinein. Klara war überrascht darüber, wie viele junge Menschen hier allem Anschein nach tagsüber Zeit hatten, in Cafés herumzulungern, um alkoholische Getränke zu sich zu nehmen. Alvaro versicherte ihr auf Nachfrage, dass es sich in Berlin durchaus nicht anders verhalten würde. Warum auch nicht?, dachte Klara. Einige der Müßiggänger winkten ihr vergnügt von den Bistrotischen aus zu. Klara erwiderte gerne deren Gruß, erfreute sich an der Lebendigkeit der Stadt und ließ sich wieder in das Leder ihres Sitzes fallen.

Sie fuhren zurück zur Seine, bogen auf den Quai Voltaire und passierten das Musée d'Orsay, vor dem eine beträchtliche Schlange geduldig darauf wartete, Einlass zu finden.

»Sehen Sie nur dort, Frau Lüdtke!«

Klara folgte neugierig Alvaros ausgestrecktem Zeigefinger. Die Sonne stand schräg im Westen direkt über der Wasserader der Stadt und tünchte die sanft vom Wind aufgeworfenen Wellenkämme in ein silbrig reflektierendes Licht, das so stark war, dass es die Touristenschiffe fast verschluckte. Die Boote schienen unwirklich auf dem Fluss zu schweben. Nur im Schatten, den die Pont de la Concorde auf das Wasser warf, konnte man ungehindert einen Blick auf die Realität erhaschen. Aber wer wollte das schon in einem solchen Moment.

Von Klara unbeachtet, glitt am gegenüberliegenden Ufer der Barockgarten der Tuilerien vorbei sowie zu ihrer

Linken die Ausläufer des Hôtel des Invalides mit seinem markanten goldenen Kuppelbau, der die Gebeine Napoleons I. beherbergte.

Erst als sie der abknickenden Uferstraße in Richtung Eiffelturm folgten, löste Klara sich von dem bezaubernden Anblick, um kurz darauf erneut in Entzücken zu geraten. Ihr Mann hatte zwar immer behauptet, dass es sich bei dem Pariser Wahrzeichen wie beim Westberliner Funkturm nur um ein zusammengenietetes Konstrukt aus Stahlstreben handeln würde – aber es war ein wahrhaftig Kunstvolles. Ein Gitterwerk von einer großen Komplexität, das zugleich filigran wirkte. Nie hätte Klara gedacht, dass er hier an Ort und Stelle so groß und erhaben auf sie wirken könnte. Wie gerne wäre sie ausgestiegen und hätte am Fuße eines der vier Fundamente den Abend erwartet, um das an den Streben angebrachte Lichtspektakel zu bewundern. Doch Alvaro musste weiter, dem Bus folgen. Und es gab noch so viel zu sehen.

Als sie auf die Pont d'Iéna in Richtung Norden abbogen, schnallte sich Klara ab, stieg über die Rückenlehne des Beifahrersitzes und betrachtete, auf ihrem Trolley kniend wie ein kleines Kind, aus der Heckscheibe den immer kleiner werdenden Eiffelturm.

Sie waren bereits fast wieder am Place Charles de Gaulle angelangt, als Klara aus dem Fond des Wagens zurückgeklettert kam und ihr verrutschtes Hütchen schräg aufsetzte. Dabei blickte sie Alvaro verschwörerisch an.

»Was meinen Sie, Herr Contente de Aylon, wollen wir dem Bus weiterhin folgen und schauen, an welche Orte er uns noch bringt?«

Alvaro fuhr sich lächelnd über sein stoppeliges Kinn.

»Ich hatte gehofft, dass Sie das vorschlagen würden, Frau Lüdtke.«

Aus Gewohnheit heraus drehte Alvaro noch eine Ehrenrunde um den Arc de Triomphe, beschleunigte, verließ den Kreisel auf die Avenue de Wagram und hängte sich wieder an das Heck des Touristenbusses, der es nun anscheinend auch eilig hatte. Erst als sie sich ein gutes Stück weiter nordwestlich dem Montmartre näherten, nahm der Fahrer unerwartet den Fuß vom Gas und bremste abrupt. Fast wäre Alvaro ihm aufgefahren. Unaufhaltsames Blitzlichtgewitter zuckte zeitgleich aus den Seitenfenstern des Busses.

»Moulin Rouge«, las Klara die illuminierte Leuchtstoffwerbung der Pariser Institution vor, an der sie nun in Schrittgeschwindigkeit vorbeirollten. »Dort tanzen doch die Leichtbekleideten, oder? Wäre das nicht etwas für Sie?«

Alvaro wusste nicht, wieso, aber er lief tomatenrot an. Das plötzliche Ruckeln des Motors vertrieb seine Verlegenheit. Mit einem kurzen Blick kontrollierte er den Stand der Tankanzeige, die überraschenderweise nach wie vor auf »Voll« stand.

»Das kann nicht sein«, murmelte er vor sich hin, und im selben Moment zog der V8 wieder Benzin. Erleichtert folgte er dem Bus auf die höchste Erhebung der Stadt. Direkt vor dem steil aufsteigenden Zugang zur Basilika Sacré-Cœur, die wie ein Adlerhorst über Paris thronte, verebbte das monotone Blubbern des Motors. Der Camaro vollführte einen letzten kleinen Hüpfer und blieb dann stehen.

»Schauen Sie nur, was für ein Glück wir haben!«

Alvaro verstand nicht, was Frau Lüdtke mit »Glück«

meinte. Klara hingegen deutete aufgeregt auf das Schaufenster des Elektrofachgeschäftes, vor dem sie zum Stehen gekommen waren. Alvaro blickte verständnislos in die Auslage, in der die Monitore unzähliger Flachbildschirme den Camaro und seine Insassen wiedergaben.

»Nein, davor! Ein Parkplatz! Kommen Sie, machen Sie schnell. Sie steigen aus und schieben und ich setze mich hinter das Lenkrad.«

»Können Sie denn Auto fahren?«

Klara musste kurz überlegen. »Theoretisch, ja.«

Es dauerte keine halbe Minute, bis sich eine kleine hilfsbereite Traube aus Touristen und Einheimischen am Heck und an der Motorhaube des Wagens zu schaffen machte. Jeder nahm Frau Lüdtkes Unbeholfenheit geduldig in Kauf, und nach einer Viertelstunde war es endlich vollbracht. Stolz stieg Klara aus dem Wagen und schielte prüfend den Berg zur Basilika hoch.

»Wir hätten es nicht perfekter treffen können. Sehen Sie, ich glaube sogar, dass wir von dort oben den Wagen mit dem Gepäck im Auge behalten können. Wollen wir? Mein Gesäß ist schon ganz platt gesessen.«

Alvaro schloss das Auto ab, schlüpfte in seine Lederjacke, hakte Klara unter und führte sie über die Steintreppen auf das Dach von Paris. Der Ausblick über die Stadt war atemberaubend. Klara wusste nicht, wo sie zuerst hinschauen sollte. Es gab so viel zu entdecken. Vor ihr funkelten die mit Grünspan überzogenen Kupferdächer im Abendlicht, Wäscheleinen überzogen liebevoll hergerichtete Dachterrassen, aus einigen Kaminen stieg Rauch in den windstillen Himmel, der sich im Westen bereits tiefblau verfärbte. Und sogar der Eiffelturm war im Hintergrund zu sehen, klein wie ein Souvenir, das man käuflich erwerben konnte. Klara musste sich setzen.

»Und, ist es so, wie Sie es sich immer erträumt haben, Frau Lüdtke?«

»Besser, viel besser. So viel Phantasie besitzt kein Mensch, dass er sich im Ansatz vorstellen könnte, was über Jahrhunderte gewachsen ist. Ich könnte noch ewig hier sitzen bleiben …«

Alvaros Magen knurrte.

»Ja, wenn der Hunger nicht wäre. Sie hatten zumindest ein Hörnchen zum Kaffee.«

Ein Schwarm Spatzen jagte übermütig über ihre Köpfe hinweg. Klara schaute ihnen lächelnd hinterher.

»Ein halbes, Herr Contente de Ayllon, ein halbes. Gönnen Sie mir bitte noch zehn Minuten, dann lade ich Sie anschließend auch zum Essen ein.«

In dem Moment erhob sich vor ihnen schnaufend die amerikanische Reisegruppe aus dem Café von der Wiese. Den Touristen fehlte selbst die Kraft dazu, ihre Pizzakartons in einen der Mülleimer zu stopfen. Sie ließen sie einfach auf dem Grün liegen. Alvaro wollte schon schimpfen, als ihm eine Idee kam.

»Nun bin ich dran. In einer Viertelstunde bin ich wieder bei Ihnen, und dann machen wir Picknick!«

Er verabschiedete sich, sprang auf, sammelte den Müll zusammen und rannte, zwei Stufen auf einmal nehmend, den Berg hinunter.

Es dauerte dann doch eine ganze halbe Stunde, bis Alvaro, vollbeladen mit Papiertüten eines nahegelegenen Feinkostladens, vor Klara wieder auftauchte. Er hatte sogar eine Decke aus dem Wagen mitgebracht. Sorgsam breitete er sie auf der Steinmauer aus, zauberte eine Köstlichkeit nach der anderen aus den elfenbeinweißen Tüten hervor und zu guter Letzt eine Flasche Burgunder, zwei Kristallgläser und einen klobigen Korkenzieher, die er sich unter Zuhilfenahme seines verführerischsten Lächelns im Fachgeschäft von der Verkäuferin geliehen hatte.

»Darf ich bitten?« Er nickte Klara zu, nahm ihre ausgestreckte Hand und führte sie an die gedeckte Tafel.

Als sie bei der Mousse au Chocolat angelangt waren, dachten sie, sie müssten gleich platzen. Aber es war einfach zu köstlich, um es verkommen zu lassen.

Klara seufzte erfüllt, führte den Löffel zum Mund und blickte auf die flimmernden Lichter der Stadt. Ohne Vorwarnung blitzte auf einmal rechts von ihr, tief im Herzen von Paris, der Eiffelturm auf. Lichterkaskaden rannen an ihm wie Wasser herunter, stiegen wieder auf und sendeten ihre pulsierenden Signale in die anbrechende Nacht hinaus.

»Jetzt sehe ich es doch noch!« Klara konnte nicht anders. Sie lehnte sich an Alvaro und betrachtete durch ihre tränenerfüllten Augen das Spektakel. Alvaro legte sanft den Arm um ihre Schulter, und Klara bekam in ihrer ganzen Aufgewühltheit nicht mit, dass ihr Begleiter und Chauffeur ebenso mit den Tränen zu kämpfen hatte.

Erst kurz vor Mitternacht, als die Jugend ihren angestammten Platz dort oben über der Stadt unaufdringlich einforderte, gingen Klara und Alvaro schweigend, ihren Gedanken folgend, hinunter zum Wagen.

»Wie wollen wir es denn machen?«, kam es nuschelnd aus Alvaros Mund. Er wollte sich eigentlich am Dach des Camaros abstützen, griff jedoch ins Leere und musste den dadurch entstandenen Schwung mit seinem Oberkörper abfangen.

»Haben Sie etwa noch den ganzen Wein ausgetrunken?«

»Ja! Sie wollten ja keinen mehr. Und den Sekt im Übrigen auch. War aber nur eine kleine Flasche.«

»Ach herrje, fahren können Sie so aber nicht mehr.«

»Geht eh nicht, das Benzin ist alle, oder haben Sie das vergessen?«

Ja, das hatte Klara. Hilfesuchend schaute sie sich auf der verwaisten, gelblich beleuchteten Rue Tardieu um. Einzig eine Ratte hielt in ihrem flinken Lauf inne, schnüffelte neugierig und verschwand sogleich im Spalt eines gekippten Kellerfensters.

»Wie wollen wir es denn nur machen, Herr Contente de Ayllon?«

Alvaro kicherte. »Das ist lustig, ich dachte, ich hätte gerade eben das Gleiche auch schon gefragt.«

Es nutzte alles nichts. Eigentlich hatte Klara daran gedacht, eine kleine Pension für sie zu suchen. Aber wie sollte sie mit dem Trunkenbold all das Gepäck schleppen? Sie nahm Alvaro die Schlüssel ab, öffnete die Fahrertür, drehte den Sitz so weit es ging nach hinten und war ihrem beschwipsten Fahrer beim Einsteigen behilflich. Als dies geschafft war, legte sie ihm die Picknickdecke bis zum Kinn über den Oberkörper.

»Jetzt schlafen Sie sich erst einmal in aller Ruhe aus, und morgen früh sehen wir dann weiter. Es wird hier in der Gegend schon eine Tankstelle geben, meinen Sie nicht?«

»Das ist mir egal, ich will morgen eh nicht zurück nach Berlin.«

Daran hatte Klara auch schon einen Gedanken verschwendet. Dort oben auf dem Plateau vor der Basilika, mit der nimmer müde werdenden Stadt unter sich und dem eigentümlichen Taxifahrer an ihrer Seite, hatte sie sich gefragt, was diesen Moment noch übersteigen könnte, und ob es überhaupt wert sei, danach zu streben. Doch beim genaueren Überlegen wollte sie ebenso wenig nach Berlin zurück – noch nicht.

»Aber werden Sie dort nicht erwartet?«

»Nein!«

»Von niemandem?«

»Nein!«

»Nicht mal von Ihrem Chef?«

Alvaro bäumte sich auf. »Ha, Cemal, der alte Schotte! Solange sich die Räder drehen und die Zeche gezahlt wird, ist es ihm egal. Da könnten wir auch gemeinsam bis nach Timbuktu fahren. Das würde ihm nichts ausmachen.«

»Und Ihre Eltern?«

»Resultó un fiasco en todos los sentidos.«

»Wie bitte?«

»Der ganze Junge eine Enttäuschung! So viel zum letzten Telefonat mit meinem Vater. Und außerdem wohnt der bei Granada.« Dabei verschwieg Alvaro bewusst den Umstand, dass es ihm bei ihrem letzten Telefonat einzig darum gegangen war, Geld zu erbitten.

Unwillkürlich dachte Klara, dass das mit der Enttäuschung auch für ihre Kinder galt. Sie schämte sich sogleich für diesen Gedanken.

»Aber jetzt kommen Sie schon zu mir hinein, Klara. Sie lassen ja die ganze Kälte in den Wagen.«

Sie ließ vorsichtig die Fahrertür ins Schloss fallen, lief

um den Wagen herum und stieg zu Alvaro, der schon kurz vor dem Einschlafen war.

»Ich will auch ausbüxen!«, murmelte er bockig vor sich hin, grunzte, drehte sich zum Fahrerfenster und fing sofort leicht an zu schnarchen. Klara strich ihm eine Haarsträhne aus dem Gesicht, dann zog sie die verrutschte Decke über seine Schultern.

»Morgen werden wir weitersehen«, flüsterte sie mehr sich selbst als ihm zu.

Klara stellte die Lehne ihres Sitzes zurück und schloss die Augen. Aber an Schlaf war nicht zu denken. Vor ihren Pupillen zuckte und blinkte der Eiffelturm in Dauerschleife. Nach zehn Minuten richtete sie sich wieder auf und schaute in das Fenster des Elektrofachgeschäftes. Der Inhaber hatte die Außenkamera abgestellt und auf den vierzehn Monitoren lief das französische Nachtprogramm. Eine aparte Ansagerin in einem froschgrünen Kostüm, das Klaras vom Schnitt her zum Verwechseln ähnlich sah, gestikulierte freundlich, aber stumm mit ihren Karteikarten in Richtung ihres schlaflosen Publikums. Dann verschwand sie plötzlich. Stattdessen erschien auf den Schirmen das alte Berglogo der Paramount Pictures. Klara hob interessiert ihre Augenbrauen. Das nächste Bild zeigte die Aufnahme eines französischen Reisebüros, an das langsam herangezoomt wurde, gefolgt von der Ankündigung der Hauptdarsteller.

»Grace Kelly und Cary Grant! Wenn das nicht ›Über den Dächern von Nizza‹ ist!«, rief Klara begeistert aus. Sie liebte die alten amerikanischen Filme. Besonders die von Alfred Hitchcock. Alleine deswegen war es schon ein Segen gewesen, dass sie in Ostberlin Westfernsehen empfangen konnte, auch wenn sie den Ton nie hatte laut stellen dürfen. Ihr Mann war aus Angst vor Repressalien dagegen gewesen. Nun bedauerte sie es, dass Alvaro den ganzen Wein alleine ausgetrunken hatte. Wie gerne hätte sie nun ein kleines Gläschen zu sich genommen. Klara drehte sich zur Seite und hing sogleich an den Lippen der Protagonisten.

Als Grace Kelly in ihrem saphirblauen offenen Sportwagen versuchte, ihren Verfolgern über eine steil abfallende, gewundene Küstenstraße zu entkommen, wusste Klara, wohin sie als Nächstes wollte. An die Côte d'Azur! Sie schaute kurz zu Alvaro hinüber, mopste ihm die Decke und verfolgte fieberhaft das weitere Filmgeschehen, obwohl sie bereits wusste, dass alles ein gutes Ende finden würde.

8

Es dauerte seine Zeit, bis Alvaro sein zweites Auge aufbekam. Zuerst dachte er, es sei ein Polizist, der vor seinem Fahrerfenster stand und wiederholt an die Scheibe klopfte. Hinter dem Störenfried nahm er unscharf eine bekannte signalgelbe Silhouette wahr. Er rappelte sich auf und kurbelte das Fenster herunter.

»Guten Morgen! Ich wollte Sie eigentlich noch etwas schlafen lassen, aber der freundliche Herr hier hat mir zu verstehen gegeben, dass er wirklich nur kurz Zeit hat, mir zu helfen.«

Alvaro rieb sich verschlafen die Augen. Dann erkannte er, dass der muskulöse junge Mann mit dem Clark-Gable-Bart einen fast bis zum Bauchnabel geöffneten, ölverschmierten Blaumann trug und in seinen Händen jeweils einen gefüllten Benzinkanister hielt. Alvaro schmunzelte.

»Wo haben Sie den denn aufgegabelt? Waren Sie gestern noch heimlich im ›Moulin Rouge‹?«

Klara errötete.

»Wo denken Sie denn hin! Ich habe mich ein wenig in der Gegend umgeschaut und eine kleine Tankstelle gefunden, während Sie mit geöffnetem Mund am Fenster gelehnt haben. Aber bitte, könnten Sie mir sagen, wo sich bei diesem Wagen der Tankdeckel versteckt?«

Alvaro stieg aus, reckte sich, lief um das Auto herum und drückte auf das hintere Nummernschild, das sogleich aufklappte. Der junge Tankwart hatte sichtliches Vergnügen daran, endlich einmal keinen kompakten Stadtflitzer befüllen zu müssen. Als das Benzin im Tank war und der Motor nach anfänglichem Ruckeln wieder verlässlich blubberte, luden sie den hilfsbereiten Mann in den Fond des Wagens und fuhren ihn zurück zu seinem Arbeitsplatz.

In dem Moment, in dem sie die Tankstelle erreichten, mühte sich im Osten gerade die Sonne über die Dächer der Stadt und übergoss sie verschwenderisch mit ihrem goldenen Licht. Alvaro bestaunte wehmütig das Spektakel, stellte den Motor ab und lehnte seine Stirn auf das hölzerne Lenkrad. Irgendwie hatte ihn der Mut zum Ausbüxen verlassen.

»Ich tanke jetzt den Wagen voll und schaue noch nach dem Öl, und dann müssen wir wirklich los, Frau Lüdtke.«

Alvaro entriegelte die Motorhaube, stieg schweigend aus und machte sich an der Tanksäule zu schaffen.

Klara grinste in sich hinein.

»Dann wollen wir einmal«, sagte sie vergnügt zu dem verständnislos blickenden Tankwart und folgte ihm in das baufällige Kassenhäuschen. Keine fünf Minuten später kehrte sie mit der Tankquittung, einer Tüte voll ungesundem Reiseproviant sowie einer Detailkarte Frankreichs im Maßstab 1:200 000 zurück und setzte sich abfahrbereit auf ihren Sitz. Sie platzte fast vor Neugierde, wie Alvaro auf ihren Vorschlag reagieren würde.

»Bitte, wo wollen Sie hin, nach Nizza an die Côte d'Azur?!«

»Ja! Sie sagten gestern Abend doch, dass Sie auch ausbüxen wollen. Oder hat Sie mit sinkendem Promillepegel der Mut verlassen?« Über ihre eigene Keckheit erschrocken, hob Klara die Hand an den Mund.

Alvaros Stirn legte sich in Falten. Sehr gut, er denkt nach, beruhigte sich Klara wieder. Denn insgeheim hatte sie darauf gehofft, dass die Dinge ins Rollen kämen, wenn sie Alvaro ein wenig an seiner Ehre kitzelte.

Alvaro löste sich aus seiner Gedankenstarre und schaute zu ihr herüber.

»Angenommen, Frau Lüdtke«, begann er zögerlich, »und nur einmal angenommen, wir machen das, dann bleibt immer noch mein Chef Cemal, der mich fragen wird, ob der Inhalt Ihres Zuckertopfes dafür ausreichen wird.«

Klara schüttelte energisch den Kopf.

»Nein, das wird er nicht ganz, Herr Contente de Ayllon!« Eigentlich hatte sie vorgehabt, nun die Katze aus dem Sack zu lassen, auszusteigen, den Trolley hervorzuholen und Alvaro in ihren Reichtum einzuweihen. Aber Klara kam nicht dazu. Die Beschleunigung des Wagens drückte sie in den Sitz.

»Ach, was soll's! Ich werde es Cemal schon irgendwie beibringen können. Wer bitte schön büxt denn auch mit einem Koffer voller Geld aus, das wäre doch zu einfach, oder?«, hörte sie Alvaro lachend über das Quietschen der Reifen sagen.

Als sich der Stadtverkehr wieder entschleunigt hatte, war es Klara auf einmal ganz anders zumute. Einerseits war sie gerührt, neben einem Menschen zu sitzen, der dazu bereit war, mit ihr ein offensichtliches finanzielles Wagnis einzugehen, das neben unbezahlbaren gemeinsamen Erinnerungen ebenso viele unbezahlbare Rechnungen mit sich bringen würde. Andererseits schämte sie sich dafür, dass sie in ihrem bisherigen Leben nie den Mut dazu aufgebracht hatte, ihr Sicherheitsdenken mit einer vordergründigen Dummheit zu durchbrechen. Auch oder gerade weil sie schon so oft davon geträumt hatte. Für Klaras Wagnis war erst ein Koffer voller Geld nötig gewesen, das ihr einen kommoden Rückhalt gab.

Sie betrachtete Alvaro verschämt aus dem Augenwinkel. Obwohl verkatert, steckte er allem Anschein nach voll spitzbübischem Tatendrang. Lässig saß er auf dem Fahrersitz. Die eine Hand am Lenkrad, die andere auf dem geöffneten Atlas, navigierte er sie sicher durch den morgendlichen Stadtverkehr in Richtung Süden, aus Paris hinaus. Klara war sich plötzlich nicht mehr sicher, ob sie ihn in ihre finanzielle Unabhängigkeit einweihen sollte. Sie befürchtete, ihm damit den Zauber seiner Entscheidung zu nehmen und ihn vom Komplizen wieder zu einem Dienstleister zu degradieren. Und so beschloss sie, Alvaro selbst entscheiden zu lassen, ob er ihr glauben wollte oder nicht.

»Herr Contente de Ayllon, selbst mit einem Koffer voller Geld fällt es einem nicht leichter, einfach so auszubüxen.«

»Nicht? Woher wissen Sie das?«

Klara gab sich einen Ruck. »Weil sich in meinem Trolley auf der Rückbank eine Million Euro in bar befindet.«

Alvaro musste laut auflachen. So etwas Verrücktes gab es doch nur in Filmen oder Büchern, aber nicht in der Realität. Doch ihm gefiel der Gedanke.

»Dann hoffe ich aber stark, dass Sie das Geld illegal erworben haben, Frau Lüdtke, und uns die Mafia dicht auf den Fersen ist.«

»Und wenn es nicht die Mafia, sondern die eigene Familie ist?«

»Ist das nicht irgendwie dasselbe?«

»Wie meinen Sie das jetzt?«, fragte Klara verwundert zurück.

Alvaro überholte eine Straßenkehrmaschine, dann drehte er seinen Kopf zu Klara.

»Nun ja, beide geben vor, für dich das Beste zu wollen, wobei sie es sind, die definieren, was das Beste für dich ist. Wenn du den Erwartungen entsprichst, ist alles im Lot …«

»… und wenn nicht, besitzen sie mehr oder weniger subtile Mittel und Wege, dich ihren Unmut spüren zu lassen«, beendete Klara den Satz für ihn.

Alvaro war begeistert. »Genau! Dass ich einmal einer Frau wie Ihnen begegne, hätte ich nie gedacht.« Er zwinkerte ihr verschwörerisch zu. »Wollen wir uns nicht duzen, wenn wir nun schon Komplizen sind?«

Klaras wiederkehrende Euphorie war fast physisch im Wageninneren zu spüren. Nur zu gerne erwiderte sie Alvaros Handschlag.

Von Euphorie war in Klaras Wohnung auf der Berliner Fischerinsel zur selben Uhrzeit hingegen keine Spur zu finden. Ganz im Gegenteil. Ratlosigkeit hatte sich breitgemacht und drohte in Panik umzukippen.

Herr Ossietzky aus dem dreizehnten Stock war in den vergangenen vierundzwanzig Stunden so freundlich gewesen, den Rest der Familie Lüdtke in regelmäßigen

Abständen über die genaue Position der abtrünnig gewordenen Mutter und Ehefrau zu unterrichten. Klaras Mann Gerhard war fast schon erleichtert gewesen, als er gesehen hatte, dass es seine Frau nach Paris getrieben hatte. Zum einen, da er davon ausging, dass sie ihn zukünftig ein für alle Mal nicht mehr mit diesem Reisezielwunsch behelligen würde, und zum anderen, da er sich sicher war, dass Klara nach diesem kleinen Abenteuer wieder zurückkehren würde und einer pünktlichen Abfahrt nach Rügen nichts mehr im Wege stand.

Als es jedoch am frühen Morgen eindringlich an seiner Tür geklingelt hatte, vor ihm ein akkurat rasierter und gekleideter Herr Ossietzky mit seinem Laptop gestanden und aus Gründen der Diskretion gebeten hatte, eintreten zu dürfen, weil es prekäre Neuigkeiten zu verkünden gäbe, da wusste Gerhard Lüdtke intuitiv, dass sich die Reise an die Ostsee auf unbestimmte Zeit verzögern würde. Er geleitete Herrn Ossietzky in das Wohnzimmer, weckte dann Tochter und Sohn, und kurz darauf standen sie um ihren bereits sitzenden inoffiziellen Mitarbeiter herum und schauten einander fast schon ängstlich an. Herr Ossietzky genoss unverblümt den Moment und kostete ihn eine weitere Minute aus.

Endlich räusperte er sich. Aber anstatt eine Antwort zu geben, begann er das Gespräch mit einer Frage.

»Genosse Gerhard, was genau wissen Sie über die Träume und Bedürfnisse Ihrer Ehefrau?«

Gerhard hatte so ziemlich mit allem gerechnet, aber nicht damit. Peinlich berührt verlagerte er sein Gewicht von einer Kordpantoffel auf die andere und starrte verlegen wie einer seiner unvorbereiteten Schüler aus dem Fenster hinaus.

»Äh, ja, also. Klara. Moment. Träume und Bedürfnisse, ja?«

»Konzentrieren Sie sich, Genosse!«

»Genau! Paris, da wollte sie schon immer einmal hin. Wegen dieser Lieder.«

Sein Gegenüber verzog das Gesicht. Nicht, dass ihm Paris nicht gefiel, aber er hatte gehofft, etwas Neues erfahren zu können.

»Wir wissen bereits, Genosse Gerhard, dass Ihre Frau in Paris ist, oder vielmehr war. Gibt es da noch etwas anderes?«

Gerhard kratzte sich verlegen an der Stirnglatze. »War? Etwas anderes?«

Herr Ossietzky hatte im Verlauf seiner beruflichen Karriere schon mit vielen unterschiedlichen Menschen zu tun gehabt, aber so etwas Begriffsstutziges war ihm noch nie untergekommen. Er versuchte sich zu beruhigen.

»Nach über dreißig gemeinsamen Ehejahren sollte man doch ein wenig Bescheid wissen über seine Frau, oder? Also: Gibt es ein weiteres Reiseziel, von dem sie schon immer geträumt hat? Einen heimlichen Verehrer, der sie eventuell begleiten könnte? Oder irgendetwas anderes, das sie aus ...«, er wedelte mit den Armen, »dem heimischen Idyll vertrieben haben könnte? Etwas, das uns nun weiterhelfen kann.«

Pah, heimlicher Verehrer! Von was redet dieser Mann da, dachte Gerhard empört. Er entschied sich für den Angriff als die beste Art der Verteidigung.

»Warum wollen Sie das alles überhaupt wissen, Genosse?«

Mit einer gewissen Genugtuung drehte Herr Ossietzky seinen Laptop um.

»Deshalb!«

Als er sich bückte, stieß Gerhard mit dem unfrisierten Kopf seines Sohnes Rüdiger zusammen. Und während beide sich noch die schmerzende Stirn rieben, kniete Angelika bereits konzentriert vor dem Bildschirm und beobachtete einen kleinen roten Punkt auf einer Landkarte, die den Großraum Paris zeigte. Der Punkt bewegte sich kontinuierlich leicht südwärts anstatt wie erhofft nach Nordosten. Sie schaute Herrn Ossietzky direkt in die Augen.

»Darf ich?«

Er hob einladend die Hand. »Nur zu!«

Angelika vergrößerte den Kartenausschnitt, navigierte die zu erwartende Route entlang bis zum Mittelmeer und geriet ins Grübeln. Nach und nach fügte sich ihr ein Puzzleteil nach dem anderen zusammen. Als sie das gesamte Bild vor sich hatte, richtete sie sich zufrieden auf.

»Nun sag schon, Angelika!«, bettelten Vater und Bruder gleichzeitig.

»Wenn mich nicht alles täuscht, hat Mama zuerst im Warenhaus Bolle eine umfangreiche Urlaubsgarderobe erstanden und wurde dann aufgrund des hohen Umsatzes von einem kaufhauseigenen Lieferwagen zur Lotteriegesellschaft gefahren, um ihren Millionengewinn in bar abzuholen. Als sie diesen übergeben bekommen hatte, stieg sie in einen orangefarbenen Amischlitten, der als Taxi genutzt wird, hat sich nach Paris fahren lassen, dort knapp vierundzwanzig Stunden verbracht und ist nun auf dem Weg an die Côte d'Azur. Ich tippe auf Nizza und das Hotel Negresco.«

Herrn Lüdtke und seinem Sohn fielen die Kinnladen herunter.

Herr Ossietzky hingegen war erleichtert und zugleich entsetzt darüber, dass nur ein Mitglied der Familie Lüdtke genügend Sachverstand besaß, und dass auch hier wieder einmal Besitz und Besitzverhältnisse anstatt die Fürsorge unter verwandten Menschen der treibende Motor war.

»Rein aus Neugierde, Genossin Angelika: Was führt Sie zu der letzten Vermutung?«

»Meine Mutter liebt alte amerikanische Filme. Besonders die von Alfred Hitchcock. Und im Speziellen ›Über den Dächern von Nizza‹ …«

»… der zum Teil in besagtem real existierenden Luxushotel spielt.«

Klaras Tochter nickte bestätigend, Herr Ossietzky applaudierte in ihre Richtung und schaute frohgemut in die Runde.

»Sie wird das ganze schöne Geld nur für sich ausgeben«, lamentierte Rüdiger, der sich setzen musste.

»Oh, là, là, eine Million! Tja, meine lieben Freunde. Perdu, pflegt der Franzose zu sagen, nicht? Ein Kaffee wäre jetzt schön.«

Das Koffein erweckte in Herrn Lüdtke wieder die Lebensgeister. Er goss sich nach, zog seinen gestreiften Bademantelgürtel enger und beugte sich fragend zu Herrn Ossietzky vor.

»Genosse, Sie sind doch sozusagen vom Fach. Kann man denn da gar nichts gegen tun? Sie kann doch nicht einfach so, ohne uns … Wie stehen wir denn da! Und das nach all den Jahren.«

Herr Ossietzky war kurz davor, dass ihm die Hutschnur hochging. Er wusste zwar noch nicht, wie er es anstellen sollte, aber er beschloss, dass er sich bei Erfolg der Mission einen Teil des Kuchens einverleiben würde. So viel stand fest.

Er bemühte sich um einen einfühlsamen Ton.

»Mit Verlaub, Genosse, dazu braucht man doch keinerlei berufliche Erfahrung, sondern gesunden Menschenverstand.«

Herr Lüdtke verstand nicht.

»Folgendes. Aufgrund des Intellekts Ihrer Tochter haben Sie nun eine genauere Vermutung, wohin die Reise Ihrer Frau gehen soll. Also setzen Sie sich in ein Flugzeug, fliegen Sie nach Nizza, legen Sie sich in der Lobby des Hotels auf die Lauer, fangen Sie Ihre Frau ab und stellen Sie sie zur Rede.«

»Für eine Flugreise reicht meine Rente nicht aus!« Neben seinen zahllosen Wehwehchen war dies das andere Lieblingsthema Herrn Lüdtkes.

»Dann leihen Sie sich doch Geld von Ihren Kindern. Manchmal muss man eben etwas investieren, um mehr zurückzubekommen.«

Gerhard schaute auffordernd seinen Sohn an, der auf Angelika schaute, die wiederum mit ihren Nägeln beschäftigt war.

»Herrgott, dann fahren Sie halt mit dem Wagen. Sie sind zu dritt, das sollte in vierzehn Stunden zu schaffen sein.«

»Rüdiger, du holst deinen Mercedes, Angelika, pack bitte unsere Sachen, und ich … äh …«

»Papa!«

»Was ist denn nun schon wieder, Junge?«

»Den Wagen hat die Bank gestern abschleppen lassen.«

Stille kehrte in der Enge des Wohnzimmers ein. Herr Ossietzky betrachtete entnervt den ausladenden Deckenlüster. Dann wusste er auf einmal, wie er an seinen Anteil kommen würde. Er löste den Wagenschlüssel von seinem üppigen Schlüsselbund, legte ihn klackend auf den Glastisch und schaute Herrn Lüdtke eindringlich in die Augen.

»Genosse Gerhard, unter einer Bedingung. Fünf Prozent von dem, was Sie mit nach Hause bringen werden.«

»Schlag ein, Papa!«, riefen ihm seine Kinder zu.

Es dauerte seine Zeit, bis alle drei Reiseteilnehmer ihre Siebensachen beieinanderhatten. Während Herr Lüdtke unschlüssig vor seinem Kleiderschrank stand und sich fragte, wo seine Frau überhaupt die Koffer verwahrte, grübelte sein Sohn in der U-Bahn vergeblich darüber nach, welche Lüge er seinem Chef, dem Bankberater und seiner Verlobten wegen seines spontanen Aufbruchs auftischen konnte.

Nach einer Stunde entschied sich Gerhard für einen der blauen Müllsäcke, die er im Besenschrank gefunden hatte, und Rüdiger aus Ermangelung einer Eingebung dazu, heimlich, still und leise das Nötigste zusammenzupacken und einfach kommentarlos abzutauchen. Schließlich hatte das seine Mutter ja auch so gehandhabt.

Um Punkt zwölf Uhr trafen sich die Herren abfahrbereit vor dem Mietshaus auf der Fischerinsel und hielten vergeblich nach Angelika Ausschau. Eine Stunde später knurrte ihnen der Magen. Sie wollten gerade wieder hoch in die Wohnung gehen, um zwei Portionen des von Klara vorgekochten Essens aufzuwärmen, als Angelika um die

Ecke bog. Sie steckte in einer dunkelblauen Capri-Hose, an der noch das Preisschild des Second-Hand-Geschäftes hing, und trug einen schwarzweiß gestreiften Seemannspullover, mit einer neckischen Knopfleiste auf der linken Schulter. In ihren Händen hielt sie zwei gut gefüllte Plastiktüten, die noch mehr maritime Kleidungsstücke vermuten ließen.

»Können wir dann endlich?«, begrüßte sie die wartenden Männer.

Keine zwei Minuten später stand das Trio enttäuscht vor dem Parkplatz 301/13. Nicht nur Rüdiger war davon ausgegangen, dass ein Mann, in dessen Wohnung so viel Hightech vorzufinden war, sich auch in puncto Mobilität auf dem neusten Stand befand.

Da die defekte Heckklappe des beigen Wartburgs 353 Kombi – Typenbezeichnung »Tourist« – mit Panzerband zugeklebt war, mussten sie das Gepäck umständlich von der Rückbank aus in den Kofferraum bugsieren. Als das geschafft war, nahmen sie schwitzend in dem sardinendosenartigen Innenraum Platz und stellten resigniert fest, dass sich nur noch eines der vier Fenster öffnen ließ. Zumindest sprang der fünfzig PS starke Zweitaktmotor anstandslos an.

Gerhard legte den Rückwärtsgang ein, drehte sich um und durchfuhr knatternd die blaue stinkende Abgaswolke.

9

Als Cemal Bozoglu am selben Morgen nach einer unruhigen Nacht sein warmes Bett verließ und schlaftrunken über den Flur schlurfte, wusste er schon allein aufgrund des verführerischen Geruchs, der ihn umgab, dass in den kommenden Stunden etwas Besonderes von ihm erwartet wurde. Es roch nach frisch aufgebrühtem Tee, frittierten, mit Käse gefüllten Blätterteigröllchen und Menemen, der türkischen Variante des Omeletts – und das, obwohl ihn seine Frau Pinar seit zwei Wochen strikt auf Diät hielt. Der Duft vertrieb seine Müdigkeit, ihm lief das Wasser im Mund zusammen. Was immer es auch war, das sie von ihm verlangen würde, er würde ja sagen.

Erwartungsvoll betrat er die Küche und betrachtete händereibend die aufgedeckten Köstlichkeiten. Dann hob er seinen Blick. Cemal stutzte. Neben seiner Frau saß Kerstin, die völlig aufgelöst zu sein schien. Gemeinsam, mit ernster Miene, starrten die Damen auf seinen geöffneten Laptop, der vor ihnen auf dem Tisch stand.

Plötzlich erinnerte sich Cemal schemenhaft an den Traum, der ihm den Schlaf geraubt hatte. Es war etwas mit Hydraulikpressen, berstenden Scheiben und nachgebendem orangefarbenen Blech gewesen. Und im selben Moment war ihm klar, was von ihm verlangt werden würde. Und es war gut so, denn auch er machte sich Sorgen. Nicht nur um den Wagen, sondern auch um Alvaro. So kannte ihn Cemal nicht. Normalerweise war er der Verlässlichste seiner Mitarbeiter. Dass er sich seit gestern Vormittag nicht mehr bei ihm gemeldet hatte, hatte seinen Grund, und der war sicherlich nicht beruflicher Natur. Oder war es Kerstin gewesen, die ihn mit ihrer mütterlichen Sorge angesteckt hatte? Cemals Magen knurrte. Egal, er würde ihn schon wieder einfangen. Er setzte sich und griff nach einem der Blätterteigröllchen.

»Noch nicht!« Eher ein Befehl als eine Bitte.

Cemal hob seine dichten Augenbrauen und biss trotzdem hinein. Seine Frau stand protestierend auf.

»Ja!«, sagte Cemal.

»Was ja?«

»Ick fahr ja!« Noch kauend, zog er das Menemen zu sich.

Verwundert nahm Pinar wieder Platz und schaute Kerstin an. Beide hatten es sich wesentlich aufreibender vorgestellt, Cemal von dieser Notwendigkeit zu überzeugen. Hätten sie ihn in einem der Berliner Außenbezirke nach Alvaro suchen lassen, kein Problem. Zur Not wäre er sicherlich sogar nach Brandenburg gefahren, wenn auch nur innerhalb des Speckgürtels. Aber Frankreich? Sie hatten es für beinahe ausgeschlossen gehalten! Vor allem, weil Cemal so stolz darauf war, noch nie in seinem Leben Berlin verlassen zu haben.

Bewundernd warf Pinar ihrem Mann einen verführerischen Blick zu, der keinerlei Interpretationsspielraum ließ. Cemal errötete und fühlte sich seit der Geburt der Zwillinge endlich wieder einmal als ganzer Mann. Verlegen stopfte er sich einen weiteren Löffel des Omeletts in den Mund.

»Wo treibt er sich denn überhaupt rum, unser Weltenbummler? Uff der Rückreise kann er ja kaum sein, bei dem Aufwand, den ihr beide da betrieben habt.«

»Wenn er überhaupt noch selbst hinter dem Steuer sitzt!«

Kerstin hatte ihren besorgten Blick vom Bildschirm gelöst.

»Dit is mir janz egal, wer die Kiste momentan fährt, Hauptsache, ick bekomme sie im Janzen wieder und die Tour wird beglichen.«

»Cemal, bitte!« Pinar wusste, dass es ihrem Mann nicht primär um den Wagen ging. Es war nur seine eigentümliche Art, Sympathiebekundungen für einen Menschen auszudrücken.

»Is ja jut! Keine Sorge, dit Bürschchen werden wa och noch einfangen.«

Er stand auf, ging um den Tisch herum und betrachtete den Bildschirm. Damit hatte er nicht gerechnet. War seine Brust gerade noch stolzgeschwellt, so wurden ihm nun auf einmal seine Knie ganz weich und der Mund trocken.

»Dit gibt es ja nich. Der fährt ja weiter nach Süden! Wenn ick den erwische!«

»Eben, Cemal! Und all das ist meine Schuld. Hätte ich Alvaro einfach in den Arm genommen, ihn getröstet und ihm das erzählt, was er in dem Moment auf dem Dach hören wollte, anstatt ihm den Spiegel vorzuhalten, dann wäre all das nicht geschehen! Aber nun los, lass uns keine Zeit verlieren, bevor noch etwas Schlimmeres mit ihm geschieht. Er ist doch in Wahrheit so sensibel.

Pinar hat uns sogar schon einen Korb mit Reiseproviant hergerichtet.«

Cemal hob verwundert den Kopf. »Uns?«

»Ja, denkst du, ich lasse dich ungehobelten Menschen alleine losfahren? Vor Wut wirst du ihn noch per Anhalter nach Hause zurückkehren lassen.«

Kerstin stand auf, umschloss den Griff ihres überseegroßen Koffers, den sie neben sich geparkt hatte, und schaute Cemal auffordernd an. Cemals Mund öffnete sich, aber dann schloss er sich sogleich wieder. Der Gedanke, eine Reisegefährtin zu haben, beruhigte ihn irgendwie.

»Können wir nun endlich?«

Pinar zog Kerstin sanft auf ihren Stuhl zurück. »Lass ihn noch frühstücken, wer weiß, wann er wieder etwas Anständiges zu essen bekommt. Und bring ihn mir gesund wieder, hörst du?«

Die Nachricht, dass der Chef zum ersten Mal in seinem Leben die Stadt verlassen würde, verbreitete sich unter der Belegschaft in Windeseile. Der beste Wagen aus der Flotte wurde gewaschen, gewienert, gesaugt und aufgetankt, das Öl kontrolliert sowie der Duftbaum ausgewechselt, noch bevor Cemal überhaupt sein Büro betreten hatte. Dort angelangt, setzte er sich aus Gewohnheit vor seinen Computer, ließ den Rechner hochfahren und überlegte, wen er in seiner Abwesenheit mit der Fortführung seiner Geschäfte beauftragen sollte. Sosehr er sich auch anstrengte, ihm wollte außer Alvaro einfach niemand einfallen. Aber wenigstens sein Tagesmotto wollte er noch an seine Mitarbeiter verschicken. Er öffnete ein neues Päckchen Zigarettenpapier und las laut vor: »›Ein Freund ist ein Mensch, vor dem man laut denken kann.‹ Von Ralph Waldo Emerson.«

In dem Moment steckte Kerstin ihren Kopf in das Büro hinein und klopfte dezent an den Türrahmen. Cemal drehte sich zu ihr, er merkte, wie seine Hand zitterte.

»Kerstin, dass ick noch nie in meinem Leben die Stadt verlassen habe, liegt daran, dass ick einfach Schiss davor habe. Verstehste? Hier kenne ick mir aus. Da bin ick jemand.« Er hob seinen Arm und fuchtelte mit dem Zigarettenpapier umher. »Und dort, da werden se mir nich verstehen, und ick werd die och nich verstehen. Und dann müssen wa doof mit den Schultern zucken, uns belämmert ankieken, stehen da wie die letzten Provinzler, und all dit nur, weil Alvaro seine vorjezogene Midlife-Crisis hat. Wat will der überhaupt? Sieht jut aus, is charmant, hat wat in der Birne und is och noch verlässlich – na ja, zumindest meistens.«

Kerstin konnte nicht anders. Sie trat ein und nahm Cemals luftfechtende Hand in die ihre.

»Du magst ihn?«

»Logisch, ansonsten würde er ja nich hier arbeiten.«

»Also dein bestes Pferd im Stall?«

Cemal musste nicht lange überlegen. Er nickte.

»Und hast du ihm das mal gesagt?«

Cemal wand sich. »Ne, aber dit verstehste nich. Dit muss man nich unter Männern. Nennt man nonverbale Kommunikation. Im Quasseln, da seid ihr Frauen besser drin.«

Kerstin musste sich setzten

»Ich habe es ihm auch noch nie gesagt!«

»Wat denn?«

»Dass ich froh bin, dass er in unserem Leben ist. Dass ich ihn mag.«

Es gab nur noch eins, das Cemal mehr hasste als die Fremde: zu viel Emotionalität, egal ob im Leben oder Film. Er schüttelte den Kopf. »Nun lass uns aber mal los. Ansonsten überleg ick's mir noch anders.«

Er nahm seine auberginefarbene Herrenhandtasche vom Tisch, ging an einen der Schränke, öffnete ihn und nahm eine rechteckige schwarze Schachtel heraus, deren Inhalt er sorgsam überprüfte.

»Dit is bei dir besser aufjehoben.« Mit verstohlenem Blick überreichte er die Schachtel Kerstin, die sie zittrig entgegennahm.

»Oh Gott, Cemal, das ist jetzt doch nicht das, was ich denke, oder? Ich bin Pazifistin!«

Cemals runder Kopf errötete.

»Aber dit bleibt unter uns, ja? Versprochen? Wenn die dit rauskriegen, is mein janzer Ruf passé.«

Anstatt wie von Kerstin befürchtet, befand sich in der samtausgelegten Schachtel keine Handfeuerwaffe, sondern ein Navigationsgerät der neusten Generation. Ein klarer Verstoß gegen Cemals »Taxiknigge«, und auch noch vom Chef selbst verübt.

Kerstin tätschelte die Schachtel komplizenhaft und steckte sie in ihre Handtasche. Nur ein Hasardeur würde ohne eine kleine Orientierungshilfe ins Unbekannte aufbrechen. Und Kerstin beschlich das Gefühl, dass es bei allen Reiseteilnehmern, egal, ob sie sich erst jetzt aufmachten oder bereits unterwegs waren, einzig um Orientierung ging. Nicht nur auf der Straße, sondern auch auf den Pfaden des Lebens.

Als sie langsam im beigen Mercedes Benz CLS 500 vom Hof rollten, kam sich Cemal vor wie sein Lieblingsschauspieler Bruce Willis im Film »Armageddon«. Dort musste der Held eine Raumfähre betreten, um die Menschheit vor einem sich der Erde rasant nähernden Kometen zu bewahren. Dabei fragte sich Cemal, ob Bruce Willis auch so viel Muffe vor seiner Mission gehabt hatte wie er jetzt.

Seine ganze Belegschaft stand Spalier, hielt die Daumen gedrückt, und selbst Miguel Teixeira aus dem »Frühen Vogel« und Goran vom Spätkauf waren gekommen, um viel Glück zu wünschen und ihnen durch die geöffneten Scheiben kleine Carepakete durchzureichen. Nicht für sie, sondern für Alvaro, wie sie betonten. Ganz am Ende stand voller Stolz Cemals Frau mit den Zwillingen, die allem Anschein nach den Ernst der Lage erkannten und endlich einmal nicht gegen irgendetwas aufbegehrten.

Cemal hob zum Abschied die Hand, schob entschlossen die Sonnenbrille von der Stirn auf die Nase, Kerstin kontrollierte noch kurz ihr Make-up im Rückspiegel, und gemeinsam verschwanden sie aus dem Sichtfeld der Versammlung.

Erst als sie die Stadtgrenze überfahren hatten, durfte Kerstin das Navigationsgerät aus der Handtasche holen und es einschalten.

»Schließlich kennt mich hier nun keiner mehr«, argumentierte Cemal. Er bediente den berührungsempfindlichen Bildschirm, kam leicht auf die rechte Spur der Autobahn ab und wäre dabei beinahe einem alten beigefarbenen Wartburg-Kombi in die Seite gefahren, dessen drei Insassen sich offensichtlich in einem Streitgespräch befanden. Im selben Moment, als Cemal das Steuer nach links herumriss, wehte ihnen die Klimaanlage den penetranten Verbrennungsgeruch des Zweitaktmotors in das Wageninnere. Cemal wollte bereits hupen, als ihm plötzlich eine neue Geschäftsidee kam.

»Dit is es! Kerstin, schreib uff. Ick brauch drei solche Plastikkarren, und wenn wa wieder zu Hause sind, werden wa der erste Taxianbieter der Stadt, der neben dem Amischlitten och noch Ostalgiekarren hat. Diversifizierung det Anjebots, verstehste?«

Kerstin kramte munter einen Kajalstift aus der Schminktasche und notierte das Gesagte auf die Bedienungsanleitung des Navigationsgeräts. Dann drehte sie sich zu Cemal. »Siehst du, wärst du in Berlin geblieben …«

»… hätte ick nich diese dolle Idee jehabt.«

Zufrieden mit sich und der Welt trat Cemal aufs Gas. Er beschleunigte auf einhundertdreißig Stundenkilometer. Mehr traute er sich momentan noch nicht zu, denn er war noch nie in seinem Leben schneller als mit einhundertzehn unterwegs gewesen. Lachend schaute er beim Überholen in den Rückspiegel.

»Weißte wat, Kerstin? Dit fängt echt an, Spaß zu machen.«

10

Just in dem Moment, als sich Cemals und Kerstins Wege mit denen der Familie Lüdtke kreuzten, setzte Alvaro auf der Höhe Lyons den Blinker und steuerte den Camaro in eines der unzähligen die Stadt umgebenden Industriegebiete. Nach vierstündiger Fahrt war es an der Zeit, den Tank zu füllen und sich frisch zu machen. Die unbequeme Nacht steckte den beiden, so wundervoll der vorangegangene Abend auch gewesen sein mochte, in den Knochen. Ein kleiner Imbiss wäre nicht schlecht, und Alvaro benötigte zumindest ein neues T-Shirt und eine Unterhose.

Unvermittelt tauchte vor ihnen ein futuristischer Komplex auf, der den Charme eines gestrandeten Raumschiffs hatte. Der asymmetrisch gestaltete und komplett verglaste Bau, der genauso gut auf einem Feld in Deutschland, Italien oder Spanien hätte stehen können, beherbergte neben einer Tankstelle einen fußballfeldgroßen Supermarkt, einen ebenso überdimensionierten Heimwerkermarkt mit Gartencenter, ein Motel, diverse Schnellimbiss-Restaurants, eine Bank sowie ein Bowlingcenter, eine Diskothek und, als Gegenpol zum Kinderland, ein Bestattungsinstitut. Unschlüssig, ob sie es überhaupt betreten sollte, schaute Klara zu Alvaro, der ebenso mit sich haderte. Beide schienen sich ein wenig davor zu fürchten, von dem architektonischen Monstrum der Modernität verschluckt zu werden, dessen einziger Zweck es war, den Renditeerwartungen der Investoren zu entsprechen.

»Für unsere Bedürfnisse wird es wohl ausreichen, oder was meinst du?«

»Ja, Klara, aber lass uns schnell machen. Am besten, wir bleiben eng zusammen.«

Der Vorteil solcher Gebäude war es, dass sie darauf ausgelegt waren, den Besucher nicht länger als nötig zum Verweilen einzuladen. Und so verließen sie bereits nach einer halben Stunde erleichtert die tempelartige Vorhalle.

Klara steckte nun in einem malvenfarbenen Ensemble. Um ihren Hals flatterte ein elfenbeinweißes Seidentuch und auf ihrem Kopf saß schräg das dazu korrespondierende Hütchen. Alvaro hingegen schien äußerlich unverändert, roch allerdings weitaus frischer als zuvor. Er hatte darauf verzichtet, sich zu rasieren, trug jedoch ein neues weißes T-Shirt aus dem erstandenen Zehnerpack – eine kleinere Charge war nicht zu finden gewesen – und hatte die Homer-Simpson-Unterhose gegen eine der acht weiß-blau karierten Boxershorts ausgetauscht.

Eilig bahnten sie sich ihren Weg durch die gestresste Kundschaft und ließen sich, nach wie vor hungrig, auf ihre Sitze fallen. Weder das Burger-Restaurant noch einer der anderen Internationalität vorgaukelnden Schnellimbisse hatte sie überzeugen können. Klara öffnete eine Tüte Erdnussflips, die sie am Morgen in Paris gekauft hatte, und bot sie Alvaro an.

Dankbar nahm er eine Handvoll, startete den Motor und steuerte krümelnd die Tankstelle an. Sie hatten Glück, es war der »Full-Service-Tag« und so mussten sie das Auto nicht verlassen, nicht einmal um zu bezahlen.

Als es so weit war und der pickelige Aushilfstankwart wartend seinen ölverschmierten Lappen knetete, öffnete Klara ihren Zuckertopf, dessen Inhalt bereits beträchtlich geschrumpft war. Sie lächelte, vergewisserte sich mit einem kurzen Blick, dass Alvaro nicht guckte – er war damit beschäftigt, die Krümel der Flips von seinen Fingern zu bekommen – und ließ dann beiläufig das Bündel Hundert-Euro-Scheine, das sie auf den Champs-Élysées heimlich in ihrem zitronengelben Kostüm verstaut hatte, hineingleiten. Wie ein Füllhorn, dachte Klara munter. Sie überreichte dem jungen Mann einen grünen Schein, wehrte lächelnd die zwanzig Euro Wechselgeld ab und schloss das Fenster.

»Wir wären dann so weit, Alvaro.«

»Endlich!«

Es war kein Vorwurf seinerseits, sondern die Freude daran, dass es nun weitergehen konnte, in eine zivilisiertere Region des Landes. Alvaro streifte den Rest der widerspenstigen gelben Krümel an seiner Hose ab und startete den Wagen, während im Kofferraum, neben dem Subwoofer, Angelikas Mobiltelefon mit drei kurzen Warntönen das Ende der Betriebsbereitschaft einläutete.

Zwanzig Kilometer hinter Lyon zweifelte Klara daran, ob der monotone Weg über die Autobahn der richtige für sie wäre. Er fühlte sich irgendwie profan an. Es musste doch eine ursprünglichere, romantischere Route geben, etwas mit mehr Stil.

Alvaro gähnte.

»Ich weiß nicht, wie es dir geht, aber ich kann diese Autobahn mit ihren Bezahlstationen nicht mehr sehen. Was meinst du, Klara: Auch wenn es länger dauern sollte, wollen wir nicht nach etwas mit mehr Abwechslung suchen, um nach Nizza zu kommen?«

»Nichts lieber als das, Alvaro!«

Klara schlug summend die Karte auf und ließ ihren Finger über die Nebenstraßen gleiten. Es half nichts. Sie verliefen alle mehr oder weniger parallel zur Rhône. Außer unzähligen Dörfern mit ihren obligatorischen Kreisverkehren, die es bis nach Avignon zu umfahren und überwinden galt, war, zumindest der Karte nach, nicht mehr von dieser Option zu erwarten. Klara vergrößerte den Radius, glitt nach Südosten in Richtung der französischen Alpen ab und blieb an der Stadt Grenoble hängen. Von dort aus führte eine dünne Linie über die Ortschaften Gap und Digne-les-Bains direkt Richtung Süden. Der Topographie der Landschaft folgend, knickte sie dann leicht nach rechts ab und führte über Castellane und die Parfümstadt Grasse hinunter bis direkt an das Mittelmeer. Dann war es an der Küste entlang über Cannes nur noch ein Katzensprung bis nach Nizza.

»Ich glaube, Alvaro, ich habe da etwas gefunden. Aber ich befürchte, es wird etwas hügelig.«

Und ehe sich's die beiden versahen, fuhren sie alsbald genau auf den Pfaden, die Napoleon vor zweihundert Jahren mit seiner Entourage im erfolgreichen Bemühen bestritten hatte, seinem Exil auf Elba zu entfliehen, um heim nach Paris zu gelangen. Zurück in ein neues Leben, wohin es nun auch, in umgekehrter Richtung, Klara und Alvaro trieb.

Das »etwas Hügelige« entpuppte sich bald schon als eine amtliche Alpenstraße. Inklusive ausgesetzter Stellen, fehlender Fahrbahnbegrenzungen, in schwindelerregende Höhen führender Serpentinen, Haarnadelkurven und wolkenverhangener Pässe, die es zu überwinden galt, einzig um erneut abenteuerlich in die Tiefe geleitet zu werden.

Während Klara mit der Höhe und der Straßenführung zu kämpfen hatte – verständlicherweise, da der höchste Punkt, auf dem sie in ihrem Leben bisher gestanden hatte, der berühmte Kreidefelsvorsprung »Königsstuhl« auf Rügen mit seinen imposanten einhundertundachtzehn Metern war, und die vorpommerschen Alleen eher gerade als kurvig zu bezeichnen waren –, blühte Alvaros Herz auf. All die kleinen Dörfer, die wie Schwalbennester an den Bergflanken hingen, erinnerten ihn an seine spanische Heimat, die Sierra Nevada. Die Sonne tauchte die karge Vegetation in ein eigentümlich klares Licht, das selbst Maler zum Weinen bringen konnte. Und sogar der Geruch, den ihnen der kühle Nordwestwind in den Wagen wehte, war dem seiner Heimat fast ebenbürtig. Alvaro betrachtete beseelt das Lederband an seinem Handgelenk, lachte zum ersten Mal seit einer Ewigkeit aus vollem Herzen, beschleunigte und hatte Spaß daran, den Wagen zu fordern. Er trieb ihn weiter in Richtung Himmel.

Klara hielt dabei ihr Hütchen fest, mit der anderen Hand umklammerte sie den Türgriff und versuchte so, mehr recht als schlecht, auf ihrem Sitz das Gleichgewicht zu halten.

»Du meine Güte, Alvaro! Geht es vielleicht auch ein bisschen weniger rasant?«

»Bitte, nur noch diesen einen Pass, dann lasse ich es ruhiger angehen, versprochen!«

Kaum hatten sie die Kuppe des Col Bayard überwunden, nahm Alvaro den Fuß vom Gas und ließ den Wagen mit gemächlichem Tempo in das Tal der Durance hinabrollen. Klara entspannte sich, kurbelte das Beifahrerfenster hinunter und lehnte sich ein wenig aus dem Fenster. Eine Brise, die die aufgeheizte Luft aus den niederen Regionen zu ihnen hochführte, umschmeichelte ihr Gesicht. Sie schloss die Augen und seufzte zufrieden. Sie fühlte sich auf einmal so leicht, war mit dem Moment verwoben, ohne an etwas anderes denken zu müssen.

»So schmeckt die Freiheit, Alvaro! So muss sie einfach schmecken.«

»Ja, das tut sie!« Wobei Alvaro wusste, dass dies erst der Vorgeschmack auf das war, was noch kommen sollte. Er freute sich schon jetzt darauf, die letzte Barriere zwischen ihnen und dem Mittelmeer zu überwinden, am höchsten Punkt den Wagen zu parken und gemeinsam mit Klara eine maritime Welt zu betrachten, in die sie kurz darauf eintauchen würden. Alvaro hoffte, dass Klara genauso sprachlos sein würde wie er damals, als ihn sein Vater kurz nach dem Tod seiner Mutter an einen ähnlichen Ort gebracht hatte, um seine Verständnislosigkeit zu lindern, indem sie gemeinsam in die Schönheit ihres Landes blickten. Und plötzlich fragte er sich, wie es seinem Vater in diesem Moment wohl gehen würde.

Als es so weit war und sie abbogen, zog hupend eine immense Autoschlange, die sich mit der Zeit hinter ihnen angestaut hatte, an ihnen vorbei. Alvaro brachte den Wagen knirschend auf dem sandigen Parkplatz zum Stehen. Eine kleine Staubwolke umhüllte sie. Freudig wandte er sich an Klara.

»Bitte schließ die Augen.«

»Wieso sollte ich das tun? Ich will es endlich sehen, das Mittelmeer! Darauf habe ich doch schon so lange gewartet!«

»Klara, die wichtigen Dinge des Lebens muss man zelebrieren. Komm, vertrau mir!«

Es waren nicht seine, sondern die Worte seines Vaters, die er dort oben aussprach. Und es freute ihn, endlich den Sinn darin erkannt zu haben.

»Also gut.« Klara schob ihr Hütchen über die Augen, ertastete mit der rechten Hand den Türöffner und zog ihn zu sich. Ungeduldig wartete sie darauf, dass Alvaro sie aus dem Wagen zur Aussichtsplattform führen würde. Seine Hand fühlte sich vertrauter an als die ihres Mannes. Wobei sich Klara nicht daran erinnern konnte, wann er sie zum letzten Mal in dieser einfühlsamen Art und Weise irgendwohin geführt hatte.

Nach wenigen Metern, die sie über den unebenen Boden gegangen waren, nahm Alvaro sie leicht an den Schultern, drehte sie in die richtige Richtung und trat einen Schritt zurück.

»Jetzt!«

»Jetzt schon? Ich dachte, ich soll den Moment zelebrieren.«

Klara atmete tief ein. Unter die feuchtwarme Nachmittagsluft hatte sich ein leichter Salzgeschmack gemischt, es roch nach Lavendel, Rosen und wildem Thymian. Sie hörte das eindringliche Zirpen der Grillen, eine Hummel flog dicht an ihrem Kopf vorbei. Mit beiden Händen griff Klara nach ihrem Hütchen und zog es langsam vom Kopf. Als ihre Augen endlich begriffen hatten, was da Wundervolles vor ihr lag, hob Klara sprachlos den Arm, deutete mal in die eine, dann in die andere Richtung, drehte sich langsam um die eigene Achse und starrte zuletzt gebannt auf das funkelnde Mittelmeer, das in der Ferne den Horizont ausfüllte. Am liebsten hätte Klara irgendwo Platz genommen.

Alvaro wusste, dass es Momente gab, die man unmöglich mit jemandem teilen konnte. Er zog sich zum Wagen zurück und wartete geduldig, bis sie sich von dem Anblick lösen konnte. Es dauerte eine ganze Weile. Im Gehen drehte sich Klara noch einmal um – genau so, wie es frisch Verliebte taten, wenn sie schmerzhaft Abschied voneinander nahmen.

»Und?« Alvaro strahlte sie an.

»Ich … ich kann es nicht in Worte fassen. Es ist wie eine nicht enden wollende Symphonie für die Sinne.« Entzückt ließ sich Klara auf die Motorhaube plumpsen. »Und weißt du, was das Schönste daran ist, Alvaro?«

Er schüttelte neugierig den Kopf.

»Zu wissen, dass dieses Meisterwerk in jeder Sekunde durch sich selbst neu komponiert wird. Es wird keine Wiederholung des Jetzt geben. Mal kommt der Wind von dort, die Wolken wandern anders, es ist diesig, das Gras verbrannter als am Vortag, das Licht intensiver, ein Vogel schreit oder verstummt. Es wird immer so weitergehen, bis zum Ende der Welt. Nicht um Menschengenerationen damit zu imponieren, sondern einzig, weil der ständige Wandel das Wesen der Natur ist.«

Klara musste selbst über ihren philosophischen Exkurs lachen und rutschte von der Motorhaube herunter.

»Es ist so wunderschön hier, einfach herrlich. Ich weiß nicht, wie es dir geht, aber ich freue mich jetzt auf ein Zimmer, eine heiße Dusche und eine üppige Mahlzeit! Wollen wir?«

»Hast du etwa schon ein genaues Ziel vor Augen?«

»Ja, das Negresco.«

»Eine Pension?«

Klara tat geheimnisvoll. »So ähnlich, Alvaro. Lass dich überraschen, du wirst es schon noch sehen.«

»Aber nur, wenn ich ab jetzt wieder ein wenig schneller fahren kann, ja?«

»Ich bitte darum!«

Alvaro startete den Wagen, setzte zurück, gab Gas und fuhr, eine Staubwolke hinter sich herziehend, zurück auf die Straße.

Täglich scheiterten etliche Menschen in dem Bemühen, die Bewohner Nizzas mit ihrem offen zur Schau getragenen Wohlstand zu beeindrucken. Es lag nicht an der Hochnäsigkeit der Einheimischen, sondern daran, dass sie mit der Zeit alles gesehen hatten, was dazu diente, um sich in einem übersteigerten Geltungsbedürfnis von anderen abheben zu wollen.

In Alvaros und Klaras Fall verhielt es sich etwas anders. Eher selten bahnte sich auf der vierspurigen Promenade des Anglais, die das Mittelmeer mit seinem endlos erscheinenden Kiesstrand vom Rest der Stadt trennte, ein solch auffälliges Automobil mit diversen Gepäckstücken auf dem Dach seinen Weg. Es war vor allem die Art und Weise, wie es gefahren wurde, die die abendlichen Flaneure ihre Köpfe drehen ließ. Nicht um Aufmerksamkeit buhlend, sondern eher beiläufig, fast schon lässig. Was allerdings daran lag, dass die Insassen sich orientieren mussten.

»Ich glaube, noch ein kleines Stückchen, Alvaro, dann müssten wir da sein.«

Beide berührten mit ihren Nasen fast die Windschutzscheibe und suchten die illuminierten Fassadenfronten nach dem entsprechenden Schriftzug ab. Wobei Alvaro ernsthaft daran zweifelte, ob sie die Pension in diesem edlen Teil der Stadt finden würden.

»Da! Da ist es! Ach, es sieht noch prachtvoller aus als im Film!«

Sie irrt sich. Das kann es unmöglich sein, dachte Alvaro.

Direkt zu ihrer Linken befand sich ein sechsstöckiger, strahlend weißer Bau, der einen ganzen Häuserblock einnahm und dessen verspielte Erker und Kuppeln von Tausenden von Lichtern akzentuiert wurden. Vor dem Entree, das von einer leicht wirkenden Glas-Stahl-Konstruktion überspannt wurde, standen mehrere Nobelkarossen. Bedienstete in aufwendig geschneiderten Uniformen eilten beflissen hin und her, und hoch über dem Belle-Époque-Palast prangte fast schwebend, weithin sichtbar, der indirekt beleuchtete Name des ersten Hotels am Platze: NEGRESCO. Alvaro blieb die Spucke weg.

»Ist das dein Ernst?«

»Ja, genau hierfür sind wir die ganzen Kilometer gefahren. Ich glaube, ein Stückchen weiter vorne können wir wenden.«

Klara wurde ganz aufgeregt. Sie klappte die Sonnenblende herunter, kontrollierte ihr Äußeres und rutschte auf ihrem Sitz hin und her. Alvaro hingegen kam mit dem Denken nicht nach. Vielleicht will sie dort ja nur einen Tee trinken oder einen Imbiss einnehmen, ging es ihm durch den Kopf.

Automatisch tat er, wie ihm geheißen, stand unversehens direkt auf der Hoteleinfahrt. Er stellte den Motor ab und wollte gerade ansetzen, seine Bedenken zu äußern, als die Beifahrertür von einem behandschuhten Mitarbeiter des Hauses geöffnet wurde. Es war der Chefportier Mustapha Dahlep persönlich. Normalerweise überließ er diese Art von Arbeit seinen Untergebenen, aber dass einer seiner Gäste in einem amerikanischen Taxi mit Berliner Kennzeichen vorfuhr, hatte es in seiner fünfundzwanzigjährigen Karriere noch nicht gegeben.

»Herzlich willkommen im Negresco, Madame. Wir hoffen, Sie hatten eine angenehme Anreise. Dürfen wir uns um Ihr Gepäck kümmern, oder soll das Ihr Fahrer für Sie übernehmen?«

»Wieso Gepäck, bleiben wir denn etwa hier?«, stammelte Alvaro verständnislos.

Klara hingegen betrachtete amüsiert den kleinen rundlichen, agil wirkenden Mann mit der Glatze, dessen Oberlippe von einem kunstvoll gezwirbelten Schnauzbart geziert wurde.

»Zu freundlich. Aber Sie irren sich, das ist nicht mein Fahrer, sondern mein Freund und Komplize!«

Mustapha errötete, was ihm ebenfalls noch nie am Arbeitsplatz passiert war. Er verfluchte innerlich die modernen Zeiten, in denen man nicht einmal mehr Mann und Frau problemlos auseinanderhalten konnte, geschweige denn deren Beziehungen zueinander.

»Entschuldigen Sie, selbstverständlich! *Henri, Mi-*

chel, venez ici! « Er winkte barsch die wartenden Pagen zu sich, die sich sogleich am Dachgepäckträger zu schaffen machten.

Klara nahm erwartungsvoll den Zuckertopf auf, ergriff die Hand des Chefportiers und ließ sich von ihm aus dem Wagen helfen, während das Wort »Freund« in Alvaros Kopf noch warm nachhallte. Und schon waren beide im Inneren des Gebäudes verschwunden. Er schielte auf die Rückbank zu dem floral bedruckten Trolley.

Sollte sie tatsächlich …?, dachte er. Aber nein, dann hätte sie ihn hier nicht einfach so zurückgelassen!

Sicherheitshalber beschloss er, sich persönlich um ihn zu kümmern, und übernahm es zum großen Bedauern des Wagenmeisters selbst, den Camaro in die Garage zu fahren.

Von der kuppelartigen Decke der Lobby hing ein riesenhafter, funkelnder Kronleuchter, der die Halle mit ihren unzähligen Ölgemälden in ein dezentes Licht tauchte. In den sorgsam voneinander separierten Sitzgruppen saßen adrett gekleidete Menschen beieinander, die, mit einem Aperitif bewaffnet, in dezentem Tonfall die Erlebnisse des Tages reflektierten. Klara hob staunend den Kopf. So etwas Edles hatte sie in ihrem ganzen Leben noch nie betreten. Und ehe sie sich's versah, hatte sie den Anschluss an ihren Begleiter verloren. Sie blickte sich kurz um, entdeckte ihn, geduldig wartend, am dunklen Steintresen der Rezeption, und eilte mit trippelnden Schritten zu ihm.

»Sie haben reserviert, Madame?« Ein langer, schlaksiger Mann mit Hakennase hinter dem Tresen schaute sie über seine Lesebrille hinweg an.

»Nein, wie auch? Erst vergangene Nacht in Paris haben wir uns dazu entschlossen, zu Ihnen zu kommen.«

Der Empfangsmitarbeiter verzog keine Miene. Er bearbeitete mit seinen dünnen Fingern die Tastatur seines Computers, als ob er eine Fingerübung am Klavier vollziehen würde. Dann murmelte er etwas in sich hinein, schaute auf einen anderen Bildschirm, fragte seine Kollegin etwas und wandte sich wieder seinem Gast zu.

»Wie ich es mir gedacht habe, Madame. Es ist nur noch die ›Suite Napoléon‹ vakant.«

Klara atmete erleichtert aus. Sie hatte schon befürchtet, dass der arme Alvaro das ganze Gepäck wieder auf das Dach des Wagens hätte wuchten müssen.

»Das ist doch besser als nichts! Die nehmen wir!«

Der stark herausstehende Adamsapfel des Empfangschefs tanzte kurz auf und ab.

»*Bien sûr, Madame*. Wie viele Nächte gedenken Sie zu bleiben?«

Klara zuckte mit den Schultern. »Wer weiß, vielleicht fahren wir ja übermorgen weiter nach Barcelona, oder es fällt uns etwas anderes ein.«

»Ganz recht, wie Sie wünschen. Erst einmal zwei Nächte, *oui*?«

Klara bekam das Anmeldeformular und einen goldenen Kugelschreiber zugeschoben. Konzentriert füllte sie das Blatt aus, was ihr ein wenig schwerfiel, da neben ihr ein glatzköpfiger, beleibter Mann mit zwei aufreizend gekleideten Damen aufgetaucht war. Das überdrehte Gelächter der Frauen schallte nur so durch die Halle. Als Klara fertig war, schob sie das Formular zurück. Der Rezeptionist kontrollierte kurz die Einträge und schaute dann auf.

»Visa, American Express oder Eurocard?«

»Bitte? Ich verstehe nicht ganz.«

»Wie gedenken Sie zu zahlen, Madame Lüdtke?«

»Ach so! In bar natürlich.«

Klara bat den immer noch geduldig wartenden Chefportier, ihr den Zuckertopf zu überreichen. Klappernd stellte sie das Gefäß auf den Tresen, öffnete den Korkdeckel und legte das Bündel Hundert-Euro-Scheine darauf.

»Ich denke, das wird doch sicherlich als Anzahlung reichen, oder?«

Nicht nur die beiden Hotelmitarbeiter starrten sie überrascht an, sondern auch der Mann neben ihr, der gerade dabei war, seinen im Vergleich lächerlich dünn bestückten goldenen Geldclip wieder in der Bundfaltenhose zu verstauen.

Der reservierte Gesichtsausdruck des Rezeptionisten hatte sich plötzlich in ein zuvorkommendes Strahlen verwandelt.

»*Bien sûr, Madame Lüdtke*. Es wird ausreichen. Selbstverständlich. Wir stehen ganz zu Ihren Diensten.« Er nahm das Geld vom Tresen, verstaute es sorgsam, griff nach dem Telefonhörer und bellte strenge Befehle hinein. Dann wandte er sich lächelnd zu Klara. »Madame Lüdtke. Es wird noch einen kleinen Moment dauern, bis wir für Sie in der Suite alles so weit arrangiert haben. Dürfen wir uns erlauben, Ihnen derweil einen Tee in der Lobby zu servieren?«

»Etwas zu essen wäre uns eigentlich lieber, wenn es möglich wäre.«

Es war möglich. Der Chefportier persönlich geleitete Klara in das hoteleigene Restaurant »Le Chantecler«, das mit zwei Michelin-Sternen ausgezeichnet war. Dabei bewunderte er im Stillen das bis ins letzte Detail abgestimmte Ensemble seines Gastes. Besonders das Hütchen und der Seidenschal hatten es ihm angetan. Sosehr er auch grübelte, er konnte die Kleidung keinem ihm bekannten Designer zuordnen, und er war über die Jahre zum Experten auf diesem Gebiet gereift. Sicherlich eine individuelle Sonderanfertigung, und in jedem Fall würde sie perfekt in das Interieur des Restaurants hineinpassen, dachte er.

Stolz führte er seinen Gast in den holzgetäfelten Speisesaal, überschritt mit Bedacht den gold-rot-türkis gemusterten Teppich, der jegliche Trittgeräusche klaglos schluckte, und platzierte Klara an einem rosafarben eingedeckten Tisch. Sie musste mehrmals die Augen öffnen und schließen, bis sie sich an die eigenwillige Einrichtung gewöhnt hatte. Als sie saß, bat sie Herrn Dahlep, nach Alvaro zu schauen, sie würde mit dem Essen auf ihn warten.

Nach dem zweiten Glas Champagner war es endlich so weit. Sie erkannte Alvaro im ersten Augenblick nur an ihrem floral gestalteten Trolley, der eigentümlicherweise fast mit der Inneneinrichtung verschmolz. Klara hielt sich die Stoffserviette vor den Mund, um ihr Lachen zu verbergen. Anscheinend gab es hier so etwas wie eine Kleiderordnung, die es in jedem Fall einzuhalten galt. Irgendjemand hatte Alvaro ein zu großes lachsfarbenes Jackett und eine farblich korrespondierende Krawatte ausgehändigt, die ihm leicht schräg um seinen Hals baumelte. Fast wie mein Tüchlein, dachte Klara, bereits ein wenig angeheitert. Trotzdem wandten sich einige der anwesenden Damen von ihren Begleitern ab, um einen kurzen Blick auf den rassigen Südländer erhaschen zu können.

»Ich will nichts hören!« Alvaro setzte sich, nahm dem wie aus dem Nichts erschienenen Kellner dankbar das Champagnerglas ab und prostete Klara zu. »Auf das Gefängnis, meine Verehrte. Ich hoffe nur, wir werden Zellen bekommen, die sich gegenüberliegen, damit wir uns zukünftig durch die Gitterstäbe mit Wasser zuprosten können.«

Klara erwiderte amüsiert den Toast. Er glaubt mir nach wie vor nicht, ging es ihr durch den Kopf.

»Dann lass uns die Henkersmahlzeit in vollen Zügen genießen. Auf unsere wundervolle Reise.«

Kaum hatten sie die Gläser geleert, wurden sie bereits wieder mit dem Rosé-Jahrgangschampagner gefüllt. Das Personal war anscheinend in seiner Aufmerksamkeit auf Umsatz getrimmt worden. Ein Maître erschien und reichte ihnen die Speisekarten. Klara schüttelte leicht ihren Kopf.

»Die brauchen wir nicht. Wir folgen ganz Ihrer Empfehlung.« Der Maître machte einen kleinen Diener, winkte einen seiner Mitarbeiter zu sich, wechselte mit ihm einige Worte, und kurz darauf wurde ihr Tisch mit einer ganzen Heerschar unterschiedlichster Bestecksorten und Gläser eingedeckt. Zufrieden, aber ratlos, wozu die gut sein sollten, wandte sich Klara wieder an Alvaro. Sie wusste so gut wie nichts von ihm, und das wollte sie jetzt ändern.

»Nun verrate mir, Alvaro …«

Weiter kam sie nicht, der Gruß aus der Küche mit dem dazu passenden Weißwein wurde gereicht. Die Portion war so übersichtlich, dass sie ebenso schnell vertilgt war, wie es gedauert hatte, vom Kellner zu erfahren, welches der Bestecke dafür zu verwenden sei.

Klara wischte sich den Mund mit der Serviette ab und setzte erneut an. »Stammt deine Mutter aus Deutschland, oder wie kommt es, dass du unsere Sprache so gut beherrschst?«

Alvaro musste schlucken, griff nach dem Weißweinglas und trank es auf ex aus. Er legte seine Hand darauf, als ein Kellner sofort nachschenken wollte.

»Stammte, und nein. Meine Mutter ist bereits seit zwanzig Jahren tot, und sie war aus einem Nachbardorf.«

Tief in ihrem Mutterherzen spürte Klara einen dumpfen Schmerz. Peinlich berührt hielt sie dem Kellner das Glas entgegen, und bevor sie ein Wort des Bedauerns äußern konnte, räusperte sich Alvaro und fuhr fort.

»Um deine Frage zu beantworten: Es ist mir ein wenig unangenehm, aber es lag zuerst an den deutschen Auslandsstudentinnen. Sie waren irgendwie ganz verrückt danach, mir ihre Sprache beizubringen. Sie meinten immer, ich hätte so einen geheimnisvollen Akzent.«

Mit diesem unvermuteten Gesprächsverlauf hatte Klara nicht gerechnet. Aber womit die Studentinnen recht hatten, hatten sie recht.

»Und was geschah dann?«

»Unser Professor der Volkswirtschaft hat uns empfohlen, einen Deutschkurs zu belegen.«

»Einen Deutschkurs?!«

Der erste Gang rollte an. Mit einer Handbewegung bedeuteten sie dem Kellner einfach zu servieren, ein neues Glas zu befüllen und sie dann in Ruhe zu lassen. Klara nahm den kompakten Happen der Einfachheit halber vom Teller direkt in die Hand und dann in den Mund.

»Ja, als Mittel der Wahl zur aktuellen Stunde. Verstehst du?«

Klara verstand nicht.

»Das ist ganz einfach. Früher sollte man Englisch lernen, da die amerikanische Wirtschaft als Nabel der ökonomischen Welt galt, dann wurde Mandarin empfohlen, der chinesische Markt war der mit den größten Wachstumsprognosen, jedoch auch der mit der umstrittensten Kultur, und nun war es eben Deutsch, beziehungsweise die Empfehlung, gänzlich nach Deutschland zu gehen. Der einzige Fels innerhalb der europäischen Brandung mit Vorbildcharakter, den es für uns zu erreichen galt.«

»Sind wir das wirklich?«, fragte Klara überrascht.

»So hat man es uns zumindest an der Universität glauben lassen. Die wirtschaftlichen Fakten eures Landes sprachen ebenso dafür, die des unseren nicht. Aber hattest du nie in deinem Leben das Bedürfnis, irgendwohin zu gehen, wo du für deine Zukunft mehr zu erwarten hattest?«

»Du meinst, meine Heimat zu verlassen, um ein besseres Leben leben zu können?«

»Ja, um das zu finden, wonach du dich gesehnt hast, oder vor dem zu fliehen, was dir Angst gemacht hat.«

Klara hatte sich eine solche Frage noch nie gestellt. Sie schaute auf den Tisch, wo überraschenderweise der zweite Gang stand. Ein schmales gräuliches Etwas, dessen Ende hufförmig auslief. Anscheinend eine Köstlichkeit aus der Region, die ebenso am Nachbartisch serviert wurde und die dortigen Gäste dazu veranlasste, mit ihren Mobiltelefonen Fotos davon zu machen. Sie schob den Teller beiseite und hob den Kopf.

»Ach Alvaro, wir waren damals alle so sehr damit beschäftigt, aus unserem Land ein besseres als das zuvor zu machen. Die Frage nach dem eigenen Individuum oder persönlicher Entfaltung war eher untergeordneter Natur. Ich bin in einem ganz anderen Sinne erzogen worden. Außerdem, wohin hätten wir denn gehen sollen, in die Tschechoslowakei?«

»Aber letztendlich hat das Bedürfnis nach Freiheit eure Mauern eingerissen. Es muss folglich nicht immer das Geld sein, das Berge versetzt. Würdest du es heute tun? Und wenn ja, was fehlt dir, was würdest du finden wollen?«

Klara setzte das Glas ab, ohne daraus getrunken zu haben. Was sie in den letzten achtundvierzig Stunden erlebt hatte, hatte ihre kühnsten Erwartungen übertroffen. Das Leben schien zu ihr zurückgekommen zu sein, und allein der Gedanke daran, wieder in den einundzwanzigsten Stock ihrer Berliner Mietwohnung zu ihrem Mann zurückkehren zu müssen, ließ sie erschaudern.

»Vielleicht würde ich es heute tun, ja. Ich meine, wenn es eine Garantie geben würde, dass es wirklich funktioniert.«

»Schau mich an, es gibt dafür keine Garantie. Ich habe von einem ordentlichen Job geträumt, der mir ein Stück meines Selbstbewusstseins zurückgeben würde. Aber Fehlanzeige. Es ist niemandem ein Vorwurf zu machen. Es lag an mir, ich dachte, es würde mir alles in den Schoß fallen, wie fast immer. Wie im Schlaraffenland. Aber man muss überall auf der Welt für seine Träume kämpfen.«

Und für seine Freundschaften, fügte Alvaro im Stillen hinzu und musste an Cemal und Kerstin denken.

»Also, Klara, vergiss Garantien. Für was würdest du dein Zuhause verlassen wollen?« Alvaro nahm das Etwas von seinem Teller auf, biss am schmalen Ende hinein, drehte die Schale und zog den Bewohner mit den Zähnen aus seinem Haus heraus. Er hob anerkennend seine Brauen. »Lecker, galizische Entenmuscheln! Die solltest du wirklich probieren.«

»Für die Liebe!« Es platzte fast aus Klara heraus.

»Bitte was?«

»Dafür wäre ich bereit, meine Heimat zu verlassen. Für die Liebe.«

»Aber sagtest du nicht, dass du verheiratet bist?«

»Ja, eben darum. Ich glaube, das hat mit Liebe schon lange nichts mehr zu tun. Es ist eher zu einer Rolle geworden, die ich über die Jahre eingenommen habe.«

»Und wenn du sie anderswo finden würdest, die Liebe, würdest du Berlin nicht vermissen?«

Klara schaute skeptisch auf ihren Teller und besah sich mitleidig das tote Muschelwesen.

»Höchstens den Fleischsalat von unserem Metzger und das Graubrot, aber das wäre durchaus verkraftbar.« Sie hob ihren Blick. »Ich denke, eine neue Heimat kann man auch in der Fremde finden, solange man dort etwas hat, an dem es einem in der alten gemangelt hat. Etwas, das die eigene Persönlichkeit ergänzt, wieder komplett macht, sofern man bereit dazu ist, es zuzulassen. Was nicht heißt, wie du schon richtig gesagt hast, dass man nicht dafür kämpfen muss. Für dich war es die wirtschaftliche Situation, die dich nach Berlin geführt hat, für den anderen der Wunsch nach Freiheit, nach Frieden, vielleicht der, den Kindern eine bessere Zukunft zu ermöglichen, und für mich wäre es die Liebe, die mich dazu bringen würde, meine Heimat zu verlassen. Ohne sie ist man allein.«

Der Kellner hatte geduldig gewartet, bis Klara aufgehört hatte zu sprechen. Sogleich wurde abgedeckt, ein Rotwein eingeschenkt und der dritte Gang serviert. Ein übersichtliches Fächergebilde aus hauchdünnen, transparenten Scheiben. Klara hob das Glas und hielt es gegen das Licht. Der Wein funkelte dunkelrot. Wie die Liebe, dachte sie und war zugleich überrascht, wie sehr sie ihr fehlte, obwohl sie sich pudelwohl fühlte.

»Und was ist mit dir, Alvaro? Ich will dir nicht zu nahe treten, aber du machst mir nicht gerade den Eindruck, in Berlin angekommen zu sein.«

Alvaro hob mit der Gabel skeptisch eines der hellen Filets an.

»Um ehrlich zu sein, habe ich mich noch nie in meinem Leben irgendwo zu Hause gefühlt. Weder in Granada bei meinem Vater noch in Salamanca während des Studiums, und auch nicht in Berlin.«

»Und woran könnte das liegen?«

Alvaro schaute sich verlegen im Restaurant um, dann beugte er sich zu Klara vor. »Meine Vermieterin Kerstin meint, das liegt daran, dass ich mein wahres Ich noch nicht gefunden hätte.«

»Trägt man das nicht in sich?«

»Eigentlich ja, aber ich habe meines anscheinend verloren.«

»Und wo?«

»Keine Ahnung. Aber Kerstins Ansicht nach sollte ich in meinem andalusischen Kaff mit der Suche danach beginnen. Dort, wo alles mit mir begann.«

Und auf einmal lag vor Klara alles offen. Wie hatte sie nur so schwer von Begriff sein können, und das auch noch als Mutter? Nun wusste sie, woher Alvaros poetische Zerbrechlichkeit herrührte, die er kaum merklich versprühte. Es war weder der Name, den er führte, noch war der Grund in seinem Aussehen zu suchen. Sie begründete sich einzig und allein aus einem Mangel heraus. Welches Kind sollte auch Weiteres in seinem Leben zulassen können, wenn ihm das Wichtigste so früh genommen worden war? Vielleicht konnte sie ihm ja helfen, so wie er ihr unter der Brücke am Flughafen geholfen hatte. Plötzlich hatte sie eine Idee, die bei genauerem Überlegen beiden zugutekommen würde. Einerseits Alvaro, um im Leben wieder Fuß zu fassen, und andererseits ihr, um ihre Heimkehr nach Berlin weiter hinauszuzögern.

»Deine Vermieterin hat recht. Was hältst du davon, wenn wir sie gemeinsam besuchen?«

»Wen besuchen? Kerstin?«

»Nein, deine Mutter natürlich.«

Alvaros Miene verzog sich. »Aber sie ist doch …«

»Du wirst sehen, es wird dir und ihr guttun. Und dann gehen wir zu deinem Vater und du söhnst dich mit ihm aus. Der arme Mann hat es sicherlich nicht leicht gehabt. Und ich bin mir sicher, dass wir unterwegs auch noch dein wahres Ich finden werden.« Wenn du einen Teil davon nicht bereits gefunden hast, Alvaro, fügte sie still hinzu.

Entschlossen tupfte sich Klara den Mund ab und stand auf.

»Etwa jetzt sofort?«, fragte Alvaro perplex.

»Nein, wo denkst du hin? Es warten sicherlich noch etliche Teller mit undefinierbaren Speisen auf uns, und ich möchte mir unbedingt noch die Gegend anschauen, bevor wir aufbrechen. Ich gehe mir nur die Hände waschen und lote bei der Gelegenheit unsere Fluchtmöglichkeiten aus. Wer weiß, vielleicht benötigen wir noch einen alternativen Weg, um ungesehen von hier verschwinden zu können.«

Klara zwinkerte Alvaro zu. Sie hatte ein wenig Schlagseite auf ihrem Weg zur Toilette.

In Alvaros Magen herrschte ein ebenso großes Durcheinander wie in seinem Kopf, als er gemeinsam mit Klara durch die Tür ihres Zimmers trat. Zuerst dachte er, sie hätten sich geirrt und wären stattdessen in einem der Bankettsäle oder dem hauseigenen Museum gelandet, so groß war der Vorraum. Aber dann entdeckte er die sorgsam abgestellten Koffer neben dem wandhohen Spiegel im goldenen Barockrahmen. Verwundert schaute er sich um und hörte dann Klaras Stimme aus einem der benachbarten Zimmer laut aufjuchzen. Es dauerte eine Weile, bis er sie in den Räumlichkeiten fand. Sie stand unter vom Wind aufgebauschten Gardinen in einer geöffneten Flügeltür, die auf die suiteeigene Terrasse führte, und betrachtete den silbrigen Glanz, den der Mond auf das wellenlose Mittelmeer zauberte.

»Ein besseres Zimmer hätten sie uns nicht geben können! Was meinst du, sollen wir uns morgen das Frühstück hier servieren lassen?«

Alvaro musste sich setzen. Klara hatte definitiv den Verstand verloren. Er hatte zwar in seinem Leben jede Menge Herzen und Versprechen gebrochen, Menschen an der Nase herumgeführt, Schulden nicht beglichen und wissentlich gelogen, aber er war nie im Sinne des Gesetzes kriminell geworden. Bis anscheinend heute. Und er würde es sein, den sie einsperren würden, und nicht diese bezaubernde Person dort draußen, die wie eine Elfe im Mondlicht umhertanzte.

»Alvaro, komm schon, wo bleibst du denn nur? Es ist so zauberhaft. So etwas Schönes habe ich noch nie gesehen!«

Unschlüssig parkte er den Trolley neben der Gardine und stutzte. Sollte er? Nervös schaute sich Alvaro um, ging in die Hocke und friemelte den Reißverschluss auf. Sofort purzelten unzählige Geldbündel heraus. Alvaro klappte der Unterkiefer herunter, als er begriff, was dort vor ihm auf dem Teppich lag. Hektisch begann er das Geld wieder hineinzustopfen, als plötzlich direkt vor ihm Klaras Pumps auftauchten. Ungläubig schaute er zu ihr auf.

»Ich habe es dir doch schon in Paris gesagt, aber du wolltest mir nicht glauben!«

Sie kniete sich zu ihm und half, die Bündel wieder ordentlich zu verstauen.

»Eine ganze Million?!«, fragte Alvaro etwas debil, als er seine Sprache wiedergefunden hatte.

»Nicht ganz. Ein bisschen fehlt bereits, aber nicht allzu viel.«

Alvaro machte immer noch den Eindruck, als ob er nicht glauben könnte, was sich dort in dem Koffer befand.

»Und woher stammt das alles?«

»Glücksspiel!«, raunte Klara und zwinkerte ihm zweideutig zu.

Zufrieden schloss sie den Reißverschluss, verstaute den Koffer unter dem Bett, nahm die Flasche Champagner vom Beistelltisch, die ihnen der Chefportier als Willkommenstrunk in den Silberkühler gestellt hatte, und trat wieder ins Freie. Lachend drehte sie sich zu Alvaro um.

»Die Nacht ist so herrlich lau. Was meinst du, wollen wir nicht unter freiem Himmel übernachten? Ich denke, es sollten genügend Decken da sein.«

Dankbar, erst einmal etwas zu tun zu haben, das ihn vom Nachdenken abhielt, schleppte Alvaro die Matratzen hinaus. Aus unzähligen Brokatkissen und Decken baute er ihnen ein komfortables Nest, in das sich Klara sofort hineinmummelte, als sie aus dem Bad kam. Sie sah richtig glücklich aus, fand Alvaro, wie sie dort lag, den Nachthimmel bestaunte und ihren Blick von Stern zu Stern schweifen ließ. Dabei wurden ihre Lider immer schwerer.

»Aber nicht, dass du mir gleich einschläfst, Klara, ja?«

Doch sie hörte ihn bereits nicht mehr.

Alvaro blieb noch eine Weile unter der Flügeltür stehen, ging dann in das wohnzimmergroße Bad, duschte endlich ausgiebig, vergriff sich verschwenderisch an der ausliegenden Körpercreme und griff, als er wieder herauskam, in die Innentasche seiner Lederjacke. Nun konnte er sich endlich mit ruhigem Gewissen bei Cemal melden. Er wählte die Nummer des Büros, das um diese Uhrzeit sicherlich unbesetzt war. Er sprach lieber auf den Anrufbeantworter, so würden ihm weitere Fragen erspart bleiben.

»Hallo, Cemal, hier ist Alvaro. Es geht mir gut … äh, dem Wagen natürlich auch. Ich bin jetzt in Südfrankreich, in Nizza, um genau zu sein, und es ist wunderschön hier. Du solltest endlich auch mal Berlin verlassen. Hör mal, ich muss noch weiter, eine persönliche Sache erledigen, frag am besten Kerstin, die müsste Bescheid wissen. Ach so, um die Bezahlung, da …«

Weiter kam er nicht, da auch der Akku seines Telefons piepend den Geist aufgab. Alvaro überlegte kurz, ob er nicht erneut über das Zimmertelefon anrufen sollte, ließ es dann aber sein. Es wird sich schon alles finden, dachte er, ging auf die Terrasse und schlüpfte auf seiner Seite des Freiluftbettes unter die Decke. Und während er langsam zufrieden einschlummerte, entstand in seinem Unterbewusstsein die Frage nach der genauen Art des Glücksspieles, bei dem Klara das Geld gewonnen hatte. Er wusste auch nicht, wieso, aber es kam ihm als Allererstes russisches Roulette in den Sinn. Wie eine lästige Fliege versuchte er vergeblich, den unsinnigen Gedanken zu verscheuchen. Es war letztendlich der Schlaf, der ihn von ihm befreite.

11

Während im Osten langsam die Sonne hinter den Ausläufern der Seealpen aufging, die die Stadt wie ein Amphitheater umsäumten, und die ersten langen Schatten des Tages auf den Asphalt malte, befanden sich Klara und Alvaro noch tief im Land der Träume.

Wären sie bereits wach gewesen und hätten über die Balustrade ihrer Terrasse geschaut, wäre zumindest Alvaro das beige Taxi mit Berliner Nummernschild aufgefallen, in dem müde und ausgelaugt sein Chef Cemal am Steuer und neben ihm Kerstin mit dem Laptop auf dem Schoß saßen. Beide hätten sicherlich einige Stunden früher an ihr Ziel gelangen können, wären da nicht zuerst die deutschen und dann, einige Meter weiter, die französischen Grenzbeamten gewesen, die das seltsame Paar und den Wagen exakt nach Vorschrift unter die Lupe genommen hatten.

Und so rollte der Mercedes von ihnen unbeobachtet die Promenade des Anglais entlang, bog an der westlichen Seite des Hotels in die Rue Cronstadt ab und kam direkt vor dem Personaleingang des Negresco zum Stehen. Denn genau dort hatte sich das GPS-Signal des Camaros um neunzehn Uhr fünfundzwanzig am vergangenen Tag zuletzt gemeldet. Cemal stieg aus, reckte sich und zündete sich eine selbstgedrehte Zigarette an. Neugierig drehte er sich um die eigene Achse.

»Dit nenn ick mal nobel, und so schön warm is dit hier!«

Kerstin ließ sorgenvoll das Beifahrerfenster herunter.

»Immer noch nichts! Ich verstehe das nicht, Cemal. Bist du dir auch sicher, dass die Batterie nicht …?«

»Kerstin, ick bitte dir, leg doch mal 'ne andere Platte auf. Dit wird schon, glaub ma. Die Kiste steckt irgendwo hier in 'ner Tiefgarage. Die wird schon wieder ufftauchen, und peng sehen wa dit aufm Laptop. Komm, lassen wa den Wagen hier stehen und jehen erst mal ans Meer, frühstücken. Herrlich, wie ick mir freu!« Begeistert und ebenso hungrig rieb er sich die Hände.

»Monsieur, ich bedaure, aber ich glaube nicht, dass dies hier möglich ist!« Es war der Chefportier Mustapha Dahlep, der gerade seinen Dienst antreten wollte. Mit schnellem Blick inspizierte er das Wagendach und dann das Nummernschild. Schon wieder ein Taxi aus Berlin, dachte er überrascht.

In dem Moment verließ Kerstin das Auto und entfaltete sich vor dem Chefportier zu ihrer vollen Größe, strich ihren Rock glatt, kratzte sich kurz am Vollbart und befreite eine Creole, die sich in ihrem langen zerzausten Haar verfangen hatte. Sie fühlte sich nicht nur derangiert, sondern sah auch so aus.

Mustapha Dahlep hatte in den Magazinen seiner Frau bereits so einiges über Berlin gelesen, aber dass es dort in Wirklichkeit so zugehen würde, das hätte er nie gedacht. Er schluckte seine Bestürzung hinunter und wandte sich wieder an den Fahrer des Mercedes, der offensichtlich der gleichen genetischen Herkunft sein musste wie er, obwohl sich Mustapha durch und durch als waschechter Franzose fühlte, was er auch war.

»Hier können Sie nicht parken, Monsieur. In spätestens fünf Minuten wird man Sie abschleppen.«

Cemal schob die Sonnenbrille auf seine Glatze und beäugte interessiert sein Gegenüber. Der Mann war, bis auf diesen gezwirbelten Schnauzbart, den er eigentlich nur von alten Schwarzweißfotografien aus der Kaiserzeit und von den Berliner Hipstern her kannte, fast baugleich mit ihm. Klein, gedrungen, mit Glatze und Ballonbauch, jedoch etwa zwanzig Jahre älter als er – und er sprach Deutsch!

»Dit gibt es jar nicht, du verstehst mir ja!«

»Pardon, Monsieur, ich bin der Chefportier des Hauses, Sie zu verstehen ist mein Beruf!«

Was Cemal als völlig natürlich empfand. Schließlich wusste auch er über alles Bescheid, was ihn und seine Kunden auf dem Gebiet des Personentransportwesens weiterbringen und von Nutzen sein konnte.

»Dit is jut, doppelt jut!« Cemal beugte sich ein wenig vor. »Anjenehm, Cemal Bozoglu. Unter uns Osmanen, mir is einer meiner Fahrer abhandenjekommen. So 'n hübscher südländischer Typ in 'nem orangefarbenen Amischlitten. Alvaro heißt der. Ob er'n Fahrgast dabeihat, weiß ick nicht jenau. Is dir jestern wat aufjefallen? So gegen sieben, halb achte am Abend rum? Da muss er ums Haus jefahren sein.«

Mustapha Dahlep verzog keine Miene. Natürlich wusste er sofort, von wem die Rede war. Und ja, der offensichtlich Abtrünnige hatte einen Gast dabei. Wie hätte er das seltsame Paar auch vergessen können? Aber die primäre Regel seines Berufsethos hieß Diskretion. Was immer im Negresco passierte, blieb auch im Negresco. Da könnte ja jeder daherkommen.

»Monsieur Bozoglu, wie Sie sehen, ist unser Haus groß, es nimmt einen ganzen Häuserblock ein, und ich habe nur ein Augenpaar. Möglich wäre es folglich durchaus. Aber ich konnte, zu meinem größten Bedauern, gestern um die besagte Uhrzeit keine solche Beobachtung machen.«

Cemal spürte instinktiv, dass ihm da eine charmant verpackte Unwahrheit aufgetischt worden war, der Chefportier hatte einfach zu viele Worte verwendet. Aber er selbst hätte bei einer ähnlichen Nachfrage ebenso gehandelt. Diskretion war im Dienstleistungsgewerbe alles, da könnte ja jeder daherkommen. Nichtsdestotrotz war Cemal mit der Antwort zufrieden, denn indirekt hatte sie ihm bestätigt, was er bereits geahnt hatte. Der Wagen steckte hier irgendwo, Alvaro ebenso, und der Rest würde sich alsbald finden. Sein Magen knurrte.

»Wenn Sie mich jetzt entschuldigen möchten«, sagte Mustapha Dahlep. »Der Dienst ruft.«

»Eine Frage hätte ick noch. Wat meinen Se, können wa ausnahmsweise unseren Wajen in Ihrer Hotelgarage abstellen? Soll ja nich so sicher sein, hier in Südfrankreich. Ick zahle och im Voraus.«

Es war eigentlich ein klarer Verstoß gegen die Hausregeln, doch Mustapha spürte instinktiv, dass sein Gegenüber seine Lüge nicht geschluckt hatte. Als Akt der Wiedergutmachung stimmte er zu, nahm die fünfzig Euro, die Cemal um den Wagenschlüssel gewickelt hatte, an, bestieg das Taxi und fuhr es in die Tiefgarage. Dabei konnte er es sich nicht verkneifen, es direkt neben dem orangefarbenen Camaro abzustellen.

»Du hättest ihn seine Kollegen fragen lassen sollen, ob sie nicht etwas beobachtet haben.« Kerstins Unterlippe schmerzte beim Sprechen, so angenagt war sie schon.

Cemal stöhnte, nahm seinen Rucksack auf, verstaute den Laptop darin und reichte Kerstin ihre Yogamatte.

»Jetzt will ick dir mal was sajen, Kerstin. Dit is des erste Mal überhaupt, dass ick aus Berlin draußen bin. Also versau mir dit bitte nich. Ja?«

»Aber nur, wenn du mir versprichst, dass wir ihn bis zum Abend finden werden!«

»Okay, dit versprech ick dir! Und jetzt ab an den Strand.«

Gemeinsam überquerten sie die Promenade des Anglais, stiegen die wenigen Stufen zum Kiesstrand hinunter und verharrten, so überwältigend war der Anblick.

»Dit is hier ja noch viel besser als am Wannsee. Und allet ohne Sand!«

Während Kerstin ihre Yogamatte ausrollte und ausführlich den Sonnengruß zelebrierte, setzte sich Cemal an einen der vordersten Tische des »Blue Beach«-Strandrestaurants und bestellte das Frühstücksgedeck »L'amour fou« für zwei Personen.

Und in dem Moment, in dem beiden, bedingt durch die Reisestrapazen, die Augen zufielen, öffnete Alvaro, geweckt von den ersten Strahlen der Morgensonne, die auf die Terrasse schienen, die seinen.

Genüsslich rekelte er sich, zog Klara die verrutschte Decke über die Schultern, stand auf und öffnete den Sonnenschirm, damit sie ungestört noch etwas weiterschlummern konnte. Dann ging er gemächlich zum Telefon, bestellte beim Roomservice ein üppiges Frühstück mit allem Chichi und kehrte leise auf die Terrasse zurück. Er setzte sich auf die Steinbrüstung und beschaute genüsslich die maritime Szenerie, die sich so langsam mit Menschen zu füllen begann.

Ein dezentes Klopfen riss ihn nach einer Weile aus seiner Betrachtung. Auf Zehenspitzen lief Alvaro zur Tür. Vor ihm stand der Chefportier, der es sich nicht hatte nehmen lassen, seine Kollegen aus dem Restaurant zu begleiten, um persönlich nach dem Rechten zu sehen, obwohl dies überhaupt nicht seine Aufgabe war.

»Wo dürfen wir servieren, Monsieur? Vielleicht auf der Terrasse? Die Sonne sollte um diese Uhrzeit noch nicht allzu intensiv sein.«

Alvaro nickte, ließ den Tross an sich vorbeiziehen und wollte ihm folgen, als er sanft von einer weiß behandschuhten Hand daran gehindert wurde.

»Monsieur, verzeihen Sie, aber ich glaube, Sie haben Besuch aus Berlin.«

Alvaro verstand nicht. Wer sollte ihn schon besuchen, und ausgerechnet hier? Es musste sich um eine Verwechslung handeln. Er löste sich vom Chefportier und überwachte fürsorglich, dass die Mitarbeiter des Hotels beim Servieren nicht allzu viel Krach mit ihren Gloschen machten.

Mustapha Dahlep ging Alvaro nach, blieb jedoch respektvoll, um den intimen Moment, der offensichtlich auf der Terrasse herrschte, nicht unnötig durch seine Anwesenheit zu stören, unter dem Türrahmen stehen und beschloss zugleich, seine Frau Sophie am Abend damit zu überraschen, gemeinsam auf der Dachterrasse ihrer Wohnung zu nächtigen.

Obwohl Alvaro wusste, dass Klara sicherlich nichts dagegen gehabt hätte, wenn er aus dem Koffer einen Schein gezogen und ihn als Trinkgeld an die geduldig wartenden Mitarbeiter überreicht hätte, ließ er es sein. Es war schließlich nicht sein Geld, und ob es Klara überhaupt gehörte, stand in den Sternen. Er kramte aus der Jeans seine letzten Münzen, überreichte sie den enttäuschten Angestellten und setzte sich neben Klara auf das Bett, um abzuwarten, bis sie erwachte.

Als sie ihre Augen aufschlug, war sie sich nicht sicher, ob sie noch träumte oder bereits wach war. Neben ihr standen mehrere üppig bestückte und auf Hochglanz polierte Tabletts, von denen ein verführerischer Duft ausging. Schlaftrunken rappelte sie sich auf und bestaunte glücklich das erste Frühstück seit Jahren, das sie nicht selbst hatte zubereiten müssen.

»Danke! Es ist kaum zu glauben nach der gestrigen Völlerei, aber ich habe bereits wieder einen Bärenhunger!«

Alvaro schenkte ihnen aus der silbernen Kanne Kaffee in die filigranen Porzellantassen.

»Und, hast du etwas Hübsches geträumt?« Alvaro reichte Klara ihre Tasse.

Nachdenklich pustete sie den Dampf in die frische Morgenluft.

»Nein, ich kann mich zumindest nicht mehr daran erinnern. Aber das macht nichts, Alvaro, denn die Realität ist jetzt weitaus besser als meine Träume zuvor geworden.« Munter bestrich sie ein Croissant mit etwas gesalzener Butter und biss hinein. »Und wie geht es dir heute Morgen? Hast du den Schock über meinen tatsächlichen Reichtum überwunden?«

Alvaro grinste. »Ja, aber irgendwie ist der Rock 'n' Roll bei der ganzen Sache flötengegangen.«

Klara schenkte Alvaro einen verschwörerischen Blick.

»Vielleicht hilft dir ja das: Ich werde auf keinen Fall verraten, woher das Geld genau stammt. Bist du so lieb und reichst mir das Salz?«

Das, was sie auch nach zwei Stunden nicht geschafft hatten, wickelte Klara sorgfältig in die gestärkten Servietten ein und verstaute es in dem Wäschebeutel, den sie im Bad gefunden hatte. Er besaß eine praktische Kordel zum Zuziehen, die Klara sich um die Schulter ihres hellblauen Jacketts hängte. »Und, bist du so weit?«

Alvaro streckte sein rasierschaumbedecktes Gesicht aus dem zweiten Bad.

»Noch einen Moment, Klara. Wohin soll es denn heute gehen?«

»Wir werden auf den Spuren Grace Kellys wandeln. Oder vielmehr fahren!«

»Auf wessen Spuren?«

»Kennst du sie etwa nicht? Ach, das wird wundervoll. Lass dich überraschen, du wirst schon sehen. Aber jetzt mach!«

Als Alvaro endlich so weit war, hakte sich Klara bei ihm unter, und gemeinsam schritten sie zum Aufzug. An der Rezeption ließ sich Klara genauestens die Route, die Grace Kelly damals in »Über den Dächern von Nizza« in halsbrecherischer Art und Weise entlanggerast war, in einen Umgebungsplan einzeichnen. Dies nahm jedoch eine geschlagene Stunde in Anspruch, da die Belegschaft sich nicht gänzlich einig war. Erst unter Zuhilfenahme der entsprechenden DVD konnte Klarheit geschaffen werden. Schließlich konnte einem Gast des Negresco nicht zugemutet werden, derart ungenau informiert losgeschickt zu werden.

Das Röhren des beschleunigenden V8-Motors war selbst im Strandrestaurant »Blue Beach« noch zu vernehmen. Aber weder Cemal, der ahnungslos vor seinem erkalteten Kaffee schlummerte, noch Kerstin, die von Alpträumen geplagt von ihrer Yogamatte gerutscht war und deren linke Gesichtshälfte bereits einen leichten Sonnenbrand aufwies, ließ dieses Geräusch auch nur ansatzweise mit der Wimper zucken.

Ganz im Gegensatz zu Lucien, einem in Nizzas Unterwelt aufstrebenden Langfinger und dort auch als »Die Katze« bekannt, der gerade die Hand nach Cemals Rucksack ausstreckte. Geduckt wartete er das Verebben des Motorengeräusches ab und griff dann geschickt zu. Unauffällig schlenderte er von der Terrasse des Restaurants und nahm bei der Gelegenheit auch noch Kerstins Yogamatte an sich.

Alvaro folgte, den Anweisungen des Hotelpersonals entsprechend, der Promenade des Anglais in östlicher Richtung. Zu ihrer Rechten befand sich das flirrende, funkelnde Mittelmeer, durch das unzählige Segelboote und Yachten pflügten. Zu ihrer Linken lag das altehrwürdige Stadtzentrum – seinerzeit von den Griechen gegründet – mit seinen verwinkelten Gassen, dessen äußerster Rand noch im Schatten des schützenden Colline du Château lag. Über ihnen, inmitten des azurblauen Himmels, thronte herrschaftlich die Sonne, die hin und wieder von einem der zahlreich am Firmament umherschwirrenden Hubschrauber durchflogen wurde. Nach einer scharfen Linkskurve ging es leicht bergab zum Port Lympia, in dem die Yachten der Wohlhabenden lagen. Unvermittelt blieben sie in einem kleinen Stau stecken, der sich nicht aufgrund des dichten Verkehrsaufkommens, sondern aufgrund der Schaulust der vorbeifahrenden Autofahrer gebildet hatte.

Klara kurbelte ihr Fenster herunter und betrachtete ein wenig mitleidig die leinenbekleideten Menschen, die wie auf dem Präsentierteller in ihren auf Hochglanz polierten Nischen am Heck saßen und betont lässig an Champagnerflöten nippten.

»Wie im Zoo«, sprach Alvaro ihren Gedanken aus.

»Ja! Wobei Wildtiergehege vielleicht doch noch präziser wäre, meinst du nicht?«

Sie folgten dem hufeisenförmigen Straßenverlauf, bogen ab und erreichten bald die stark ansteigende, serpentinenartige Corniche André de Joly, die fast bis nach Monaco führte. Je höher sie kamen, desto mehr nahm das Grün am Wegesrand zu und die enge Bebauung ab. Bald waren nur noch wuchtige schmiedeeiserne Tore zu sehen, die erahnen ließen, welch großzügige, von Generation zu Generation übertragene Besitztümer sich dahinter verbargen. Umso überraschter war Klara, als sie an einer Weggabelung ein ehemals herrschaftliches Haus passierten, von dessen Fassade der Putz abbröckelte. Auf der morschen Holzveranda saßen zwei nachlässig gekleidete, weißbärtige Männer, die sich an ihren Bierflaschen festhielten und den Verkehr beobachteten. Hinter ihnen prangte eine vergilbte kubanische Flagge und daneben, frisch in schwarzer Farbe aufgesprüht, die Silhouette des jungen Che Guevara. Die Letzten ihrer Art, dachte Klara. Einer der Männer löste seine Hand vom Flaschenhals und winkte ihr, oder dem alten amerikanischen Wagen, da war sich Klara nicht ganz sicher, kaum merklich zu.

Sie folgten der am Berghang entlangmäandernden Straße und bogen nach wenigen Kilometern links auf eine kleine kurvige Straße ab, die sie bis auf das dreihundertachtzig Meter hoch gelegende Plateau von Saint Michel brachte. Erst hier zog sich die Vegetation ein wenig zurück und gab den herrlichen Blick auf die Bucht von Villefranche-sur-Mer und der östlich angrenzenden, wie eine grüne Zunge ins Meer ragenden Halbinsel Saint-Jean-Cap-Ferrat frei. Klara und Alvaro hielten gemeinsam die Luft an. So etwas Atemberaubendes hatten sie noch nie in ihrem Leben zu Gesicht bekommen.

Alvaro war sich sicher, dass dies auch im Sinne von Klara war: Er stoppte den Wagen, setzte zurück und stellte ihn auf einem kleinen Parkplatz ab. Gemeinsam gingen sie in den angrenzenden Park, vorbei an zwei verwitterten, im Schatten von Kiefern liegenden Boule-Bahnen, durchstreiften das trockene Gras und ließen sich auf einer exponiert gelegenen Bank nieder. Stumm betrachteten sie voller Bewunderung das, was Mutter Natur vor Millionen von Jahren unter ihnen begonnen hatte und was nun fertig zu sein schien. Seltsamerweise fügten sich von dort oben betrachtet sogar die von Menschenhand errichteten Ergänzungen harmonisch in das Bild ein. Was aber auch kein Wunder war, da dies seit über einem Jahrhundert eine der teuersten Ecken der Welt war, die sich dadurch auszeichnete, dass die städtebauliche Verdichtung, wie es sie etwa im angrenzenden Fürstentum gab, hier nicht gewollt war. Selbst die überdimensionierten Yachten mit ihren Hubschrauberlandeplätzen, die aufgrund ihres Tiefgangs nicht im Hafen ankern konnten, sahen beinahe aus wie Blauwale auf Urlaub.

Es dauerte eine Weile, bis Alvaro seine Sprache wiederfand.

»Da wollte ich früher immer schon hin!«

»Hierher? Das ist ja famos, und jetzt bist du endlich da.«

»Nein, dort unten hin. Auf eine der Yachten oder in ein weitläufiges Haus mit Pool, Garten, Meerzugang und Dreifachgarage. Raus aus der eigenen Unbedeutsamkeit des Seins.«

Klara holte einen Apfel aus ihrem Wäschebeutel und biss hinein. Während sie kaute, musste sie an die beiden französischen Altrevolutionäre denken, die auf ihrer verkommenen Veranda gesessen und einen recht harmonischen Eindruck gemacht hatten.

»Ist das nicht furchtbar anstrengend, Alvaro?«

»Du meinst, jeden Tag Jetset inklusive Champagnerfrühstück, Delikatessen und international wechselnde Freundinnen? Stimmt, ein wenig Kondition ist da sicherlich von Vorteil.«

Klara knuffte Alvaro leicht mit ihren Ellbogen in die Rippen.

»Nein, das meine ich nicht, du Kindskopf. Ich stelle es mir nur unglaublich kraftraubend vor, sich zwanghaft von der Masse abheben zu wollen. Mein Sohn Rüdiger versucht dies im Kleinen bereits seit Jahren, mit mäßigem Erfolg. Dabei wünscht er es sich so sehr. Und ich glaube, wenn er es eines Tages tatsächlich schaffen würde, wäre er so damit beschäftigt, seinen Status zu halten und sich zu bemühen, die nächsthöhere Stufe zu erreichen, dass er sich darin gänzlich verlieren würde.« Sie lachte laut auf.

»Und stell dir einmal vor, er säße hier mit uns auf der Bank. Er würde mit offenem Mund und völlig desillusioniert die Speerspitze des Reichtums betrachten und mit gesenktem Kopf seine Heimreise antreten.«

Sie hat recht, dachte Alvaro. Wer von ihnen beiden war schon für so etwas gemacht?

»Du meinst also, jeder sollte auf seinem angestammten Platz bleiben?«

»Nein, Gott bewahre! Ich bin eine wohlhabende Sozialistin, hast du das vergessen? Und es geht mir hier auch nicht um die Gleichstellung, dazu sind die Bedürfnisse der Menschen zu unterschiedlich, so viel habe ich in meinem Leben bereits gelernt. Ich beginne mich nur zu fragen, warum der persönliche wirtschaftliche Erfolg in einem solch verschwenderischen Wettstreit gipfeln muss. Und das in der heutigen Zeit. Schau, dort unten liegt zum Beispiel eine Yacht, die sogar zwei Hubschrauber besitzt. Einen für den Mann und einen für die Frau. Und nächstes Jahr wird eine mit dreien hier liegen.«

Alvaro grinste. »Also, wenn ich das nötige Kleingeld hätte, würde ich mit einer römischen Galeere und hundert muskelbepackten Ruderern in diese Bucht einfahren und vor Anker gehen.«

»Und dann schwups mit der Sänfte ins Negresco!«

»Eine schöne Idee, Klara. Ich bin mir sicher, dass das Hotelpersonal Beifall klatschen würde. Was meinst du, wollen wir endlich los und uns wie diese Schauspielerin auf der DVD in halsbrecherischer Weise die maroden Serpentinenstraßen rauf und runter stürzen?«

Klara raffte sich auf und hielt Alvaro entschlossen ihre geöffnete Hand entgegen.

»Ja, aber diesmal werde ich fahren.«

Erschrocken erinnerte sich Alvaro an Klaras unbeholfenes Einparkmanöver in Paris am Montmartre.

»Hast du denn überhaupt einen Führerschein?«

»Das ist nicht wichtig, Alvaro. Du hast dich doch heute Morgen über den fehlenden Rock'n'Roll beschwert. Da ist er wieder. Bist du so lieb und gibst mir den Schlüssel?«

Es grenzte an ein Wunder, dass eine Stunde später nur der vordere rechte Kotflügel eine dicke Schramme aufwies. Was eigentlich das kleinere Problem war. Klara hatte größte Mühe, durch den Kühlwasserdampf, der aus der Motorhaube entwich, überhaupt noch etwas zu sehen. Ferner roch der Wagen verdächtig nach heiß geriebenen Bremsbacken. Alvaro kurbelte völlig durchgeschwitzt das Beifahrerfenster hinunter und dirigierte seine Chauffeuse auf einen der Parkplätze, die direkt an der Uferstraße neben dem Bahnhof von Eze-sur-Mer lagen.

Kaum stand der Wagen, verließ er eiligst den Beifahrersitz, öffnete die Motorhaube, wobei er sich leicht seine Hand verbrannte, und begutachtete mit besorgter Miene das Malheur. Es war nichts, was sich nicht beheben ließ, trotzdem würde Cemal einen seiner seltenen Tobsuchtsanfälle bekommen. Klara saß nach wie vor, kaum sichtbar, hinter dem Steuer und schaute betreten zur Windschutzscheibe hinaus. Dann beugte sie ihren Kopf aus dem Fenster.

»Ist es schlimm?«

»Jetzt ist aber Schluss mit dem Rock'n'Roll, Klara. Nicht nur der Wagen, auch ich brauche eine Pause.«

Klara hob entschuldigend ihre Schultern, verließ den Fahrersitz und stellte sich neben Alvaro.

»Wir müssen es so sehen: Wenigstens ist es auf ebener, gerader Strecke passiert und keiner von uns ist zu Schaden gekommen!«

Es war der liebevolle Versuch einer Mutter, aus einer verfahrenen Situation das Positive herauszupellen. Und er verfehlte seine Wirkung nicht. Alvaro massierte sich kurz die Schläfen, trat eher sanft gegen einen der heißen Reifen, und schon war der Ärger verflogen.

»Ja, das stimmt. Aber wir brauchen frisches Kühlwasser und müssen die Bremsen sowie den Motor abkühlen lassen, mindestens zwei Stunden lang.«

Suchend drehten sich beide um die eigene Achse und entdeckten zeitgleich schräg hinter ihnen so etwas wie einen Tante-Emma-Laden, vor dem sich eine mannshohe Stele aus Evian-Kisten befand.

»Wunderbar, du kümmerst dich um das Wasser und ich schaue in der Zeit nach der passenden Badebekleidung für uns.«

»Badebekleidung, Klara?«

»Ja, ich dachte, wir könnten an den Strand und schwimmen gehen, solange der Wagen abkühlt.«

Der nahegelegene öffentliche Strand war nur über eine mit Graffiti übersäte Fußgängerbrücke zu erreichen, die über die fast direkt am Meer gelegenen Bahngleise führte. Als dieses Hindernis überwunden war, empfing sie anstatt eines weitläufigen Sandstrandes ein schmaler, steil abfallender Streifen aus melonengroßen Steinen.

Alvaro rief Klara etwas zu, das vom Lärm eines vorbeifahrenden Zuges geschluckt wurde.

»Was hast du gesagt?«

»Jetzt weiß ich auch, warum sich hier keine Menschenseele befindet.«

»Ich finde es wunderschön. Schau nur, wie klar das Wasser hier ist.«

Alvaro betrachtete sie skeptisch.

»Du warst noch nie an der Ostsee, was?«, setzte sie nach.

Er schüttelte den Kopf, reichte Klara die Hand und geleitete sie sicher zum Meer. Zumindest waren die Steine so groß, dass eine Pobacke bequem drauf passte. Klara kruschtelte in ihrer Einkaufstüte und zog das frisch erworbene SpongeBob-Handtuch heraus.

»Fürchterlich, nicht? Sie hatten leider nichts anderes. Was ist das überhaupt für ein gelbes Wesen mit dem Bratwender in der Hand?«

Klara bat Alvaro, das Tuch vor ihr aufzuspannen, damit sie sich ungesehen umziehen konnte. Er wandte seinen Blick ab, hob die Arme und wartete geduldig. Kurz drauf trat Klara hinter dem provisorischen Vorhang hervor. Sie steckte in einem blau-weiß geringelten Badeanzug mit goldenem Anker darauf und trug auf dem Kopf eine farblich korrespondierende Bademütze. Lachend bahnte sie sich mit unsicheren Schritten ihren Weg über die glitschigen Steine und stürzte sich in die erfrischenden Fluten.

»Los, komm auch rein, Alvaro«, rief sie und winkte ihm zu.

Alvaro bückte sich und zog aus der Tüte statt der erhofften Surfershort einen schwarzen Badeslip heraus, der auch noch eine Nummer zu groß war.

»Das hier, Klara, das ist fürchterlich, und nicht das gelbe Männlein mit dem Bratwender in der Hand!«

»Trägt man denn so etwas nicht mehr?«

»Nein!«

Ihr Lachen wurde von einem der vorbeifahrenden Züge geschluckt. Alvaro begann sich umzuziehen und war insgeheim doch froh, an einem so einsamen Strand wie diesem zu sein.

Während die beiden ihr nachmittägliches Bad genossen, standen Cemal und Kerstin in einer überfüllten Polizeistation in Nizzas Altstadt vor einer Panzerglasscheibe und wurden von den Beamten auf der anderen Seite nicht verstanden. Aber das mit dem Nicht-verstanden-Werden hatte bereits vor zwei Stunden begonnen, kurz nachdem Cemal von Kerstin mit ihrem sonnenverbrannten Gesicht barsch aus dem Schlaf gerissen worden war.

»Sie haben mir meine Yogamatte geklaut! Wenn ich denjenigen in die Hände bekomme, na warte!« In solchen Dingen hatte sie eine Null-Toleranz-Grenze, auch wenn der Wiederbeschaffungswert des indischen Billigproduktes eher als gering einzuschätzen war. Aber es war eben ihr Besitz gewesen.

Cemal wäre fast von seinem weißen Plastikstuhl gefallen. Schlaftrunken hatte er sich in dem nun stark frequentierten Restaurant umgeschaut, und plötzlich kamen seine kleinen grauen Zellen in Schwung. Seine Hand griff vergeblich nach dem Rucksack, in dem sich neben dem Laptop auch sein Mobiltelefon und seine Herrenhandtasche befunden hatten. Ruckartig stand er auf und starrte Kerstin entsetzt an.

»Mein Rucksack is och weg. Dit hätte in Kreuzberg niemand jewagt, mir zu beklauen!« Dann legte er seine Stirn in Falten. »Scheiße! Mensch, Kerstin, wie wollen wa jetzt ohne Laptop überhaupt Alvaro und den Camaro finden?«

Ein plötzliches Heimweh brandete in ihm auf und er fühlte sich noch hilfloser. Hätte man ihn wider Erwarten in Berlin bestohlen, so hätten einige wenige Anrufe genügt, um die Sache in kürzester Zeit zu regeln. Aber hier in Nizza sah es anders aus. Wenn Pinar nur da wäre, dachte er sehnsüchtig und ließ sich wieder auf seinen Stuhl fallen.

»Das ist jetzt zweitrangig, Cemal. Zuerst müssen wir zur Polizei, damit die sich um die Wiederbeschaffung kümmern kann, und alles Weitere wird sich dann schon finden.«

Kerstin schien äußerlich die Ruhe selbst zu sein, was daran lag, dass sie insgeheim froh darüber war, ihre Selbstvorwürfe für einen gewissen Zeitraum in den Hintergrund schieben zu können. Sie setzte sich zu Cemal, nahm von dem unberührten Frühstücksteller »L'amour fou« ein erkaltetes Toastbrot und belegte es mit zwei wässrigen Tomatenscheiben sowie einer Scheibe schwitzendem Käse. Kauend griff sie nach dem Orangensaft.

»Kerstin, wie kannste denn jetze in Seelenruhe frühstücken! Du hast doch selber jesagt, wir müssen Anzeige erstatten.«

»Weißt du eigentlich, wie viele Menschen auf der Welt Hunger erleiden müssen? Da wäre es eine Sünde, wenn man es wegschmeißen würde. Oder sollen wir es uns lieber einpacken lassen? Ich hoffe, du hast bereits vor deinem Nickerchen bezahlt …«

Cemals Gesicht hatte sich ebenso rot verfärbt wie das von Kerstin. Und dies war der Beginn ihrer Sprachodyssee gewesen. Weder das Restaurantpersonal noch einer der anwesenden Gäste war in der Lage gewesen, sich außerhalb seiner Muttersprache zu verständigen. Da hatte es auch nicht geholfen, dass Cemal seine Uhr als Pfand an Ort und Stelle lassen wollte, bis der Umstand des Diebstahls aufgeklärt worden war. Warum auch? Die westliche Hemisphäre war voll von kaum vom Original unterscheidbaren Produktplagiaten. Wie sollte da ein Normalsterblicher den Unterschied zwischen einer echten und einer gefälschten Rolex erkennen können, wenn selbst der Zoll dazu Experten hinzuziehen musste? Der Geschäftsführer hatte kurz seinen Kopf geschüttelt, etwas in die offene Küche gerufen, und kurz drauf war ein Mensch erschienen, dessen Physiognomie jeglichen Fluchtgedanken im Keim erstickt hätte.

Aber auch auf der Polizeistation ging es zu wie direkt nach der babylonischen Sprachverwirrung. Die Situation erschien verfahren.

Man wollte sie gerade für die Dauer der Klärung ihrer Identitäten in eine Arrestzelle verfrachten, als Kerstin eine Idee kam. Der Einzige, der sie bisher problemlos verstanden hatte, war der Chefportier des Negresco gewesen. Aber wie sollten sie in Kontakt mit ihm treten?

»Ick hab doch von Anfang an jesagt, dass mir hier niemand verstehen wird! Hab ick doch, oder!? Wer von euch beiden hat denn den hirnrissigen Einfall jehabt, Alvaro nachzureisen?«

»Jetzt hör endlich mit deiner Jammerei auf, Cemal. Ich muss mich konzentrieren.«

Dann hatte sie es.

»Grundgesetz, Artikel 104, Absatz 4: ›Von jeder richterlichen Entscheidung über die Anordnung oder Fortdauer einer Freiheitsentziehung ist unverzüglich ein Angehöriger des Festgehaltenen oder eine Person seines Vertrauens zu benachrichtigen.‹ Warum sollte es in Frankreich anders sein?«

»Bitte?«

»Wir haben sicherlich ein Anrecht auf ein Telefonat!«

»Wirklich? Kann ich dann als Erstes mit Pinar sprechen? Bitte!«

»Nein, wir werden jemand anderes anrufen!«

Kerstin blieb abrupt stehen, schaute dem maulenden Beamten energisch in die Augen und führte in einer unmissverständlichen Geste ihren gespreizten Daumen und kleinen Finger an ihr rechtes Ohr. Der Beamte spürte instinktiv, dass es diesem Mannweib ernst war. Genervt griff er hinter den Tresen und knallte das Telefon darauf.

»*À qui voulez-vous téléphoner?*«

»Hotel Negresco!«

Das Lachen des Beamten war sogar noch in den Zellen, in denen gelangweilt die Prostituierten auf das übliche Procedere warteten, zu hören. Zu gerne betätigte er die Wählscheibe.

Wäre es nicht die Polizei gewesen, die ihn zu sprechen verlangte, wäre Mustapha Dahlep nie im Leben an den Apparat gegangen. Er hatte weitaus Wichtigeres, Elementareres zu erledigen. Denn nicht zuletzt ging es darum, den guten Ruf des Hauses zu wahren.

Keine zehn Minuten zuvor war der stark verschmutzte und leicht lädierte Camaro von Frau Lüdtke auf die Hoteleinfahrt gerollt. Zuerst hatte Mustapha mit dem Schlimmsten gerechnet. Als er jedoch die Zufriedenheit in den Gesichtern der Insassen bemerkte, war ihm ein Stein vom Herzen gefallen. Dennoch war es nicht angegangen, ein solch verdrecktes Vehikel direkt vor der

Einfahrt stehen zu haben. Er hatte seine Gäste in das Haus geleitet, en passant einen seiner Mitarbeiter damit beauftragt, den Wagen entsprechend herrichten zu lassen, und dabei Frau Lüdtkes ausgelassener Schilderung ihres Tagesverlaufs gelauscht. Gerne war er ihrem Wunsch nach einer Erfrischung nachgekommen, hatte sie in einer der Sitzgruppen der Lobby platziert und dem Servicepersonal mit einem Nicken zu verstehen gegeben, dass seine Dienste benötigt wurden. So weit, so gut.

Als er jedoch wieder seinen Posten vor dem Eingang bezogen hatte, ließ ihn das durchdringende Knattern eines Zweitaktmotors aufschauen, das sich dem Haus langsam näherte. Bereits als er die beigefarbene Karosserie sah und das Berliner Nummernschild ausmachte, schwante ihm nichts Gutes. Er wird doch nicht …?, dachte Mustapha Dahlep. Doch im selben Augenblick setzte der Fahrer den Blinker. Mit einer ohrenbetäubenden Fehlzündung kam das Gefährt direkt vor ihm zum Stehen und hüllte ihn sogleich in eine stinkende bläuliche Wolke. Es war entwürdigend.

Aber dem nicht genug: Aus dem beigen Plastikgehäuse stieg zuerst eine junge verschwitzte Dame, die in einem billigen maritimen Ensemble steckte und einen ziemlich mitgenommenen Eindruck machte – als ob sie unter Drogen stünde. Zu ihr hatte sich ein Herr in einem verknitterten dunklen Maßanzug mit modischem Dreitagebart und offenem Oberhemd gesellt, der offensichtlich ihr Arbeitgeber war. Prostitution, Freier und Zuhälterei waren in Mustapha Dahleps Augen schon immer unvermeidliche Übel gewesen, die zu seinem großen Leidwesen seit jeher auch im Negresco anzutreffen waren. Die Damen wurden sogar von noch weiter her als von Berlin zu ihnen verfrachtet. Aber so offen zur Schau getragen war es ihm noch nie untergekommen.

Er musste seine Einschätzung der Situation doch sogleich wieder revidieren, da aus dem Fond eine dritte, ältere Person gekrochen kam, die nicht mehr in der Lage war, sich gänzlich aufzurichten. Gebückt, offensichtlich unter starken Rückenschmerzen leidend, trat der Mann zu dem Duo.

Wie der Glöckner von Notre Dame, ging es Mustapha Dahlep amüsiert durch den Kopf. Und dann wurde ihm auf einmal klar, was diese bemitleidenswerte Gesellschaft den weiten Weg aus Deutschland hergeführt haben musste. Er musste sich schon stark irren, wenn es nicht um Frau Lüdtke und ihren südländischen Begleiter gegangen wäre.

Das Trio hatte derweilen die Köpfe zusammengesteckt und sich kurz beraten.

Es war die etwas zu aufgesetzte, besorgte Art und Weise, in der sich ihm die Dame näherte, die Mustapha in Alarmbereitschaft setzte. Es roch förmlich nach einem Eklat. Zur Sicherheit ging er ihr einen Schritt entgegen.

»Madame?«

»Entschuldigen Sie bitte. Wir suchen meine Mama, Klara Lüdtke ist ihr Name. Und wir sind uns fast sicher, dass sie Gast in Ihrem Hause ist.«

Mustapha Dahlep hatte sich spontan dazu entschlossen, auf arrogant zu schalten.

»*Je suis désolé, Madame. Je ne vous comprends pas!*«

Das klappte anscheinend nicht. Sein Gegenüber trat an ihn heran, stellte sich auf die Zehenspitzen und näherte sich seinem Ohr.

»Ich bin mir sicher, dass Sie mich verstehen. Hören

Sie, meine Mutter leidet unter Demenz im Frühstadium und ist gerade dabei, das mühsam Ersparte meines Vaters auf den Kopf zu hauen. Also, wo ist sie?«

Mustapha musste ob dieser dreisten Lüge empört auflachen. Was er sogleich zutiefst bedauerte, da er sich somit doppelt verraten hatte.

Und dann begannen sich die Ereignisse zu überschlagen.

Während sich die Dame, die offenbar Frau Lüdtkes Tochter war, von ihm löste und sich raubtierhaft an ihm vorbei in Richtung Eingangstür bewegte, eilte ihm einer seiner Mitarbeiter entgegen und überreichte ihm das Haustelefon.

»Monsieur Dahlep, Monsieur Dahlep, la police!«

Es galt, Prioritäten zu setzen. Er bat den Amtsträger am anderen Ende der Leitung höflichst um einen Moment Geduld, eilte der unverfrorenen Dame in die Lobby hinterher und sah mit Genugtuung, dass sie sich schnurstracks an Klaras und Alvaros Rücken vorbei in Richtung Rezeption bewegte. Das würde ihm eine wertvolle Minute Vorsprung bringen, sollte sich doch dieser einfältige Dussel von Chefconcierge mit der Dame herumschlagen.

Er trat dezent neben Klara, neigte sich zu ihr hinunter und flüsterte ihr kaum hörbar zu: »Madame Lüdtke, es tut mir sehr leid, ich konnte ihr Eindringen nicht verhindern, aber ich glaube, Ihre Tochter ist gerade mit weiteren Mitgliedern Ihrer Familie eingetroffen und sucht Sie. Und wenn Sie mir den Kommentar erlauben wollen: Sie scheint Ihnen nicht sonderlich wohlgesinnt zu sein.«

Klaras Pupillen weiteten sich erschrocken, sie drehte sich in die Richtung, in die der Chefportier wies und ließ vor Entsetzten ihr Sherry-Glas auf den Schoß fallen, als sie ihre Tochter ausmachte, die deutlich mit einem Mann hinter der Rezeption flirtete.

»Wenn Sie es wünschen, kann ich Sie und … und …« Es wollte ihm kein anderes Wort dafür einfallen. »… Ihren Komplizen ungesehen aus dem Hotel geleiten.«

»Ich wünsche es!«, hauchte Klara atemlos.

Alvaro hatte nicht genau verstanden, was zwischen Klara und dem Chefportier ausgetauscht worden war, aber an Klaras panischem Gesichtsausdruck erkannte er, dass etwas höchst Unerfreuliches geschehen sein musste. Und so stellte er auch keine weiteren Fragen, als sie vom Chefportier zu den Fahrstühlen gebracht wurden.

Kurz bevor sich die Türen gänzlich schlossen, tauchte vor dem Spalt Angelikas energisches Gesicht auf. Der Blick, den sie ihnen in die Begrenztheit der Kabine entgegenschleuderte, ließ selbst Alvaro erstarren, wobei er eigentlich gedacht hatte, an so etwas bereits gewöhnt zu sein. Als sich der Fahrstuhl in Bewegung setzte, schaute Alvaro fragend zu Klara, die schwer atmend neben ihm stand. Jegliche Fröhlichkeit schien von ihr abgefallen zu sein, stattdessen machte sie auf ihn den Eindruck, dass irgendetwas tief in ihrem Innersten zerbrochen sein musste.

Auch der Chefportier war mit sich beschäftigt. Er erinnerte sich anscheinend daran, dass er das Telefon nicht nur zur Zierde mit sich trug. Er schnaufte einmal tief durch und führte den Apparat an sein Ohr.

»*Parlez, je vous écoute, Monsieur! Oui … oui!*«

Er hörte aufmerksam zu, schaute kurz verlegen zu Alvaro, legte seine Hand schützend vor die Muschel und wechselte dann das Idiom.

»Mademoiselle Kerstin, beruhigen Sie sich bitte … Natürlich … Ich werde mich darum kümmern, sobald es meine Zeit zulässt, aber im Moment bin ich sehr beschäftigt … Ja … Ja! So Gott will, habe ich in einer halben Stunde Feierabend, alles Weitere sehen wir dann.«

Mustapha Dahlep beendete rasch das Gespräch, wischte sich den Schweiß von der Stirn, drückte eine der Tasten und führte erneut den Hörer ans Ohr. Er erteilte seinem Gesprächspartner knappe Anweisungen, legte auf und im selben Moment erklang eine kleine Glocke, die verkündete, dass der Fahrstuhl in der gewünschten Etage angekommen war. Es galt, keine Zeit zu verlieren. Kaum hatten die Türen sich geöffnet, rannte der Chefportier ihnen voraus zur »Suite Napoléon« und öffnete sie mit seinem Generalschlüssel.

»*Vite*, Monsieur, bitte nehmen Sie sich Madame Lüdtkes an. Ich denke, ein Glas Wasser würde ihr guttun. Ich werde mich derweil um Ihr Gepäck kümmern.«

Fast hätte der Chefportier den kleinen floral bedruckten Trolley, den Klara vergangene Nacht unter dem Bettgestell versteckt hatte, übersehen. Als er ihn herauszog, bemerkte er, dass man es versäumt hatte, ihn gänzlich zu schließen. Es widerstrebte ihm, jedoch musste er den Reißverschluss komplett öffnen, da sich irgendetwas verhakt hatte. Er zwirbelte kurz seinen Bart, als er den Inhalt des Koffers erkannte, und schloss ihn sogleich wieder.

Während er seine Schützlinge mit seinen herbeigerufenen Mitarbeitern eiligst durch die Personalgänge in Richtung Lieferanteneingang dirigierte, hoffte er inständig, dass Madame Lüdtke nie von ihrer Familie eingeholt werden würde. Irgendwie hatte er sie im Laufe der letzten vierundzwanzig Stunden in sein Herz geschlossen. Sie kam ihm vor wie die Letzte ihrer Art.

Zumindest hatten es die Leute des Wagenmeisters in der Kürze der Zeit geschafft, eine Hälfte des Camaros von außen zu reinigen. Mit laufendem Motor und geöffneten Türen stand er in Fahrtrichtung auf der hydraulischen Wendeplatte.

Mustapha Dahlep verstaute hastig den Trolley mit dem Bargeld auf der Rückbank, klappte den Sitz zurück, hob schützend seine Hand an Klaras Hinterkopf, führte sie sanft auf den Beifahrersitz und beugte sich in einem angemessenen Abstand über sie, um sie gewissenhaft anschnallen zu können. Dabei hatte er Mühe, seine Entrüstung zu verbergen.

»*Bon voyage*, Madame Lüdtke«, flüsterte er ihr zum Abschied zu. Dann richtete er sich auf und schloss die Beifahrertür. Er überlegte kurz, ob er nicht noch den korrekten Sitz des Gepäcks auf dem Dach und die Spanngurte überprüfen sollte, aber die Zeit drängte zu sehr. Stattdessen klopfte er dreimal auf die Heckscheibe des Camaros. Sogleich löste Alvaro die Handbremse, und mit einem ohrenbetäubenden Krach sauste der Wagen wie eine startende Rakete die Rampe hoch und bog schlingernd nach rechts aus dem Sichtfeld der Zurückgelassenen.

Als sich der Rauch aus Abgasen und verbranntem Gummi gelegt hatte, entfernte Mustapha zwei imaginäre Flusen von seinem Revers, zwirbelte sich beidhändig den Bart und machte auf der Hacke kehrt. Instinktiv zuckten seine Mitarbeiter zusammen. Sie kannten ihren Chef, und diese Gestenabfolge verhieß nichts Gutes. Selbst im ersten Stock noch konnten die Gäste, die in ihren

Chaiselongues vor sich hin dösten und auf das Abendessen warteten, seinen Stechschritt vernehmen.

Endlich machte Mustapha Madame Lüdtkes Tochter vor der Eingangstür aus. Umrahmt von ihren beiden männlichen Begleitern, schaute sie der sich langsam verziehenden Rauchwolke nach, die die Promenade des Anglais zierte.

Mustapha baute sich vor ihnen auf, nahm Haltung an und räusperte sich.

»Mademoiselle Lüdtke, Messieurs. Zu Ihrer Information: Madame Lüdtke hat zu meinem größten Bedauern und in einer ihr gegenüber unverzeihbaren Art und Weise unser Haus verlassen müssen. Ich hoffe inständig, dass im Falle einer zukünftigen Demenzerkrankung – Gott bewahre sie davor –, Sie drei die ersten Personen sein werden, die Madame Lüdtke vergessen wird. Meine Empfehlung!«

Und anstatt zu seinem Arbeitsplatz zurückzukehren, verließ er schnaubend das Hotel, knöpfte im Gehen den obersten Knopf seiner Uniform auf, bestieg ein Taxi und ließ sich zur nahegelegenen Polizeistation fahren.

Die beiden sahen wirklich erbärmlich aus. Aber Mustapha Dahlep hatte in seiner Karriere bereits schlimmer zugerichtete Gäste aus dem Polizeigewahrsam ausgelöst. Wobei »Gäste« nicht die korrekte Bezeichnung für die Dame und den Herrn war. Dennoch, sie besaßen ehrliche Augen, hatten ihren Wagen in seine Obhut gegeben, und aus irgendeinem diffusen Grund fühlte er sich ihnen gegenüber verpflichtet. Vielleicht war es aber auch einfach den Erlebnissen des frühen Abends geschuldet, dass er noch etwas Positives verrichten wollte.

Zuerst grüßte er höflich die Belegschaft der Station, wechselte einige Worte mit dem Chef du Commissariat und wandte sich dann an die Beklagten.

»Guten Abend. Wie ich höre, werden Sie der Zechprellerei beschuldigt. Entspricht dies den Tatsachen?«

Cemal löste sich aus seiner Lethargie und schaute den Chefportier flehentlich an.

»Wir hätten ja jezahlt, wenn se mir vorher nich den Rucksack jeklaut hätten! Aber dit will hier ja keiner verstehen!«

Mustapha hob seine Augenbrauen.

»Bestohlen? Aber bitte sagen Sie nicht vor dem Negresco!«

»Doch! Direkt vorne am Strandrestaurant. Und meine Yogamatte hat man auch noch mitgehen lassen. Grün war sie, und erst ein halbes Jahr alt!«

Nun verhielt sich die Sache gänzlich anders. Der Chefportier drehte sich um und zog aus der Innentasche seines Jacketts das Portemonnaie hervor. Er legte anstandslos den fälligen Betrag aus, grüßte zum Abschied knapp und dirigierte die beiden schnellstmöglich aus der Polizeistation. Kaum waren sie draußen, klappte er sein Mobiltelefon auf.

»Aber sollten wa nicht 'ne Anzeige uffjeben? Wie kommen wa ansonsten wieder an unsere Sachen?!«

»Es mag Sie überraschen, Monsieur Bozoglu, aber in Nizza werden solche Petitessen ohne die Polizei geregelt. Sie werden sehen, morgen nach dem Frühstück werden Sie wieder im Besitz Ihrer Habe sein. Und selbstverständlich auch der Ihren, Mademoiselle. Und das vor dem Negresco!«

Er stellte sich kopfschüttelnd ein wenig abseits und

drückte die Kurzwahltaste drei. Nachdem er das Telefonat beendet hatte, drückte er die Eins und informierte seine Frau Sophie, dass sie unerwartete Übernachtungsgäste haben würden. Und so kam es, dass nicht das Ehepaar Dahlep die sternenklare Nacht auf der Dachterrasse ihrer beengten Dreizimmerwohnung genoss, sondern ein mittelloses Reisepaar aus Berlin.

12

Alvaro schaute mit einem gehetzten Blick in den Rückspiegel, um sich zu vergewissern, dass sie nicht noch verfolgt wurden. Als er erleichtert erkannte, dass dies nicht der Fall war, nahm er den Fuß vom Gas und wechselte auf die rechte Fahrbahn der vierspurigen Ausfallstraße, die sie in westlicher Richtung aus der Stadt herausbrachte. Er fuhr sich mit der Hand über sein verschwitztes Gesicht und schmeckte das Salz des Meeres, das seiner Haut noch anhaftete. Was war nur geschehen? Keine zehn Minuten zuvor hatte er sich mit Klara in den tiefen Sesseln der Lobby gelümmelt, an einem Mojito genippt und sich so leicht wie schon seit Jahren nicht mehr gefühlt, und urplötzlich hatte man ihn aus dem Paradies, in das er von Klara hineingeführt worden war, vertrieben. Er kam sich vor wie in einem der Filme, in denen ein Geldkoffer die eigentliche Hauptrolle spielte und die sonstigen Protagonisten die von ihm geführten Marionetten waren. Und nun befand er sich unverhofft inmitten einer solchen Fiktion, ohne den Ausgang des Dramas zu kennen. Und über die genaue Rollenverteilung war er sich auch nicht im Klaren.

Alvaro schielte zu Klara, die immer noch wie versteinert auf dem Beifahrersitz saß. Sie war auf jeden Fall diejenige, mit der es sich lohnte, durchzubrennen. Die junge Frau im Seemanns-Outfit, die urplötzlich vor der Fahrstuhltür aufgetaucht war, war Klaras eiskalte Gegenspielerin. Aber wer war er, Alvaro? Weder der muskelbepackte Typ, der blindlings etwas riskierte, noch der bedenkentragende Kerl mit der Hornbrille, und schon gar nicht das analytische Mastermind, das jeden seiner Schritte unter Berücksichtigung aller Eventualitäten weit im Voraus plante. Wer dann?

Als ob Alvaro die Antwort darauf im Innenraum des Camaros finden könnte, ließ er seinen Blick über das Armaturenbrett schweifen. Er blieb dabei an seinem eigenen Konterfei hängen, das seinen Taxifahrer-Ausweis zierte, der die Kunden darüber informierte, mit wem sie es zu tun hatten. Und dann war es Alvaro klar: Er war derjenige, der passiv darauf wartete, dass die Dinge mit ihm geschahen. Im Beruflichen wie im privaten Leben. Aber mit dem Auf-etwas-Warten sollte ab jetzt Schluss sein, befand er. Er wollte nicht mehr länger eine Reaktion auf sein Umfeld sein, sondern derjenige, der den Tisch für sich selbst nach Gutdünken deckte. Auch dann, wenn das Leben in Zukunft ein wenig anstrengender werden würde. Alleine der Gedanke daran ließ Alvaro sich bereits besser fühlen.

»Was habe ich nur falsch gemacht?«

Es waren die ersten Worte, die Klara seit der überstürzten Abreise aus dem Negresco von sich gab. Alvaro lächelte. Obwohl die Frage so verzweifelt klang, war sie immerhin ein Lebenszeichen. Und irgendwie, fand er, schwang in ihr auch die Chance auf einen Neuanfang mit.

»Hast du etwas falsch gemacht, Klara?«

»Ich glaube, alles, Alvaro. Ansonsten wären sie doch nicht so unverhofft aufgetaucht!«

»Wieso? Wenn du alles falsch gemacht hättest, säßen wir hier nicht so beieinander. Es fühlt sich zumindest nicht falsch an. Aber kanntest du die? Hast du denen etwa das Geld gestohlen?«

Alvaro konnte sich zwar nicht vorstellen, dass sie zu so etwas fähig wäre, aber man wusste nie genau, was Menschen letztendlich zu solchen Taten trieb.

Ein erschöpftes Lächeln huschte über Klaras Gesicht.

»Kennst du den Spruch, dass Geld den wahren Charakter eines Menschen zeigt?«

»Ja, mein Chef Cemal hat ihn uns einmal per SMS geschickt. Aber ich verstehe das jetzt nicht ganz.«

»Die Aussage stimmt. Ich habe es an meinem sechzigsten Geburtstag am eigenen Leibe erfahren müssen. Und weißt du, was das Erschreckendste daran war? Es war meine eigene Familie, die ihren wahren Charakter vor mir entblößt hat. Und das nach all den gemeinsamen Jahren.«

Klara schnäuzte in ihr malvenfarbenes Einstecktuch.

»Nicht ich habe das Geld jemandem gestohlen, Alvaro, sondern sie wollen es mir wegnehmen. Es war wohl eine Laune des Schicksals, dass ausgerechnet mein Sohn Rüdiger mir ein solch gewinnbringendes Lotterielos zu meinem Geburtstag geschenkt hat. Oh Gott, ich habe es förmlich in ihren Augen gesehen, dass sie sich nicht für mich gefreut haben. Stattdessen haben sie ungeniert über meinen Kopf hinweg nach dem Geld getrachtet, als sie mir einen Kaffee servierten und währenddessen darüber sprachen, welche Träume sie sich damit erfüllen wollten. Selbst meine Tochter Angelika, die angeblich auf materielle Werte nichts gibt, hat sich nicht zurückhalten können.«

Alvaro fröstelte es. »Dann war das deine eigene Tochter, die vor dem Fahrstuhl aufgetaucht ist?«

»Ja! Aber stell dir nur vor, sie waren alle drei dort. Meine Tochter, mein Sohn Rüdiger und selbst mein Mann Gerhard. Ich habe sie genau gesehen, als wir an ihnen vorbeigefahren sind. Sie standen mit ihren ungläubigen Gesichtern vor der Hoteleinfahrt und haben uns in der gleichen entblößten, argwöhnischen Art und Weise betrachtet, wie sie es an meinem Geburtstag getan haben. Wie auch immer sie mich gefunden haben, es war nicht die Sorge um mich, die sie den ganzen weiten Weg aus Berlin hierhergetragen hat. Es galt einzig und allein dem Geld!«

In Alvaro brandete lodernd sein zügelloser Zorn auf die Welt auf, der ihm schon häufiger in seinem Leben die Dinge verstellt hatte. Das hatte kein Mensch verdient, und vor allem nicht seine Klara! Er war kurz davor, das Lenkrad herumzureißen und zu wenden, um die illustre Gesellschaft zur Rede zu stellen oder sogar Verwerflicheres zu tun, als Klara seine Hand berührte.

»Nicht dass du denkst, dass sie immer schon so gewesen sind, Alvaro, bestimmt nicht. Es muss sich über die Zeit in sie hineingeschliffen haben, sanft, aber beständig. Und ich habe es noch nicht einmal bemerkt. Dabei habe ich sie immer geliebt und meine Rolle als Mutter und Hausfrau gerne ein- und erst recht ernst genommen. Dafür zu sorgen, dass es ihnen gut ging, und sie in ihren Träumen zu unterstützen war mein Zutun am familiären Ganzen. So habe ich es immer gesehen, ohne dafür eine

Gegenleistung zu erwarten. Aber warum sie mich nicht als Menschen mit eigenen Bedürfnissen wahrgenommen haben, kann ich nicht sagen. Ich meine, sich gegenseitig zu respektieren und zu lieben, sich Halt zu geben, das macht doch eine Familie aus, oder nicht? Die Welt da draußen kann so etwas doch nicht leisten, dafür ist sie zu komplex und zu groß.«

Klaras letzte Worte hatten Alvaros Zorn gelöscht und zeitigten in seinem Inneren eine wohltuende Wirkung. Klara hatte recht. Es war nicht das Heimweh oder das Gefühl, aus seinem Leben nichts gemacht zu haben, das ihm in der Nacht vor drei Tagen urplötzlich den Atem genommen hatte, sondern seine eigene Haltlosigkeit. Und niemand könnte ihm einen besseren Halt geben als sein Vater. Alvaro war sich in diesem Moment sicher, dass dieser ihn auch vermisste. Sie hatten doch nur noch einander. Eine Träne bahnte sich ihren Weg seine Wange hinunter. Jetzt muss er nur noch heim, ihn in den Arm nehmen, spüren, was er dabei spürte, und dann befände sich alles wieder an seinem angestammten Platz.

Alvaro strahlte Klara euphorisiert an. Der Tag, an dem sie in seinen Wagen gestiegen war, war der beste in seinem Leben gewesen. Zu gerne wollte er sich bei ihr dafür revanchieren, ihr wenigstens ein Stückchen von dem zurückgeben, was er von ihr erhalten hatte.

»Du bist einer der liebenswertesten Menschen, die ich bisher kennenlernen durfte. Und ich glaube felsenfest daran, dass du alles richtig gemacht hast.«

»Wie kommst du darauf, wenn ich fragen darf?«

»Ich weiß nicht sonderlich viel über familiäre Dinge. Beim besten Willen nicht, obwohl ich gerade viel darüber lerne. Aber dafür weiß ich, wie man eine gute Party schmeißt. Zum perfekten Rahmen gehören fünf Dinge: ein reichlich gedeckter Tisch, ein üppig bestückter Getränkekühlschrank, eine satte Anlage, ein ausgewogenes Verhältnis Jungs zu Mädchen, und das Wichtigste ist, dass sich der Gastgeber selbst bei der Veranstaltung nicht zu sehr in den Vordergrund drängt. Der Rest liegt nicht mehr in deiner Hand, das müssen die Gäste schon selbst erledigen. Verstehst du?«

Sie schüttelte kaum merklich den Kopf.

»Schau, du sagtest doch selbst, dass du deine Rolle als Mutter immer ernst genommen hast, und so wie ich dich verstanden habe, stand das Wohlergehen deiner Familie stets an erster Stelle.«

»Ja, so war es!«

»Also, du hast den perfekten Rahmen für euer Leben gesteckt, was hättest du ihnen noch mehr bieten sollen? Wenn sie es nicht zu schätzen wissen, was für einen wundervollen Menschen sie in ihrer Mitte haben, ist es durchaus dein Recht, mit dem Gewinn loszuziehen, eigene Wege zu beschreiten und deine Träume zu verwirklichen. Und dabei weißt du genauso gut wie ich, dass das Geld in deinem Koffer dir nur dabei geholfen hat, dir die Augen zu öffnen, dass es aber nicht das leisten kann, wonach du dich sehnst.«

In Klara begann es zu kribbeln. Sie war nicht gerade daran gewöhnt, Zuspruch für ihr Verhalten zu erfahren.

»Und mutig bist du noch dazu!«

Neugierig rappelte sie sich ein wenig auf. »Mutig?!«

»Ja, du bist eine mutige Frau, Klara. Etwas hinter sich zu lassen, an das man all die Jahre vergeblich geglaubt, für das man gekämpft hat, erfordert eine Menge Mut.«

Alvaro lächelte sie breit an. »Außerdem hast du mich auch noch gerettet!«

Klara war nun komplett durcheinander. Eigentlich war sie davon ausgegangen, dass es sich genau andersherum verhalten hatte. »Gerettet, ich dich?«

»Wenn du nicht in meinen Wagen gestiegen wärst, sondern zu meinem Kollegen Alfred Schulte – Gott bewahre –, dann stünde ich immer noch voller Selbstmitleid am Gleisdreieck, würde auf betrunkene Partytouristen warten und mir aller Wahrscheinlichkeit nach in drei Wochen die Kugel geben. Und dabei hat Kerstin noch gemeint, es würde niemanden in der Stadt geben, der einen retten könnte, es sei schließlich Berlin. Doch dann bist du erschienen und hast mir gezeigt, worauf es im Leben eigentlich ankommt, dass es durchaus lohnenswert ist, es selbst in die Hand zu nehmen, und dass es nie zu spät ist, dafür zu kämpfen. Und dafür werde ich dir ewig dankbar sein!«

Für Klara war es ein wärmender Gedanke, zu wissen, dass sie sich gegenseitig gerettet hatten. Und bei genauerem Überlegen wurde ihr bewusst, dass die eine Rettung ohne die andere nie hätte vonstatten gehen können. Sie spürte jedoch, dass es in ihr einen letzten Selbstzweifel gab, den es zu überwinden galt.

»Aber sein altes Leben und damit seine Familie hinter sich lassen, ich meine auf Dauer ... Kann und darf man das überhaupt?«

»Das wird sich zeigen, aber schließlich hast du nur ein Leben zu leben. Und ich glaube, es werden die Erinnerungen an dein altes sein, die dir deinen Schritt jeden Tag aufs Neue bestätigen werden. Sieh es einfach so: Deine Kinder und dein Mann sind, zumindest dem Alter nach, erwachsen, und sie haben sich nicht gerade mit Ruhm bekleckert, oder? Vielleicht wird es ihnen sogar guttun, nicht von dir umsorgt zu werden. Aber entscheidend ist und bleibt, wie du dich bei dem Ganzen fühlst.«

»Wie ich mich fühle?! Momentan wie ein trotziges, verschmähtes Kind, das die Nase voll von allem hat und von zu Hause weggelaufen ist – und das eigentlich nur, weil es sich nach Liebe und Anerkennung sehnt.«

»Soll ich vielleicht doch noch umdrehen?«, scherzte Alvaro.

»Um Himmels willen, nein, das brauchst du nicht. Aber sag, wo fahren wir denn überhaupt hin?«

»In meine Heimat!« Erst jetzt merkte Alvaro, wie sehr er sich danach sehnte, endlich wieder die schneebedeckten Gipfel der Sierra Nevada zu erblicken, während im Tal bereits der Frühling in den Sommer überging. »Ich werde sie dir zeigen, jeden Winkel, wenn du willst, und ich werde dich meiner Mutter vorstellen. Ihr hättet euch gemocht, da bin ich mir sicher!«

»Aber denk daran, Alvaro, du wolltest dich auch noch mit deinem Vater aussöhnen!« Klara biss sich auf die Zunge, doch sie hatte das Gefühl, dass dies der weitaus wichtigere Punkt der Reise war.

»Das habe ich schon, vorhin. Du hast recht, ich muss zu ihm, ihn dringend in die Arme schließen.«

»Und wo befindet sie sich genau, deine Heimat in Spanien? Ich hoffe, es ist noch ein längerer Weg.«

»Oben in der Sierra Nevada, in der Nähe von Granada.«

Klaras Augen weiteten sich und funkelten vor Glück.

»Granada! Ich glaube, da habe ich genau das Richtige für uns dabei.«

Sie schnallte sich flink ab, kniete sich auf den Beifahrersitz und öffnete die Vordertasche des Trolleys. Vorsichtig zog sie eine CD heraus, überreichte sie Alvaro und nahm wieder Platz. Schon jetzt freute sie sich diebisch auf Fritz Wunderlichs Heldentenor, und vor allem darauf, wie sein unübertroffenes hohes C in dem Lied »Granada« über dieses Dings im Kofferraum, das die Musik noch schöner machte, klingen würde.

Als es so weit war, platzten beide fast vor Glück, die Scheiben des Wagens drohten zu zerspringen, und selbst der Spanngurt, der das Gepäck zusammenhielt, erzitterte vor Ehrfurcht derartig, dass er nachgab. Im Rückspiegel sahen Klara und Alvaro überrascht, wie sich die Koffer und deren farbenfroher Inhalt großzügig auf der rechten Fahrspur verteilten, bevor sie von einem Vierzigtonner zermalmt wurden. Wie mein altes Leben, dachte Klara schon fast amüsiert.

»Ich habe mich in den Kleidern eh nie richtig wohl gefühlt«, sagte sie. »Was meinst du, Alvaro, wollen wir das Lied noch einmal hören?«

Und genau in dem Moment, in dem Fritz Wunderlich zum zweiten Mal an diesem frühen Abend zum hohen C ansetzte, zerbrachen in einer Seitenstraße neben dem Negresco gleich drei Träume.

Verschwitzt, völlig ausgelaugt und ebenso ratlos stand der klägliche Rest der Familie Lüdtke neben dem Wartburg, den sie eigenhändig von der Hoteleinfahrt hatten schieben müssen, da allem Anschein nach auch er von seinen Lebensgeistern verlassen worden war. Was nicht verwunderlich war, wenn man davon ausging, dass solche Maschinen auch eine Art von Seele besaßen. Die achtzehnstündige Fahrt nach Nizza war nicht nur eine Schmierstoff und Verschleißteile zehrende, sondern auch eine emotionale Tortur für den Wagen gewesen. Die nicht enden wollende Streiterei unter den Insassen hatte bereits in Berlin begonnen. Die gegenseitigen Vorhaltungen waren wie Pingpongbälle durch den Fond geflogen und zurückgeschmettert worden. Auf der Höhe von Hof war zum ersten Mal wüst auf das Lenkrad geschlagen worden. Und so ging es weiter, wie eine endlos andauernde Flut, in der die Brandung keine Pause einlegte. Ganze eintausenddreihundertvierundvierzig Kilometer lang. Aber nun herrschte endlich Ebbe.

Es war Rüdiger, der als Erster wieder so viel Atem besaß, dass er sprechen konnte.

»Vielleicht sollten wir Genosse Ossietzky kontaktieren, er kann sie doch sicherlich orten.«

Angelika hob herrisch ihren Blick.

»Und was dann, Bruderherz?! Womit sollten wir sie weiterhin verfolgen? Aber ich bezweifle eh, dass ihr Handy noch Saft hat.« Voller Abscheu betrachtete Angelika die beiden Männer. »Ihr kapitalistische Brut. Schaut euch nur an, was eure Gier nach Geld, das noch nicht einmal euch gehört, aus euch gemacht hat. Tiere, blutrünstige Tiere hat sie aus euch gemacht. Die eigene Mutter und Frau quer durch Europa zu hetzen! Dass ihr euch nicht in Grund und Boden schämt. Und erst ihr verängstigter Blick, den sie uns aus dem amerikanischen Wagen zugeworfen hat.«

Es war nicht gerade Angelikas Stärke, einen reflektierenden Blick auf sich selbst zu werfen.

Angewidert löste sie sich vom Wartburg und ging die wenigen Schritte zur Promenade des Anglais zurück.

Neidisch schaute sie in die Richtung, in der ihre Mutter mit dem feurigen Südländer in diesem wunderschönen, potenten Schlitten verschwunden war. Zuerst zögerlich und dann immer frenetischer begann sie, ihrer Mutter Beifall zu klatschen.

»Bravo, Mama. Bravo! Das nenne ich Frauenpower!« Fast wäre ihr noch ein »Wer braucht in der Welt schon Geld, um glücklich zu sein?« herausgerutscht. Aber sie besann sich eines Besseren, das würde sich schon finden. Schließlich war sie eine Frau und wusste, wie sie ihre Reize einzusetzen hatte.

Ein verirrter Ausläufer des Mistrals durchfuhr ihr Haar und bauschte es werbetauglich auf. Beinahe wäre sie in diesem Augenblick von einem alternativ gekleideten, tiefgebräunten Mann mit Pferdeschwanz, Fliegersonnenbrille und silbernen Kettenarmbändern an den Handgelenken, der einen offenen Jeep steuerte, angefahren worden, wenn er nicht im letzten Moment eine Vollbremsung hingelegt hätte. Zwar verstand Angelika kein Wort von dem, was er ihr auf Französisch verführerisch zuhauchte, aber das machte nichts. Beim Einsteigen verschwendete sie nicht einen Gedanken an ihren Bruder oder Vater, geschweige denn, dass sie ihnen noch einen letzten Blick des Abschieds zugeworfen hätte.

»Jetzt hat sie uns auch noch verlassen!« Es war eher ein Klagen als ein Vorwurf, das Gerhard seinem Sohn zumurmelte. Er sackte innerlich wie äußerlich zusammen und rutschte an der weißen Fassade bis auf den Boden hinunter. »Jetzt sag doch auch mal was, Rüdiger!«

»Ja, aber …« Weiter kam Rüdiger nicht. Sein Telefon

vibrierte in der Innentasche seines arg in Mitleidenschaft gezogenen Jacketts.

»Genossen, Ossietzky hier! Ich wollte mich nach der Lage der Operation erkundigen. Ich hoffe, Sie haben Ihre Mutter gefunden. Ihre Kohlrouladen sind wirklich vorzüglich! Wie ist das Wetter in Nizza?«

Über dem Schmatzen ihres inoffiziellen Mitarbeiters machte Rüdiger im Hintergrund das Schlagen einer Standuhr aus, die dem Klang nach zu urteilen die aus ihrem Wohnzimmer war.

»Ja, aber auch wieder nein. Wir hatten sie, und nun aber wieder nicht.«

»Wie meinen Sie das? Geht das nicht konkreter?«

»Sie ist zumindest an uns vorbeigefahren.«

»Aha. Sehr schlecht, Genosse, sehr schlecht. Ich kann sie nicht mehr orten, der Akku ihres Telefons scheint leer zu sein. In welche Richtung ist sie denn auf und davon, und in was für einem Fortbewegungsmittel? Modell, Farbe, Baujahr, Kennzeichen?«

»Wozu das denn?«

»Ich habe noch einige ehemalige Weggefährten, die ihren Lebensabend in südlicheren Gefilden verbringen. Gegen eine kleine Beteiligung an einem neu zu verhandelnden Honorar könnten sie uns sicherlich behilflich sein.«

Rüdiger deutete mit seinem Arm nach Westen.

»Dort entlang, und der Wagen war stark verschmutzt.«

»Genosse, geben Sie mir bitte Ihre Schwester.«

»Die ist auch weg!«

»Verständlich, durchaus verständlich!«

Herr Ossietzky legte grußlos auf, ließ das Telefon fallen und musste sich auf das Sofa der Familie Lüdtke setzen. Er hatte sich in der Zeit ihrer Abwesenheit in ihrer Wohnung eingenistet. Besonders der Blick aus der Küche war atemberaubend, kein Vergleich zu seinem. Aber was ihn am stärksten wurmte, war, dass die Hoffnung auf eine Aufbesserung der eigenen Rente in diesem Moment verpufft war. Dabei wäre er zu gerne noch einmal in seinem Leben verreist. Nicht nach Bulgarien an den Goldstrand, er hatte dabei ein anderes Ziel vor Augen.

Rüdiger setzte genau an der Stelle wieder an, an der er vor dem Telefonat unterbrochen worden war.

»Ja, aber …« Weiter kam er nicht. Erneut vibrierte sein Mobiltelefon. Diesmal war es kein Anruf, sondern eine Bildnachricht mit einem Selfie, das ihm seine Freundin geschickt hatte. Auf dem Bild war ein Umzugswagen zu sehen, vor dem sie strahlend Arm in Arm mit seinem Bankberater stand. Es waren jedoch nicht ihre Sachen, die zwei kräftige Burschen gerade auf die Ladefläche wuchteten, sondern die seinen. Unter dem Bild hatte sie die Adresse und Abteilnummer des Einlagerungsservices vermerkt.

Rüdiger überkam bei dem Anblick eine Müdigkeit, wie er sie noch nie in seinem Leben verspürt hatte. Sie kroch bis tief in seine Knochen hinein. All die Anstrengungen der letzten Jahre, sich seiner Herkunft zu entledigen, waren für die Katz gewesen. Aber zugleich war er dankbar dafür, endlich von diesem Joch befreit worden zu sein. Er ließ den Apparat in seine Hosentasche gleiten und drehte sich zu seinem Vater.

»Papa, kann ich wieder bei dir einziehen?«

Gerhard Lüdtke erhob sich mit schmerzverzerrtem

Gesicht vom Boden und humpelte gebückt drei Schritte auf seinen Sohn zu. Bevor er einwilligen würde, blieben noch zwei Dinge zu klären.

»Bei mir wird aber nur Hausmannskost gekocht, und du fährst mich nach Rügen!«

Es war nicht genau zu sagen, ob es das Heimweh nach Berlin war oder das Mitleid, das der Wartburg 353 Kombi – Typenbezeichnung »Tourist« – nun doch mit seinen Insassen empfand. Auf jeden Fall startete der Motor beim ersten Zündversuch.

13

Klara wurde von einem rhythmischen Klatschen geweckt, das zuerst verhalten aus der Ferne kam und sich dann immer eindringlicher werdend ihren Ohren näherte. Plötzlich brach es ab und kurz darauf war eine stampfende, fast schon wütende Abfolge von Absätzen, die auf Holzpaneele schlugen, zu hören. Kaum waren diese gänzlich verhallt, fing das entfernte Klatschen erneut an. Doch dieses Mal mischten sich zwei Gitarren darunter, die immer wieder die gleiche wirbelnde Akkordsequenz spielten. In diesem sich monoton wiederholenden Klangteppich tauchte auf einmal eine klagende, rauchige dunkle Männerstimme auf, die, da war sich Klara so sicher wie fast noch nie in ihrem Leben, so einfühlsam den Verlust von etwas besang, das das Leben des Mannes unendlich bereichert haben musste, dass es ihr die Tränen in die Augen trieb. Berührt löste sie sich vom Beifahrerfenster und drehte sich zu Alvaro, dessen von der Sonne aufgesprungene Lippen das Lied still mitsangen.

»Der arme Mann, wen hat er denn verloren?«

»Er beklagt den Tod seines Esels.«

»Seines Esels?«

»Ja, das einzige Wesen in seinem Leben, das ihm immer treu ergeben war, in guten wie in schlechten Zeiten. Das ihn nie enttäuscht hatte. Und nun ist es von ihm gegangen. Ist es dir lieber, wenn ich dir wieder deinen Heldentenor einlege?«

»Nein, bitte nicht!«

Dieser Musik haftete, im Gegensatz zu ihrem Schlager, nichts Profanes oder Verklärendes an. Sie war genau das Gegenteil, sie war wie das Leben – direkt und voller Emotionen. Wie melancholisch schön mochte es sich erst anhören und vor allem anfühlen, wenn diese Menschen von ihren erfüllten und unerfüllten Sehnsüchten sangen? Klara war fasziniert und im gleichen Maße erstaunt.

»Und so etwas hörst du, Alvaro?«

»Ja, natürlich, wir alle sind damit groß geworden. Der Flamenco ist ein fester Bestandteil unserer Kultur.«

In Klara begann irgendetwas zu kribbeln. Eine Art Neugierde auf das, was dieses Volk neben dieser anrührenden Musik noch Wundervolles hervorgebracht haben mochte. Sie kannte zwar die Fotoalben der Familie Beeskow aus dem sechsten Stock, die schon seit vierzehn Jahren Urlaub an der Costa Blanca machte, jedoch war anhand der Abbildungen nur zu erkennen gewesen, dass man sich komplett auf die Bedürfnisse der nord- und mitteleuropäischen Touristen eingestellt hatte.

»Und was noch?«

»Was meinst du damit, was noch?«

»Was ist noch Bestandteil eurer Kultur?«

Alvaro schaute Klara erstaunt an. Was nicht daran lag, dass er von ihrer Frage überrascht war, sondern daran, dass er nicht wusste, wie er sie auf die Schnelle beantworten sollte. Dazu war jede Kultur zu vielschichtig, als dass man sie Außenstehenden mit ein paar Sätzen näherbringen könnte.

»Da kann ick dir so viel erklärn, biste schwarz wirst, dit nutzt nix, Alvaro, dit musste am eigenen Leibe selbst erfahren. Und nun ab mit dir.«

Woher nun die Worte Cemals kamen, die er ihm zur Beruhigung auf seine erste Taxifahrerschicht mitgegeben hatte, wusste Alvaro auch nicht so genau. Aber sie trafen auch diesmal direkt ins Schwarze.

»So gerne ich dir das erklären würde: Ich glaube, es ist einfacher, wenn du dir vor Ort selbst ein Bild davon machst.«

Es war eigentlich nie Klaras Art gewesen, ungeduldig zu sein. Aber es brannte ihr förmlich unter den Nägeln. Am liebsten hätte sie sofort damit angefangen, sich vor Ort ein Bild zu machen. Sie konnte damit unmöglich bis Granada warten. Rastlos rutschte Klara auf dem Sitz hin und her und starrte in die Nacht. Ein Entfernungsschild huschte vorbei, das die Grenze zu Spanien in zwanzig und Barcelona in einhundertachtzig Kilometern ankündigte.

Alvaro gähnte.

»Was hältst du davon, Klara: In etwa anderthalb Stunden sollten wir in Barcelona sein, und es reicht mir dann auch für heute. Lass uns dort etwas essen und uns dann eine Pension für die Nacht nehmen. Und morgen früh beginnen wir mit deinem Grundkurs ›Spanische Kultur für Ausländer‹.«

Klara betrachtete skeptisch ihre Armbanduhr.

»Aber Alvaro, dann haben wir es schon nach elf

Uhr, um diese Zeit wird uns niemand mehr etwas Anständiges servieren, außer vielleicht ein labbriges Sandwich.«

»Doch, das werden sie. Lektion eins: Die Uhren laufen in Spanien anders als in Deutschland. Gegessen wird spät und dann geht man noch aus.«

»Und Lektion zwei?«

»Machen wir morgen.«

»Ich bin aber so aufgekratzt, Alvaro.«

»Dann lass uns Flamenco hören.«

»Da werden wir uns aber spätestens nach vier Liedern ganz schwermütig fühlen. Ah! Ich glaube, jetzt habe ich eine Idee. Hat Humboldt nicht gesagt, dass die Sprache der Schlüssel zur Welt sei? Also, was heißt auf Spanisch: Mein Name ist Klara Lüdtke, und ich habe heute meinen Mann verlassen?«

Es ist kein Geheimnis, dass alleine schon das Bemühen, sich in einer fremden Landessprache seinen Gastgebern zu nähern, so unbeholfen und falsch es auch vorgetragen sein mag, Türen und Herzen öffnet. Und so war es nicht verwunderlich, dass Klara und Alvaro noch weit nach Mitternacht im Herzen des Stadtteils Gràcia mit den Eigentümern und der Belegschaft des Tapas-Restaurants »El Rincón del Alma« – was »Ein Teil der Seele« bedeutete – beieinandersaßen und wild durcheinanderquatschten beziehungsweise gestikulierten.

Nach ihrer Ankunft in Barcelona hatten sie sich einfach mit dem Camaro blubbernd durch die auf dem Reißbrett geplante Stadt treiben lassen, die zu dieser späten Stunde erst richtig zum Leben zu erwachen schien. Nein, für Klara hatte es eher den Anschein, dass eine

Art Schichtwechsel im Gange war. Tagsüber hatten die Menschen ihre Pflicht erfüllt und nun ging es, nach einer kurzen Verschnaufpause, über zur Kür.

Einheimische wie Touristen zogen unternehmungslustig durch die Innenstadt, die Terrassen der Cafés und Bars waren gut gefüllt, Menschen standen scheinbar planlos mit mitgebrachten Getränken in Gruppen beieinander und genossen das Hier und Jetzt. Autokolonnen schoben sich ohne Eile durch die engen Gassen, und auf den belebten Plätzen spielten Musiker, sei es für ein paar Cent oder einfach aus Lust an der Freude. Sogar ein tanzendes Tangopaar machte Klara am Rand einer Fußgängerzone aus.

Es war nicht nur die milde Nacht, die die Menschen aus ihren Wohnungen trieb, sondern auch ihr Interesse aneinander. Da war sich Klara sicher. Und fast hätte sie bei der Fülle, die sie umgab, das kleine Restaurant, in dem es besonders lustig herzugehen schien, übersehen. Sie hatte Alvaro angestupst, im selben Moment aber bemerkt, dass auch er es anvisiert hatte.

Die Tafel war übersät mit leeren, von Weißbrot gesäuberten und aufeinandergestapelten Tellern, mit Gläsern unterschiedlichster Formen und Größen, in denen die Reste wie kleine bunte Pfützen schimmerten, sowie mit Espressotassen, auf dessen Böden sich nur noch die Reste des eingefärbten Zuckers befanden. Klara war es zwar ein wenig unwohl von den unzähligen kleinen Portionen, die sie zu sich genommen hatte, sie fühlte sich jedoch wie neugeboren. Lachend lehnte sie sich zurück, rieb sich eine Träne aus den Augenwinkeln und konnte es nach wie vor nicht fassen, dass hier der luftgetrocknete Schinken in ganzen Keulen von der Decke hing, dass niemand etwas dagegen einzuwenden hatte, die gebrauchten Papierservietten oder Zahnstocher einfach auf den Boden zu schmeißen, und dass es tatsächlich in eigener Tinte gekochten Tintenfisch gab, der zwar gewöhnungsbedürftig aussah, jedoch köstlich schmeckte. Es war kein Vergleich zu dem steifen Restaurant des Negresco oder den öden, mit schweigsamen Ehepaaren besetzten Strandrestaurants der Ostseepromenaden, in denen »Neptunteller«, bestehend aus Salzkartoffeln mit Backfisch und Remoulade, serviert wurden.

Klara steckte endlich inmitten des Lebens. Sie hielt sich den schmerzenden Bauch und beobachtete glücklich Alvaro, der wie ausgewechselt schien. Schon im Auto hatte sie ihn mit den unmöglichsten Übersetzungen genervt, einzig um den Klang seiner Muttersprache zu hören. Aber hier, in seiner ursprünglichen kulturellen Umgebung, hatte seine Stimme noch mehr an Natürlichkeit gewonnen, und seine Gesten ordneten sich perfekt in diese Symphonie ein. Ihnen nach zu urteilen, berichtete er der sichtlich von ihm angetanen dunkelhaarigen Bedienung, deren elfenbeinweiße Haut fast durchsichtig zu sein schien, gerade von ihrer halsbrecherischen Fahrt an den Steilhängen der Côte d'Azur entlang. Klara freute sich über die Ausgelassenheit ihres Reisegefährten und ging zu den Waschräumen. Sie wollte sich kurz frisch machen, und dann benötigte sie dringend einen Verdauungsspaziergang. Und letztendlich mussten sie noch der Frage nach einer Übernachtungsmöglichkeit nachgehen.

Als sie die Toilette verließ, kam ihr Alvaro gut gelaunt entgegen.

»Klara, stell dir vor, Paco, der Wirt, hat uns angeboten, in seiner Wohnung über dem Restaurant zu schlafen. Super, oder? Dann müssen wir heute nicht mehr raus.«

»Aber genau da wollte ich noch hin!«

»Raus?!«

»Ja, natürlich. Ich halte mich an Lektion Nummer eins: Gegessen wird spät und dann geht man aus. Kommst du mit, eine Runde um den Block?«

Alvaro errötete leicht.

»Nein, ich wollte Anna noch beim Abräumen und Saubermachen helfen. Ich meine, damit sie schneller Feierabend hat.«

Klara legte Alvaro ihre Hand auf die linke Wange.

»Das ist lieb von dir. Tu das, Alvaro, und ich verspreche dir, mich in der Zwischenzeit nicht zu verlaufen.«

Als Klara das Restaurant verließ, hatte es immer noch nicht den Anschein, dass den Bewohnern der Stadt die Puste ausgegangen wäre, zumindest nicht den jungen. Zwar waren die meisten Ladenlokale bereits geschlossen, aber das Leben hatte sich nun gänzlich auf die Straßen und öffentlichen Plätze verlagert. Von den Ladeflächen kleiner Dreiradautomobile wurden Eis und Getränke verkauft. Klara reihte sich in den losen Strom der Passanten ein und ließ sich von ihnen und ihrer Lebenslust weiter nach Süden treiben. Obwohl sie hier völlig fremd war, fühlte sie sich dazugehörig.

Sie wusste nicht, wie lange sie sich schon hatte treiben lassen, als sie unverhofft vor einer riesengroßen mehrspurigen Straße stand, die die Stadt diagonal in zwei Dreiecke teilte. Klara stieg aus Neugierde auf ihre

Zehenspitzen, um über den Verkehr hinwegspitzelnd sehen zu können, was sich dahinter wohl verbarg. Einen Häuserblock weit entfernt machte sie ein riesenhaftes, gelb-weißlich schimmerndes Licht aus, das sie irgendwie anzulocken schien. Warum eigentlich nicht?, dachte sie und überquerte im Spießrutenlauf die Straße.

Klara hatte mit vielem gerechnet, aber nicht mit dem. Keine drei Minuten später stand sie mit offenem Mund, den Kopf weit in den Nacken gelegt, vor einem sechsstöckigen Haus, das nicht von dieser Welt zu sein schien. Das Gebäude bestach durch seine unregelmäßige, dezent illuminierte Betonfassade. Diese wurde durch zahllose geschwungene Balkone mit kunstvoll ausgearbeiteten schmiedeeisernen Gittern sowie großzügig angelegten, nach hinten versetzten Fenstern durchbrochen. Wie eine Hochzeitstorte verjüngte sich der Bau leicht von Stockwerk zu Stockwerk, und das sechste glich einer Krone mit nach oben gezogenen Zacken, die majestätisch in den Nachthimmel ragten. Knapp einen Meter darüber wölbte sich das schuppenartig gestaltete Dach auf, das an den schlafenden Torso eines Drachen erinnerte. Und über alldem thronte, auf einem Sockel fest verankert, ein wuchtiges weiß getünchtes Kreuz.

Wie ein versteinertes Lebewesen, in dem man wohnen kann, dachte Klara fasziniert. Sie wechselte auf die gegenüberliegende Straßenseite, um einen besseren Blick auf das Gesamtensemble zu haben. Der Anblick, der sich ihr von dort aus bot, ließ nur einen Schluss zu: Wer immer das ersonnen hatte, musste eine schier grenzenlose Phantasie und Ausdauer in sich getragen haben. Und wer immer dieses Haus in Auftrag gegeben hatte, hatte neben einer gehörigen Portion Mut ein ebenso großes Verständnis für dessen Notwendigkeit besessen.

Erst als sie meinte, man würde ihren Namen rufen, löste sie ihren Blick und schaute auf die Straße. Vor ihr stand ein Kleinwagen, dessen Beifahrerfenster heruntergekurbelt war. Aus diesem schaute sie Anna, die Bedienung aus dem »El Rincón del Alma«, mehr erleichtert als vorwurfsvoll an. Klara hob ihre Hand und deutete entschuldigend auf das Gebäude.

»Ah, la Casa Milà, de Antoni Gaudí. Muy impresionante, de verdad! Te gusta, sí?«

Klara nickte. »Und Alvaro?«

»Se duerme.« Anna hob ihre zusammengelegten Hände an die Wange, schloss die Augen und kicherte dabei.

»Das ist sehr gut, er war schon kurz vor der Grenze so müde!«

Ihr wurde einladend die Beifahrertür geöffnet.

»Noch einen Moment, wenn es möglich ist, ja?«

»Claro que sí, no tenemos prisa!«

Klara hob dankbar ihren Kopf und betrachtete noch einmal das Gebäude. Dabei versuchte sie, so wenige Details wie möglich außer Acht zu lassen.

Als sie sich für den Moment sattgesehen hatte, stieg sie in den Wagen und fragte sich zugleich, ob es in der Stadt noch mehr von diesem wunderbaren Architekten zu sehen gäbe.

Anna schaute fragend zu ihr herüber.

»Quieres ver más edificios de Gaudí, Klara?«

Zwar verstand sie nur das Wort »más«, das sie vorhin im Restaurant gelernt hatte, als man ihr lachend mehr Wein angeboten hatte, aber sie begriff intuitiv das großzügige Angebot, das Anna ihr da zur nachtschlafenden Zeit unterbreitete.

»*Sí*, zu gerne, aber Sie müssen doch furchtbar müde sein, nach dem langen Arbeitstag.«

Anna verscheuchte Klaras Bedenken mit einem hinreißenden Lachen, legte dann den ersten Gang ein und fuhr, ohne weiter auf den Verkehr zu achten, einfach los in Richtung des Plaça Reial, um ihre Tour mit einer außergewöhnlichen sechsarmigen Laterne zu beginnen.

Als sie um vier Uhr morgens vor dem Casa Batlló standen, ging Klara fest davon aus, dass dies nun die Krönung des Schaffens dieses Herrn Gaudí sein musste. Sie hatte zwar in den letzten Stunden unzählige wundervolle Gebäude und Portale gesehen, die deutlich seine Handschrift trugen, sich jedoch niemals in ihrem Äußeren zu sehr wiederholt oder gar kopiert hatten, aber die Fassade dieses Hauses musste die Essenz seiner gestalterischen Gedanken gewesen sein. Sie schien dem Betrachter eine ganze Geschichte zu erzählen, die wohl eng mit der Stadt verbunden war. Warum nur, fragte sich Klara, wurde in der heutigen Zeit so einfältig und kalt, ohne jeglichen erkennbaren Stil gebaut, wenn die Geschichte ein solch wundervolles Vorbild hervorgebracht hatte?

Stolz, inmitten alldem leben zu dürfen, gesellte sich Anna zu Klara und hakte sich bei ihr unter. Es war schon ein seltsames Bild, wie die beiden Frauen bewegungslos vor dem Gebäude verharrten. Und fast hatte man den Eindruck, dass sie in dieser Viertelstunde mit ihm verschmolzen.

»*Más, Klara?*«

Beseelt, jedoch zugleich hundemüde drehte sie sich zu Anna. »*Más?!*«

»Sí, solo una! Lo más importante. La Sagrada Familia.«

Es war nur ein Katzensprung vom Casa Batlló zur Basilika der geheiligten Familie, jedoch kam es Klara vor wie eine Reise in eine andere Zeit, die sie nicht genau bestimmen konnte. Sie musste irgendwo zwischen den herkömmlichen Strängen liegen, dachte sie, so komisch es sich auch für sie selbst anhörte. Ein derartig wuchtiges, hoch aufragendes und zugleich filigranes, fast schon kindlich verspieltes Gebilde konnte es doch eigentlich gar nicht geben. Und das Wundersamste war, dass es sich offensichtlich noch im Bau befand. An den Türmen, die Klara an die Klackermatschburgen der Kinder am Ostseestrand erinnerten, hingen fest verankerte Kräne. Am Westportal der Kirche befanden sich aufeinandergestapelte Baucontainer, und die noch unfertigen Bereiche waren mit Gerüsten und Planen eingeschalt. Es war, als ob man die dahinter entstehende Einmaligkeit erst preisgeben wollte, wenn sie fertig war. Und genau dafür entschied sich auch Klara. Sie nahm sich fest vor, genau zu dem Zeitpunkt wieder nach Barcelona zurückzukehren, wenn dieses Meisterwerk vollendet worden war. Dann würde sie jeden Winkel, innen wie außen, erkunden und versuchen, es in seinem Gesamtzusammenhang zu begreifen.

Dankend lehnte Klara Annas Angebot ab, ihr aus dem Wagen zu helfen. Stattdessen schloss sie die Augen und neigte ihren Kopf leicht zur Seite.

»Ah, a dormir!«

Auf ihrem Weg zurück zum Restaurant beobachtete Klara, wie sich unter die letzten Nachtschwärmer die ersten Menschen mischten, die mit festeren Schritten auf dem Weg zu ihrem Tagwerk waren. Schichtwechsel, dachte sie müde und überlegte, wie sie sich bei ihrer privaten Stadtführerin für diese wundervolle Nacht bedanken könnte. Aber so selbstverständlich, wie Anna Klara drei Stunden zuvor an der Straßenecke aufgegabelt hatte, so selbstverständlich und herzlich verabschiedete sie sich von ihr mit zwei Küssen auf jede Wange und fuhr dann hupend davon.

Klara winkte ihr noch nach, als sie plötzlich Alvaros Stimme über ihr auf dem kleinen Balkon vernahm.

»Klara, da bist du ja endlich! Ich war schon ganz verrückt vor Sorge. Dabei hast du mir doch versprochen, dich nicht zu verlaufen.«

»Habe ich auch nicht. Ich habe die ganze Nacht mit Anna verbracht.« Sie zwinkerte ihm ein wenig schadenfroh zu und ging zum Hauseingang.

Während das erste schwache Licht des Tages durch den Spalt der Gardine kroch, wälzte sich Klara auf der Ausziehcouch von einer Seite auf die andere. Vor ihrem inneren Auge verschmolzen die Eindrücke des Tages und vor allem der Nacht zu einem immer undurchdringlicher werdenden Geflecht, das von aufbrandender Flamencomusik begleitet wurde. Alvaro hatte sich schon längst auf einen der goldenen Kord-Sessel geflüchtet.

»Was ist denn nur los, Klara, liegt dir vielleicht das viele Essen im Magen?«

»Verzeih mir bitte. Nein, das ist es nicht, ich glaube, ich habe mir heute ein bisschen zu viel zugemutet. Ich leide unter einem Kulturschock!«

»Dann lass es uns morgen ein wenig ruhiger angehen.«

»Du meinst heute. Aber kann man das hier überhaupt, in Spanien?«

Es war letztendlich das Grübeln über die nicht zu beantwortende Frage, ob der Bau der Sagrada Familia zu Ehren Gottes, des Architekten, seiner selbst oder zu Ehren der Einwohner dieser Stadt fortgeführt wurde, die Klara endlich den Schlaf schenkte.

14

Just in dem Moment, in dem Klara endlich in den Schlaf fand, schlug Cemal sechshundertdreiundsechzig Kilometer weiter nordöstlich seine Augen auf der Dachterrasse von Mustapha Dahlep auf. Er befand sich mit Kerstin in einer eng umschlungenen Löffelchenstellung. Und dabei war er es anscheinend gewesen, der während der Nacht die Wärme ihres voluminösen Rückens gesucht hatte. Er nahm seinen Arm von ihrem Körper, drehte sich um und schaute zufrieden in den noch recht dunklen, wolkenlosen Himmel, der bereits jetzt einen weiteren Bilderbuchtag ankündigte. Dabei nahm er sich fest vor, mit seiner Frau Pinar bei der nächsten Gelegenheit auch auf der Terrasse zu übernachten.

Aus der unten liegenden Wohnung von Mustapha ertönte eine Abfolge von vier Klingelzeichen, offenbar ein vereinbarter Code. Kurz darauf hörte Cemal Schritte im Treppenhaus. Eine Tür wurde geöffnet, wenige Worte ausgetauscht, dann kehrte erneut Ruhe ein. Nur das den Tag begrüßende Vogelgezwitscher und der langsam beginnende Berufsverkehr, der wie ein Schwarm weit entfernter Insekten klang, drangen zu ihm nach oben. Dann fielen ihm die Augen zu.

Als er sie wieder öffnete, erschrak er. Direkt vor ihm stand sein Gastgeber mit einem silbernen Tablett in den Händen, auf dem eine dampfende Kanne Mokka stand, dazu drei Tassen, ein kleines Körbchen mit Croissants und eine Vase, in der sich die frisch abgeschnittene Blüte einer violetten Chrysantheme befand. Statt seiner Hoteluniform trug Mustapha Dahlep eine aufwendig gearbeitete marokkanische Djellaba, die bis zum Fliesenboden reichte.

»Guten Morgen, Monsieur Bozoglu, ich hoffe, Sie und Ihre Partnerin haben gut geschlafen. Macht es Ihnen etwas aus, wenn ich mich zu Ihnen setze und wir gemeinsam frühstücken?«, flüsterte er kaum hörbar.

»Ha, Partnerin! Vielleicht sind wir eher wie ein altes Ehepaar. Oder was meinst du, Cemal?« Kerstin öffnete ihre Augen, schob das zerzauste Haar aus dem Gesicht und richtete sich auf. »Guten Morgen, Herr Dahlep, unser Retter in der Not, und so früh schon so elegant gekleidet.«

Kerstin wusste auch nicht genau, woher ihre gute Laune rührte. Sie forschte jedoch nicht weiter nach, da sie einfach da und die Sorge um Alvaro auf wundersame Art und Weise weg war. Als ob ihr Inneres es gespürt hatte, dass sich ihr Schützling letzte Nacht wieder gefangen hatte.

»Mademoiselle Kerstin, auch Ihnen einen guten Morgen.«

Mustapha nahm im Schneidersitz neben ihnen Platz. Dann setzte er eine ernste Miene auf und legte seine Hand auf Cemals Rucksack und Kerstins Yogamatte, die er zuvor auf die Terrasse getragen hatte.

»Bevor ich Ihnen Ihren Besitz wieder aushändige,

muss ich wissen, in welchem Verhältnis Sie zu Ihrem Fahrer stehen. Und vor allem, welches Ansinnen Sie dabei in sich tragen, ihn ausfindig zu machen. Verstehen Sie mich bitte nicht falsch, es geht mich eigentlich nichts an, aber in diesem speziellen Fall ist es für mich einfach unerlässlich.«

Cemal nickte anerkennend und löste den Blick von seinem Rucksack. Der alte Schlawiner, der jefällt mir. Hab ick's doch jewusst, dachte er und zollte Mustapha Respekt dafür, dass er mit einem kurzen Telefonat ihre Sachen wieder herbeordert hatte und die ganze Zeit genau Bescheid wusste, wo sich Alvaro und sein Wagen befunden hatten. Und das konnte nur in seinem Hotel gewesen sein, schlussfolgerte er. Cemal bettete seine Hände auf den Bauch und blickte Herrn Dahlep zufrieden an. Damit ihn sein Gastgeber in jedem Fall verstehen würde, bemühte er sich, so hochdeutsch zu reden, wie es ihm nur möglich war.

»Jut, also Alvaro ist wie jesagt mein Fahr…«

Kerstin knuffte Cemal grob in die Seite.

»Ist ja gut, Kerstin. Also, Alvaro is 'n Freund von uns beide und auch einer meiner Taxifahrer. Und dit entzückende Wesen neben mir ist überhaupt der eigentliche Grund dafür, dit wir hier zusammen so jemütlich beim Kaffee sitzen.« Was durchaus nicht ironisch von Cemal, sondern genau so gemeint war.

Mustapha nutzte die Zeit, bis Kerstin mit dem Augenrollen fertig war, indem er sorgsam den Mokka einschenkte und ihnen vorsichtig die Tassen reichte.

»Und der wäre gewesen, wenn ich fragen darf?«

»Darfst du. Alvaro hat da so 'ne Art Selbstfindungsding am Laufen. Und daraufhin hat Kerstin ihm ruppig, wie wir halt manchmal alle so sein können, den Floh ins Ohr gesetzt, loszuziehen, um sein eigenes Icke zu suchen, damit er endlich mal wieder weiß, wer er jenau ist, wat er mit seinem Leben so anzustellen hat und so weiter, verstehste? Haben wa ja wohl alle schon durchgemacht. Und nun is er eben an der Reihe. Aber dit der sich den Ratschlag gleich so zu Herzen jenommen hat und och noch im Dienst mit meinem Camaro losfährt und einfach nach Südfrankreich durchbrennt und nun sonst wohin unterwegs is, dit geht doch nicht, oder?«

»Nein, Monsieur Bozoglu. Das geht wirklich nicht.«

»Siehste, Kerstin, der versteht mir!«

Mustapha nickte nachdenklich, tunkte dabei sein Croissant in den Mokka, und auf einmal fügten sich die Puzzleteile fast wie von selbst ineinander. Wie Madame Lüdtke zu dem Geld gekommen war, wusste er nicht. In jedem Fall war sie die rechtmäßige Besitzerin, da gab es keinen Zweifel für ihn. Und sie musste es erst vor kurzem erhalten haben, ansonsten hätte sie sich nicht so neugierig und aufgeschlossen allem gegenüber gezeigt. Mit dem unsäglichen Auftauchen ihrer Familienmitglieder aus Berlin war für sie eine Welt gänzlich zusammengebrochen, vor der sie allem Anschein nach geflohen war. Sie schien sich mit diesem Taxifahrer in einem Traum zu befinden, der unverhofft zerplatzt war. Ansonsten hätte sie nicht so panisch reagiert. Und wer hatte sie aus Berlin herausgeführt? Genau, Alvaro, der schöne und ebenso sensible, sich selbst suchende Taxifahrer, dessen Chef und Freundin er jetzt höchstpersönlich gegenübersaß.

Mustapha klatschte vor Vergnügen in die Hände und dankte dabei Gott – keinem spezifischen, irgendeine Glaubensrichtung bevorzugenden, sondern einem alle im gleichen Maße liebenden –, dafür, dass er zwei solch wundervolle Menschen auf ihrer Suche zueinander geführt hatte, damit sie aneinander reifen und vor allem miteinander in ihrem Bemühen erfolgreich sein konnten. Er schaute in die erstaunten Gesichter seiner Gäste und beherrschte sich sogleich wieder. Nun galt es nur noch zu klären, wie viel er von seinem Wissen verraten konnte, ohne dabei in irgendeiner Art und Weise Kompromittierendes preisgeben zu müssen. Er beschloss, sich bedächtig der Sache zu nähern.

»Nochmals, Monsieur Bozoglu, so ein Verhalten geht wirklich nicht, es sei denn …«

Cemal und Kerstin beugten sich neugierig vor. So viel hatten sie über Herrn Dahlep bereits gelernt, dass es wichtig war, ihm genau zuzuhören, auch wenn er nicht immer ganz mit dem herausrückte, was er wirklich wusste. Die Informationen, die er streute, lagen zumeist zwischen den Zeilen, oder in dem, was er absichtlich nicht sagte.

»Es sei denn, Ihr Alvaro hatte einen Fahrgast, der ihn in Berlin um diese Tour gebeten hat.«

»Aber Herr Dahlep, wer fährt denn schon mit dem Taxi von Berlin über Paris nach Nizza?« In Kerstin begann nun doch die Sorge wieder aufzuflammen.

»Sind Sie nicht auch in einem solchen hierhergekommen?«

»Dit stimmt och wieda. Ick hoffe nur für ihn, dat er sich dit im Voraus hat bezahlen lassen.«

»Wenn Sie mir die Bemerkung erlauben möchten, Monsieur Bozoglu, über die Bezahlung würde ich mir weiter keine Gedanken machen.« Mustapha biss genüsslich in sein Blätterteighörnchen.

Cemal war dankbar, dass sein Telefon klingelte, ansonsten hätte er Angst gehabt, dass sich noch eine Fliege in seinen geöffneten Mund verirrte.

»Pinar, mein Engel, wat jibt's?«

»Seine Frau!«, bekam Mustapha von Kerstin zugeflüstert, der nun seinerseits den Mund geöffnet hielt. Nein, entschied er spontan. Nach Berlin, in diesen Sündenpfuhl, würde er in seinem Leben nicht reisen.

»Nee, ick hab kein Heimweh ... Wirklich nicht. Alles tutti hier, und selbst Kerstin hat mit ihrer Flennerei uffjehört.«

»Sie weiß sogar von den beiden!« Mustapha wollte es eigentlich nur denken.

Kerstin konnte nicht anders: Belustigt wuchtete sie ihren Körper von der improvisierten Schlafstätte, trat auf Mustapha zu, gab ihm einen Kuss auf die Glatze und setzte sich neben ihn.

»Sie dachten wirklich, wir wären zusammen? Wie süß! Er ist schon ganz in Ordnung, aber ein wenig zu füllig, meinen Sie nicht? Bekomm ich noch etwas Kaffee?«

»... nee wirklich, dit is super hier. Dit Meer so blau, der Himmel sowieso, mollig warm und kein einzijes Krümelchen Sand am Strand. Und wir ham uff der Dachterrasse jeschlafen, und dit Beste is, dit jibt hier sogar einen, der mir versteht.«

»Wie aufgeregt er ist. Aber Sie müssen wissen, er ist das erste Mal in seinem Leben von zu Hause fort«, erklärte Kerstin.

»Erlauben Sie mir die Bemerkung: Dafür macht er sich nicht schlecht!« Mustapha schenkte Kerstin und sich nach.

»Ach, ick hätt och noch gern 'n bisschen Mokka.«

Cemal klemmte sich das Telefon unter das Kinn und reichte Mustapha dankbar seine Tasse.

»Ja, ick bin noch da ... Wie, dit hört sich wie Urlaub an und du musst die Zwillinge machen? ... Nee, den ham wa noch nich jefunden, aber um dir dit mit den Worten unseres Jastgebers zu erklären: Darüber würde ick mir keine weiteren Jedanken machen. Ick schlag jetzt meinen jeklauten Laptop auf, dann werd ick ihn wieder orten können ... Ja, dit war weg, is aber wieder da ... Nee, dit erklär ick dir'n andermal ... Pinar? Pinar? Die hat einfach uffjelegt!«

Mustapha war bei den letzten Worten Cemals hellhörig geworden. Natürlich, jeder gute Taxi- oder Logistikunternehmer würde seine Wagenflotte mit einem entsprechenden GPS-Sender ausstatten. Nicht dass er neugierig war, eher aus Fürsorge: Es würde ihn zumindest beruhigen, zu wissen, wo genau sich Madame Lüdtke in diesem Augenblick befand. Er nahm den Rucksack vom Boden und überreichte ihn Monsieur Bozoglu. Dieser wischte sich die Krümel seines Croissants am T-Shirt ab, zog den Reißverschluss auf und holte seinen Laptop heraus.

»Dann wolln wa mal kieken, wo er sich rumtreibt.«

Keine zwei Minuten später starrten drei Augenpaare wie gebannt auf einen rot blinkenden Punkt, der im dichten Stadtverkehr Barcelonas zu stecken schien. Erleichtert ließ sich Mustapha auf eines der großen, mit Pailletten bestickten Kissen sinken.

»Gott sei Dank, sie sind zumindest nicht auf dem Rückweg nach Berlin. Ich hoffe nur, Madame Lüdtke ist noch bei ihm.«

»Madame Lüdtke?!«, kam es aus zwei Mündern wie aus der Pistole geschossen.

Mustapha hob entschuldigend seine Schultern und rappelte sich wieder auf.

»Ich denke, ich bin Ihnen eine Erklärung schuldig.« Und irgendwie war er auch froh darüber, sich nicht hinter nebulösen Formulierungen verstecken zu müssen. Nur den Umstand des in Mitleidenschaft gezogenen Wagens – Monsieur Bozoglu würde es zu gegebener Zeit selbst in Erfahrung bringen und dann entscheiden, wie er darauf adäquat zu reagieren hätte – und die horrende Summe an Bargeld, die er in Madame Lüdtkes Trolley erspäht hatte – dies tat nun wirklich nichts zur Sache –, ließ er aus.

»Dit is ja'n Ding!«

Das war alles, was Cemal herausbrachte, als Mustapha seinen Bericht beendet hatte. Während Kerstin da schon konkretere Vorstellungen hatte.

»Herrlich, da könnte man ja direkt neidisch werden. Ein bisschen wie bei ›Miss Daisy und ihr Chauffeur‹! Findet ihr nicht?«

»Und wie gedenken Sie jetzt vorzugehen?« Mustapha hoffte, dass sie nun den richtigen Schritt tun und den beiden, im entsprechenden Abstand und unter der Zuhilfenahme der mitgeführten Technik, bis zum Ende ihrer Reise folgen würden.

Cemal blinzelte in die Sonne. Ihm wurde ganz unternehmungslustig zumute. Aber bevor er vorschlagen würde, den Tag am Strand und beim Sightseeing zu verbringen – dem roten Blinken könnten sie auch am Abend hinterherfahren –, musste er bei Herrn Dahlep noch seine Schulden aus dem Strandrestaurant »Blue

Beach« begleichen, die dieser in der Polizeiwache ausgelegt hatte. Er holte aus seiner Herrenhandtasche den entsprechenden Betrag heraus, überreichte ihn Herrn Dahlep und wollte gerade seine Idee unterbreiten, als ihm Kerstin zuvorkam.

»Wir tun das einzig Richtige. Wir werden uns anziehen, den Mercedes aus der Garage holen, dem Camaro weiter folgen und hoffen, dass es Alvaro und Frau Lüdtke sein werden, die in dem Wagen sitzen, und niemand anders. Wer traut heutzutage schon blindlings der Technik, oder, Cemal?«

»Jenau!«, stimmte Cemal zu, als er den aufflammenden Stolz in Mustaphas Gesicht bemerkt hatte.

»Und ich glaube, ich habe da schon eine Ahnung, wohin uns die Reise führen wird.« Mehr verriet Kerstin nicht. Sie freute sich schon in diesem Moment darauf, zu erfahren, aus welchem Stall ihr iberischer Hengst stammte und was für eine Metamorphose er während der Reise durchlaufen hatte.

»Aber Sie werden mich bitte umgehend benachrichtigen, wenn Sie sich persönlich von Madame Lüdtkes Unversehrtheit überzeugt haben, ja? Und bitte, empfinden Sie meine Einladung, eine Woche bei uns in Nizza zu verbringen, nicht als Höflichkeitsfloskel, sondern als ernst gemeint! Und seien Sie bitte nicht allzu streng mit Alvaro, wenn Sie den Camaro sehen. Es ist nur etwas Dreck und eine oberflächliche Schramme, die sich sicherlich im Handumdrehen auspolieren lässt.«

Den letzten Satz hatte Mustapha Dahlep bewusst in seine kleine Abschiedsrede vor dem Negresco einfließen lassen. Als eine Art Hilfestellung zur Fokussierung auf die eigentliche Aufgabe. Nur für den Fall, dass Monsieur Bozoglu mit dem Gedanken gespielt haben sollte, sich während der Arbeit mit dem Vergnügen zu beschäftigen.

15

Für Klara war es durchaus verständlich, dass das spanische Frühstück eher karg ausfiel. Wie sollte auch nach einem solch üppigen späten Abendmahl etwas in ihrem Magen Platz finden können, das nicht flüssig war? Noch schlaftrunken nahm sie auf dem Barhocker neben Alvaro am Restauranttresen Platz, schob ihr hellblaues Hütchen zurecht, zog den von Paco mit einem Schmunzeln servierten Café con leche heran und trank einen Schluck. Das war genau das, was sie nach drei mageren Stunden Schlaf benötigte.

Sicherlich hätte sie sich noch einmal umdrehen können, aber sie hatte es als unhöflich empfunden, als einzige Person in diesem Haushalt noch faul in den Federn zu liegen. Selbst Alvaro hatte nicht mehr quer auf den goldenen Kord-Sesseln geruht, als sie von dem Geschirrgeklapper, den Geräuschen der Kaffeemaschine und dem munteren Stimmengewirr, die aus dem Erdgeschoss zu ihr hochdrangen, geweckt worden war.

Klara nahm die dampfende Tasse in ihre beiden Hände und drehte sich zum Gastraum. Sie war erstaunt, wie lebendig und quirlig es dort bereits wieder zuging. Fast hatte es den Anschein, die Wohnungen in diesem

Viertel wären so klein, dass dies hier als gemeinsames ausgelagertes Wohnzimmer fungierte. Wie auch immer es sich verhielt, es war weitaus erquickender, als im einundzwanzigsten Stock eines Mietshauses seinem Ehemann die Brötchen zu bestreichen und dabei möglichst wenig Geräusche machen zu dürfen, damit er sich nicht in seinem morgendlichen Kreuzworträtsel-Ritual gestört fühlte.

In Klara erwachten die Lebensgeister. Sie erwiderte kurz den charmanten Blick, den ihr ein etwa gleichaltriger Kanalarbeiter zugeworfen hatte, und drehte sich zum Tresen zurück. Mit einer Handbewegung, die sie sich von ihrem rechten Sitznachbarn abgeschaut hatte, bestellte sie sich einen weiteren Milchkaffee und wandte sich dann vergnügt Alvaro zu.

»Das ist ja ein wahrer Wundertrunk! Ich weiß nicht, wie es dir geht, aber ich könnte den ganzen Vormittag hier sitzen und das Treiben beobachten! Was meinst du, wollen wir noch einen Tag länger bleiben? Ich muss unbedingt noch einmal zu den Häusern von Herrn Gaudí zurück, kennst du sie? Sie sind wie aus einer anderen Welt. Es ist einfach unglaublich, dass es so etwas überhaupt gibt! Vielleicht kann man sie ja sogar von innen betrachten. Und nach der Siesta können wir zum Hafen bummeln, und außerdem benötige ich eine neue Garderobe. Für den Abend dachte ich mir …«

Alvaro schaute Klara erstaunt an, ohne ihr wirklich zuzuhören. Als ob sie schon immer hierher gehören würde, dachte er. All die Selbstzweifel, die ihr in Berlin noch förmlich ins Gesicht geschminkt waren, waren verflogen. Sie plauderte ebenso temperamentvoll wie selbstverständlich von den Dingen, die sie bewegten, und schmiedete Pläne für den Tag, genauso wie es ihre Geschlechtsgenossinnen am Nebentisch taten. Selbst ihre Haltung, aufrecht auf dem Hocker sitzend und sogar schon mit dem Gestikulieren beginnend, erinnerte nicht mehr an die eines scheuen Tieres. Nein, befand er, um sie und ihre Zukunft musste man sich weiter keine Sorgen machen. Klara würde ihren selbstgewählten Weg schon gehen.

»Alvaro?! Alvaro, hörst du mir überhaupt noch zu?«

»Nein. Entschuldige bitte, aber ich musste einfach die frisch geschlüpfte Klara bewundern. Und ich glaube fast, sie ist eine Spanierin geworden, wenn mich nicht alles täuscht.«

»Wirklich?« Klara schaute stolz an sich hinunter, erschrak aber sofort. Erst jetzt bemerkte sie, dass sich einige Spritzer der Tintenfischsoße, Öl von den Gambas a la plancha, etwas Rotwein sowie der Schmutz des Camaros lose über ihr hellblaues Jackett und den Rock verteilt hatten. Peinlich berührt blickte sie sich im Lokal um. Nein, die anwesenden Damen schienen nicht nur innerlich, sondern auch äußerlich, vom Scheitel bis zur Sohle, wie aus dem Ei gepellt. Da wollte sie ihnen in ihrer Frischgeschlüpftheit – denn genau so fühlte sie sich wirklich – in nichts nachstehen.

»Oje, ich glaube, das mit der Garderobe werden wir vorziehen müssen, wenn es dir nichts ausmacht.«

Alvaro nahm bedächtig einen Schluck Kaffee. Er wollte kein Spaßverderber sein. Wie gerne würde er noch einen weiteren, bestimmt wunderbaren und ebenso voller Überraschungen steckenden Tag mit Klara in Barcelona verbringen. Aber er hatte das dringende Bedürfnis, noch heute weiter südwärts, Richtung Granada zu ziehen, um sich endlich gänzlich aus der Enge der eigenen Schale befreien zu können.

»Gut, wenn du willst, werde ich dich noch auf deiner Shoppingtour begleiten, aber dann …«

Weiter kam er nicht. Klara legte entschieden ihre Hand auf die seine.

»Entschuldige bitte, wie egoistisch von mir. Aber du musst verstehen. Endlich das tun und lassen zu können, wonach mir der Sinn steht, ist so neu und ungewohnt für mich. Ich glaube, ich muss es noch besser dosieren lernen. Wenn du möchtest, können wir auch sofort aufbrechen. Mit der Kleidung wird es schon noch einen Tag gehen, auch wenn ich glaube, dass ich in den letzten Tagen ein wenig zugenommen habe. Es zwickt schon ein bisschen am Bund.«

»Nein, so viel Zeit muss sein. Ich kann dich unmöglich derart verwahrlost meiner Mutter vorstellen.«

Klara nahm lachend den Korkdeckel von ihrem Zuckertopf, legte den zu zahlenden Betrag sowie ein großzügiges Trinkgeld auf den Tresen und bat Paco, dem Kanalarbeiter, der sie weiterhin unverhohlen anlächelte, noch einen kleinen Roten zu bringen.

Alvaro war eigentlich davon ausgegangen, dass die Damenwelt mit dem Überschreiten einer gewissen Altersgrenze in ihren modischen Vorstellungen gefestigt war und ihren Stil gefunden hatte. Ferner, dass somit der Kleidungsbeschaffungsprozess nicht mehr unnötig in die Länge gezogen werden musste. Hatte er zumindest gedacht. Oder lag es etwa doch an der Auswahl in den Geschäften, in die er Klara geführt hatte?

Aus Ermangelung einer anderen Idee, hatte er auf dem

Bürgersteig vor dem »El Rincón del Alma« eine Gruppe Oberschülerinnen nach Filialen der Läden gefragt, in die ihn seine Exfreundinnen in Berlin immer geschleppt hatten und die es, wie amerikanische Schnellrestaurants, in jeder Stadt der Welt gab. So auch in Barcelona.

Als Klara bereits im vierten Shop ihren Blick skeptisch über die Kleiderständer schweifen ließ, musste sich Alvaro vor den Fernseher in der Kinderecke setzen, so geschafft war er. Nicht nur die Monotonie des Warenangebotes, sondern auch die Endlosschleife der Déjà-vus aus seinem alten Leben machte ihm zu schaffen. Da war er schon fast dankbar, dass Klara auf einmal kichernd vor ihm stand. In der einen Hand hielt sie eine Schlangenmuster-Leggings, in der anderen einen gehäkelten weißen Bolero. Glucksend ließ sie sich neben ihn auf eines der Sitzkissen fallen.

»So kommen wir wirklich nicht weiter, Alvaro, das ist hier noch schlimmer als bei Ramona im Kaufhaus Bolle. Und das will schon etwas heißen.«

In dem Moment tauchte eine resolut dreinblickende Dame mit einer strengen Dutt-Frisur auf, die in einem dezenten dunkelblauen Baumwollkostüm mit einfacher weißer Bluse steckte. Hinter ihr, am Rocksaum hängend, lugte der Kopf eines schrill heulenden Kindes hervor, das mit seinem Zeigefinger aufgelöst auf Alvaro und Klara deutete. Anscheinend hatten sie dem kleinen Tyrann die Sicht auf den Fernseher versperrt.

Klara ließ sich durch den unfreundlichen Wortschwall, der sich über sie ergoss, nicht weiter irritieren. Stattdessen beugte sie sich neugierig vor und begutachtete die Kleidung der schimpfenden Dame. Genau so etwas hatte sie zu Hause in Berlin auch im Schrank hängen. Und es war das Einzige, wonach sie sich aus ihrer alten Heimat sehnte. Sie neigte sich zu Alvaro und bat ihn, sie nach der Herkunft des Kostüms zu fragen.

Mit seinem schönsten Schwiegermutterlächeln stand er auf und trat zu der Dame, die sich sichtlich entspannte. Statt gleich mit seiner Frage herauszurücken, nahm er ihr das heulende Kind ab, setzte das verblüffte Wesen direkt vor die Mattscheibe und hatte in null Komma nichts die genaue Adresse des Damenfachgeschäfts für Ober- und Unterbekleidung notiert bekommen.

Der Laden lag nur wenige Schritte von der Fußgängerzone der Altstadt entfernt in einer der schmalen Seitengassen und wirkte mit seinen filigran eingefassten Schaufenstern ebenso altmodisch wie elegant. Eine kunstvoll gestaltete Jugendstiltür, dessen Glasarbeit einen prunkvollen Pfau zeigte, schützte die Kundschaft vor allzu neugierigen Blicken von außen.

Dass es so etwas noch gibt, dachte Alvaro mit klopfendem Herzen. Es war anscheinend sein Tag der Déjàvus. Diesmal war es jedoch ein willkommenes.

Zwei Mal im Jahr hatte ihn seine Mutter in ein ebensolches Geschäft nach Granada mitgenommen, wenn es an der Zeit gewesen war, ihre Garderobe den wechselnden Jahreszeiten anzupassen. Und nur er hatte sie dabei in diese abgeschlossene Damenwelt begleiten dürfen, während sein Vater, eine endlos erscheinende Liste in seinen rauen Händen haltend, die pragmatischeren Besorgungen zu erledigen hatte.

Alvaro schloss die Augen, umfasste den Knauf und öffnete Klara die Tür zu einem Teil seiner Vergangenheit. Es war alles so, wie es sein sollte. Eine Türglocke erklang, der wohlige Geruch, der ihm entgegenströmte, deckte sich mit dem aus seinen Erinnerungen, und als er die Lider wieder öffnete, schaute er auf einen langgezogenen Tresen, an dessen Ende sich eine schmiedeeiserne Registrierkasse befand. Dahinter, in den deckenhohen Regalen aus dunklem Holz, lagen sorgsam eingeordnet Stoffballen, Bordüren, Kordeln, Knopfleisten, Wollknäuel in allen erdenklichen Farben sowie Häkel- und Strickutensilien.

Während Klara und Alvaro das alles noch ehrfürchtig bestaunten, wurde ein roter Samtvorhang zur Seite gezogen und eine ältere, grauhaarige Dame, die über ihren Schultern eine dunkelgrüne Stola trug, trat aus dem Anproberaum. Mit festem Schritt ging sie hinter den Tresen, nahm zwei Abstecknadeln aus ihrem Mundwinkel und pikste sie in das Kissen, das sie um ihr Handgelenk trug. Dann schaute sie ihre Kundschaft neugierig über den Rand ihrer Lesebrille an.

»En qué puedo ayudarle?«

Alvaro räusperte sich, grüßte und erklärte mit wenigen Worten Klaras Anliegen. Die Chefin des Hauses trat hinter der Registrierkasse hervor, legte Klara wie einer alten Freundin den Arm um die Schultern und führte sie in Richtung der hinteren Räumlichkeiten. Kurz bevor sie darin verschwanden, warf die Dame Alvaro noch einmal einen Blick zu: ein klares Zeichen dafür, dass seine Dienste nun nicht mehr benötigt würden und er sich anderswo um pragmatischere Dinge kümmern könne. Alvaro schielte auf die kleine Sitzgruppe, auf dessen Tisch ein Bonbonglas und Malutensilien standen. Wie gerne hätte er dort wie früher Platz genommen, die Beine baumeln lassen und sich fasziniert umschauend darauf gewartet, dass alles erledigt war und er für seine Geduld mit etwas Süßem belohnt worden wäre. Seufzend nahm er einen Buntstift und ein Ausmalbild vom Tisch, das er umdrehte.

»Dann werde ich mich in der Zwischenzeit mal ein wenig nützlich machen, deine Toilettenartikel besorgen und schon mal den Wagen holen.«

Klara schüttelte energisch den Kopf. »Auf keinen Fall, setz dich nur. Ich benötige doch eine zweite Meinung.«

Froh darüber, zumindest für ein, zwei Stunden wieder Kind sein zu dürfen, nahm Alvaro Platz, ließ seinen Blick über die Inneneinrichtung des Geschäftes schweifen, naschte heimlich ein Bonbon nach dem anderen und lauschte mit gespitzten Ohren den Geräuschen, die hinter dem sorgsam zugezogenen Vorhang zu ihm hervordrangen. Nur das mit dem Beine-baumeln-Lassen klappte nicht mehr so wie früher. In unregelmäßigen Abständen entschlüpfte Klara dem Anproberaum, drehte sich lachend um die eigene Achse, strahlte Alvaro begeistert an und war schon wieder verschwunden. Es war wirklich so wie damals. Und er begriff in diesem Moment, dass seine Mutter ihn einzig und allein in diese Geschäfte mitgenommen hatte, damit er an ihrem Glück teilhaben konnte.

Nach anderthalb Stunden verebbte das geschäftige Treiben so langsam, und der Vorhang wurde zum letzten Mal zur Seite gezogen. Klara trug nun ein dunkelrotes Kord-Kostüm mit schwarzen Pumps und weißer Bluse. Als ob sie nie etwas anderes in ihrem Leben angehabt hätte, dachte Alvaro zufrieden.

»Ich glaube, wir sind nun fertig. Sag, wie findest du es?«

»Wesentlich besser als die Dinge aus deiner Queen-

Mom-Phase. Aber sag, wo ist dein Hütchen geblieben?«, scherzte er.

»Frau Baldez hat irgendwie einen Narren daran gefressen, und so habe ich es ihr überlassen, ich benötige es ja nicht mehr.«

Alvaro stand auf und begleitete Klara zum Tresen, hinter dem die Besitzerin des Ladens schon damit beschäftigt war, die Einkäufe sorgsam in Seidenpapier einzuschlagen und in Papiertüten zu verstauen. Als sie damit fertig war, häufte sie die Etiketten zu einem Stapel auf und tippte die Beträge konzentriert in die Registrierkasse ein. Das metallene Klingeln und Klappern, das dabei entstand, war das i-Tüpfelchen auf Alvaros kleiner Zeitreise in seine Vergangenheit. Sie verabschiedeten sich herzlich, und bevor Frau Baldez Alvaro die Tüten übergab, reichte sie ihm zur Belohnung für seine Geduld noch das fast leere Bonbonglas.

Kaum hatten sie die kleine Seitengasse verlassen, steckten sie inmitten des alltäglich tobenden Touristenwahns. Es war kein Vergleich zu Klaras nächtlichem, fast schon intimen Ausflug. Massen schoben sich rücksichtslos an ihnen vorbei, Busse entluden weitere Schaulustige, und Handzettel wurden verteilt. Über allem tobte ein undurchdringlicher Lärmteppich aus Rufen, Hupen, Motoren- und Baugeräuschen. Klara schaute blinzelnd in die Sonne, die hoch über ihnen stand. Sie musste sich mit Alvaro nicht absprechen. Es war wirklich an der Zeit, so schnell wie möglich die restlichen Besorgungen zu erledigen und in die Zweisamkeit des Camaros zurückzukehren, um den letzten Teil ihrer gemeinsamen Reise anzutreten.

Es folgten die schweigsamsten vier Stunden, die sie seit ihrem Zusammensein miteinander verbracht hatten. Angesichts der Fülle des Erlebten waren ihre Köpfe dankbar für diese synaptische Siesta, in der die Dinge sich setzen und verorten konnten. Alvaro schaute konzentriert auf den Verkehr, schien jedoch gedanklich irgendwo anders zu sein, während Klara, an das Beifahrerfenster gelehnt, ihn dabei mit halb geschlossenen Augen beobachtete. Selbst die Fliege, die sich in Barcelona in den Wagen verirrt haben musste, klebte regungslos am unteren Ende des Rückspiegels. Unaufhörlich brannte die Sonne auf das Dach des Wagens und den flirrenden Asphalt der Autovía del Mediterráneo, die sie, parallel zum Mittelmeer verlaufend, bis fast an ihr Ziel bringen würde.

Pünktlich um sechzehn Uhr löste sich Klara von der Scheibe und griff nach ihrem fehlenden Hütchen, dessen Rand sie nach wie vor auf ihrem Kopf spürte. Sie schmunzelte, nahm einen Schluck Wasser und durchbrach das Schweigen.

»In dem Laden von Frau Baldez, da hast du auf mich den Eindruck eines rundum zufriedenen Kindes gemacht, das seine Mutter auf ihren Stadtausflug begleiten durfte. So habe ich dich bisher noch nie gesehen.«

Alvaro nickte, ohne den Blick von der Fahrbahn zu nehmen.

»Ja, so habe ich mich auch gefühlt. Zumindest konnte ich für zwei Stunden wieder ein kleiner Junge sein.«

»Hat sie dich damals oft mitgenommen?« Klara war sich nicht sicher, ob sie damit zu tief in Alvaros Privatleben eindrang, aber er würde schon selbst entscheiden, ob er darüber sprechen wollte.

»Ja, zwei Mal im Jahr. Jeweils im Frühling und im

Herbst. Schon am Abend zuvor war ich immer so aufgeregt, dass ich kaum einschlafen konnte. Meine Mutter hat sich dann lachend neben mich auf die Bettkante gesetzt, mir zugeflüstert, dass es ihr ebenso ginge, und mir so lange den Rücken gegrabbelt, bis ich endlich eingeschlafen war.«

»Hast du noch mehr solche wunderbaren Erinnerungen an sie?«

Als ob er erst in seinem Kopf danach suchen müsste, legte Alvaro die Stirn in Falten und blickte durch das geöffnete Fahrerfenster in den wolkenlosen Himmel. Es klang schon fast entschuldigend, als er wieder sprach.

»Nein, kaum welche. Aber ich war doch erst sechs Jahre alt, als sie starb. Es sind nur noch einzelne Bilder von ihr da. Die Art, wie sie mich angelächelt hat, wenn sie meinte, ich würde es nicht merken. Wie sich ihre Lippen beim Vorlesen bewegt haben. Ihre heraneilenden Beine, wenn ich hingefallen war. Es sind eher Gefühle, die sie in mir hinterlassen hat. Ich glaube, sie hat intuitiv gewusst, dass sie früh sterben würde und dass solche Gefühle in einem kleinen Jungen besser haften bleiben würden als Bilder, die mit der Zeit verblassen könnten.«

»Und welche trägst du noch in dir?«

»Bedingungslos geliebt zu werden, grenzenlose Geborgenheit und richtig zu sein, so wie ich war, wie unbeholfen ich mich in einigen Dingen auch angestellt habe.« Alvaro sah Klara an. »Und ich weiß nicht, wie du es gemacht hast, aber seitdem ich mit dir unterwegs bin, habe ich das Gefühl, dass ich endlich wieder so sein kann, wie ich bin. Wie damals als Kind, in dem Modegeschäft, unbeschwert auf einem Stuhl sitzend, die Dinge um mich herum betrachtend und auf meine Mutter wartend.«

»Und, sind sie dir bekommen?«

»Was bekommen?«

»Die vielen Bonbons, die du heute heimlich genascht hast. Ich konnte die Zellophanpapiere in deiner Hosentasche rascheln hören, als du mich zum Bezahlen begleitet hast.«

Alvaro grinste breit. »Zumindest ist das Bauchweh nun weg.«

»Das trifft sich gut. Ich habe nämlich einen Riesenhunger. Was meinst du, wollen wir die nächste Abfahrt nehmen? Vielleicht haben wir hier ja ebenso viel Glück wie in Barcelona.«

Was Klara zu diesem Zeitpunkt nicht wusste, war, dass sie sich bereits in der Region Alicante befanden, in der alleine dreihunderttausend deutsche Rentner – skandinavische und englische nicht mitgezählt – ihr neues Zuhause gefunden hatten, oder zumindest mit der Intention hierhergekommen waren, es in den für sie errichteten Wohnkomplexen an den meerzugewandten Hängen zu finden.

Kaum hatten sie die Autobahn verlassen, bäumten sich am Straßenrand haushohe Werbeschilder für exklusive Immobilienprojekte, Maklerbüros, Wasser- und Freizeitparks sowie Pflegeeinrichtungszentren und klimatisierte Einkaufsmalls auf. Als sie die ersten Siedlungen erreichten, schaute Klara immer überraschter aus dem geöffneten Beifahrerfenster. Jedes dritte Geschäft war eine Apotheke oder eine orthopädische Fachhandlung, die Restaurants warben mit deutscher Hausmannskost, Bäckereien priesen selbstgemachtes Sauerteigbrot an, vor den Kiosken lagen die bekannten internationalen Boulevardzeitungen aus und an jeder Ecke betonte eine Arzt- oder Physiotherapiepraxis ihre Englisch- oder Deutschkenntnisse.

Wo war nur all das Spanische geblieben? fragte sich Klara. Es fehlte der ganze Trubel, das etwas Chaotische, das Fremdländische mit all seinen Nuancen und Schattierungen und die Ausgelassenheit der Menschen. Genau, wo waren sie überhaupt, die Menschen? Das einzige Paar, das sie ausmachen konnte, war ein Muskelshirt tragender Rentner in Hawaii-Badehose und beigen Gesundheitsschuhen, der seine Frau im Rollstuhl über den Betonbürgersteig zu einem fußballfeldgroßen Supermarkt schob. Einzig das ferne Glitzern des Mittelmeers, die intensive Sonne und karge Vegetation im Hinterland erinnerten sie noch daran, wo sie sich befand.

Nach fünf weiteren Minuten setzte Alvaro den Blinker und brachte den Camaro am Bordstein zum Stehen.

»Ich weiß nicht so recht, Klara, aber ich bezweifle, dass wir hier so etwas wie das ›El Rincón del Alma‹ finden werden.«

Skeptisch ließ Klara ihren Blick über die kleine Restaurantmeile schweifen, die sich rechts an der Straße erstreckte.

»›The Englisch Breakfast Company‹, ›Schnitzelalm‹, ›Café Javisst‹ … Das gibt es doch nicht! Da schau, das Letzte da vorne an der Ecke. Ich kenne das Restaurant von den Bildern der Familie Beeskow! ›Tapateria Alemán‹.«

»Du meinst, wir sollen es in einer deutschen Tapas-Bar versuchen?«

»Warum nicht? Frau Beeskow sagte, es sei sehr originell.«

Alvaro schob den schweren Plastikvorhang der hermetisch abgeschotteten und klimatisierten Terrasse zur Seite und ließ Klara mit ihrem Trolley und dem Zuckertopf zuerst das Lokal betreten. Auf schneeweißen Plastikstühlen saßen an mit Blumen dekorierten Tischen stark gebräunte ältere Paare in leichter Sommerbekleidung, die bereits jetzt schon an ihrem Sundowner nippten und ihre Füße im Takt eines Helene-Fischer-Lieds wippen ließen. In ihren glasigen Blicken lag eine tiefe Sehnsucht nach etwas, was sie wohl nie finden würden, dachte Alvaro und setzte sich zu Klara.

»Es tut mir ja so leid, Alvaro«, flüsterte sie ihm über die karierte Tischdecke zu.

»Vielleicht macht es ja das Essen wett.«

Eine mollige Dame im Blümchenkleid und mit blondierter Hochsteckfrisur trat zu ihnen.

»Bei fünf Tapas pro Person gibt es einen halben Liter selbstangesetzte Sangria gratis dazu!«, begrüßte sie sie auf tiefstem Bayrisch. Sie reichte ihnen die in Klarsichtfolie eingefassten Speisekarten und kehrte wieder hinter die Bar an ihren Laptop zurück.

Klara versuchte, die zusammengeklebten Seiten aufzuschlagen. Als sie es geräuschvoll geschafft hatte, waren noch die Schlieren des Spüllappens auf den mit den Jahren verblassten Abbildungen der Tapas zu sehen.

»Weißwurstring auf Laugengebäckscheibe, Leberkäswürfel mit süßem Senf, mit Sauerkraut gefüllte Rollen aus kalten Schweinsbratenscheiben, Blutwurst …« Weiter wollte und konnte sie nicht lesen.

In dem Moment wurde der Vorhang aufgerissen, und ein noch recht bleiches Rentnerehepaar betrat das bayrische Restaurantidyll. Die beiden machten ein solch glückliches Gesicht, als ob sie gerade in der Lotterie gewonnen hätten.

»Eine Flasche Sekt, und zwar den besten, den Sie haben. Und gut gekühlt, wenn ich bitten darf! Wir haben nämlich etwas zu feiern. Das Ende meiner Berufstätigkeit und den Beginn unseres langgehegten Lebenstraumes. Ein endloser Sommer im Süden. Olé!«, rief er übermütig in den Gastraum hinein.

Während die Ansprache des Neuankömmlings den alten Hasen nur ein resigniertes Lächeln auf die faltigen Lippen zaubern konnte, fing es in Klara an zu arbeiten. Erst als die bayrische Walküre erneut an ihren Tisch trat, um ihre Bestellung aufzunehmen, klärte sich ihr Blick wieder. Ernst schaute sie in Alvaros besorgtes Gesicht.

»Es ist nur fair!«

»Was ist fair?«

»Jeder Mensch sollte die Chance erhalten, seinen Lebenstraum verwirklichen zu können. Auch mein Mann und meine beiden Kinder. Egal, was sie dann daraus machen.« Klara wandte sich entschlossen an die Kellnerin. »Entschuldigen Sie bitte, könnten Sie mir sagen, wo sich hier ein Supermarkt und eine Post befinden?«

Alvaro verstand zwar nicht genau, was Klara vorhatte, aber er wusste, dass es etwas Elementares war, das sie zu erledigen hatte. Dankbar, den Ort der zerschellten Träume verlassen zu dürfen, folgte er ihr zum nächstgelegenen Supermarkt.

»Prima leben und sparen« stand in schwarzen Lettern und eingerahmt von einem blau-orangenen Logo über dem Eingang. »Wie soll das hier nur möglich sein«, murmelte Alvaro kopfschüttelnd.

In der Küchenbedarfsabteilung holte er Klara wieder

ein. Neben zwei Packungen Frischhaltefolie hielt sie eine Rolle blauer Müllbeutel in der Hand.

»Jetzt lass uns schnell noch ein paar belegte Brote besorgen, bezahlen und dann zurück zum Wagen gehen. Wir müssen uns noch ein unbeobachtetes Plätzchen suchen, bevor wir zur Post fahren.«

»Wozu das denn?«

»Ich werde meinen Gewinn gerecht aufteilen. Erst dann werde ich mir nichts mehr vorwerfen müssen und das Gefühl haben, wirklich alles richtig gemacht zu haben!«

Es war Alvaros Idee, den Camaro hinter einem der haushohen Werbeplakate abzustellen, das für die projektierte Wohnanlage »Paradiso« warb. Eigentlich eine aus amerikanischen Actionfilmen abgekupferte, in denen sich die Polizeibeamten gerne im schützenden Schatten solcher Plakatwände auf die Lauer legten. Trotzdem ließ Klara Alvaro aussteigen und Schmiere stehen. Nachdem er ihr seinen hochgereckten Daumen entgegengestreckt hatte, kletterte sie auf die Rückbank, öffnete den Trolley und begann gewissenhaft drei Haufen à zweihundertfünfzigtausend Euro abzuzählen. Als das geschafft war, verstaute sie jeden einzelnen sorgsam in einen Müllbeutel, knotete sie fest zu und legte sie beiseite.

Klara gönnte sich einen kleinen Bissen von dem Thunfischsandwich und wischte sich den Schweiß von der Stirn. Dann holte sie ihre neue Handtasche aus einer der Papiertüten und bettete den verbleibenden Rest ihres Anteils in das hellbraune, noch duftende Leder. Frau Baldez hatte ihr – gestenreich – nicht zu viel versprochen, die Tasche war wirklich ein wahres Raumwunder.

Ein kurzer Blick genügte, um zu sehen, dass Alvaro nach wie vor konzentriert seiner Aufgabe nachging. Aber trotzdem wollte sie so schnell wie möglich zu einem Ende kommen. Flink legte Klara die drei Müllbeutel in den Trolley, zog den Reißverschluss zu und friemelte eine Rolle Frischhaltefolie aus der Verpackung. Es nutzte nichts, in der Beengtheit und Hitze des Wageninneren war es nicht zu machen. Und mit ein wenig Hilfe könnte sie die Sache zusätzlich beschleunigen. Munter bat sie Alvaro zu sich.

Es war schon ein seltsames Bild, das sich dem immobilieninteressierten Ehepaar aus Glasgow bot, als es im Schatten des Werbeplakats vor der Sonne Schutz suchte. Neben dem amerikanischen Wagen mit Berliner Nummernschild stand ein Südländer, der einer älteren Dame dabei behilflich war, ihren Trolley in Frischhaltefolie zu wickeln, um ihn dadurch transportsicherer zu machen. Offensichtlich deshalb, weil sie sich die fünf Euro sparen wollte, die das Procedere am Flughafen kosten würde. Aber so kannten sie die Deutschen.

Die junge Dame hinter dem Postschalter machte keine Anstalten, den in Schwedisch auf sie einredenden Rentner verstehen zu wollen. Mit einer barschen Handbewegung dirigierte sie ihn zur Seite und schaute unverhofft in die leuchtend blauen Augen eines ebenso jungen Landsmannes, was hier nicht direkt an der Tagesordnung war.

Nach einem kurzen Plausch über Herkunft, Wetter und Musikgeschmack stellte Alvaro Klaras Trolley auf die Waage und fragte, wie viel der Versand nach Deutschland kosten würde. Er hörte aufmerksam zu und wandte sich dann an Klara: »Versichert oder nicht versichert?

»Bis zu welcher Höhe ist das Paket denn versicherbar?«

Weitere Wörter, die fast schon wie Musik in Klaras Ohren klangen, wurden ausgetauscht. Fast hätte man meinen können, die beiden würden miteinander flirten, anstatt Portodetails zu klären.

»Das Maximum liegt bei dreitausend Euro.«

Klara und Alvaro konnten sich das Lachen nicht verkneifen. Dabei wurden sie von den überraschten Blicken der Postbeamtin begleitet. Auch das kam eher selten vor, dass ihre Kundschaft so amüsiert auftrat.

»Was meinst du?«

»Das ist deine Entscheidung, Klara.«

»Du hast recht. Ich lege es in die Hände des Schicksals. Sag ihr bitte, dass ich es ohne Versicherung versenden möchte.«

Nachdem der Trolley frankiert wurde und mit dem Adress-Aufkleber versehen war, wuchtete ihn die Angestellte auf einen Wagen, auf dem bereits etliche Pakete warteten. Klara betrachtete zum letzten Mal das florale Gepäckstück, das in der Masse bunt herausstach, und kreuzte die Finger. Dann drehte sie sich um, schob lächelnd den Riemen ihrer Handtasche über die Schulter und verließ mit Alvaro die Postfiliale.

»Ich hoffe nur, dass der Koffer in die richtigen Hände gelangt«, sagte er.

»Das wird er. Da bin ich mir sicher. So oder so.«

Alvaro öffnete Klara die Beifahrertür, setzte sich hinter das Steuer und startete geräuschvoll den V8-Motor.

»Können wir?«

»Ja, wir können.«

Kurz bevor sie wieder auf die Autobahn fuhren, kam ihnen auf der Gegenspur ein beigefarbener Mercedes entgegen, in dem ein kleiner Mann hinter dem Steuer und neben ihm eine große Frau zu sitzen schienen. Alvaro dachte bereits an ein erneutes Déjà-vu, doch bevor er sich vergewissern konnte, war der Wagen schon an ihnen vorbei. Alvaro drehte den Kopf, wurde aber von der tiefstehenden Sonne geblendet.

Clara nahm den Blick von ihrem Zuckertopf, den sie nachdenklich in ihren Händen drehte. Es war das letzte Ding aus ihrem alten Leben, das sie besaß. Sie beschloss, es als stetige Erinnerung daran zu behalten.

»Ist was?«

»Ich dachte nur kurz …« Alvaro schüttelte den Kopf. »Nein, das kann nicht sein.«

Er beschleunigte, setzte den Blinker und fädelte sich auf die dichtbefahrene Autovía del Mediterráneo ein. Es lagen noch dreihundertfünfundneunzig Kilometer zwischen ihm und seinem Vater, und wenn sie Glück hatten, würden sie pünktlich zum Abendessen bei ihm sein.

»Wie wäre es mit ein wenig Flamenco, Alvaro? Ich wäre irgendwie in der Stimmung dafür.«

»Ob du es glaubst oder nicht, ich habe soeben das Gleiche gedacht.«

16

In Javier Marcos Contente de Ayllon war alles vereint, was die spanische Kultur je hervorgebracht hatte – zumindest vordergründig betrachtet. Es fing schon mit seiner Physiognomie an.

Obwohl er bereits vierundsechzig Jahre alt war, hatte sein drahtiger Körper nichts an der Spannung verloren, die er als Zwanzigjähriger besessen hatte. Der Teint seiner Haut schimmerte nach wie vor wie reife Oliven und das schwarze, kaum zu bändigende und mit Silberfäden durchzogene Haar war dicht und stark wie eh und je.

Das Gesamtbild komplettierten sein wettergegerbtes Gesicht, dessen Wangen von zwei furchenähnlichen Falten vertikal durchzogen waren, der stattliche Bart, der seine Oberlippe zierte, und der Glanz seiner tiefliegenden dunkelbraunen Augen, die dem Betrachter signalisierten, dass er es mit einem stolzen Mann zu tun hatte, der genau wusste, was er tat, ohne dabei zu viele Worte zu verschwenden.

Javiers Handeln entsprach dem, was seine äußere Hülle vermuten ließ. Es war geprägt von dem, was ihn von Anbeginn seines Lebens umgeben hatte.

Zunächst die Berge und Täler der Sierra Nevada. Die

stummen Begleiter, die lange vor ihm da waren und auch noch lange nach ihm da sein würden. Eine Konstante, deren Existenz beruhigend und beschützend auf ihn wirkte, obwohl sie den Menschen trotz ihrer wilden Schönheit als eine Art Tribut ein entbehrungsreiches Leben abverlangte.

Dann die fest in Javier verwurzelten Traditionen, die der Gemeinschaft einen Halt, eine Identität und somit Kultur gaben – so befremdlich ihr Brauchtum in der heutigen Zeit auch manchmal wirken mochte.

Und schließlich seine Frau Salma, die er bereits seit ihrer Geburt gekannt hatte. Sie war das Bindeglied gewesen, das mit seiner bedingungslosen Liebe seine Trinität vervollständigt und sein Leben in die Balance gebracht hatte. Bis sie vor zwanzig Jahren gestorben war. Nach ihrem Tod hatte er das Gleichgewicht verloren.

Javier hatte sich zunächst bemüht, Alvaro weiter in ihrem Sinne zu erziehen. Aber welcher Vater konnte einem Kind schon die Mutter ersetzen, vor allem, wenn er nicht gerade besonders geübt in diesen Dingen war? Seine zunehmende Ungeduld in diesem schier aussichtslosen Unterfangen rührte nicht aus dem Verhalten seines Sohnes, sondern entsprang seiner Unfähigkeit, die Ausgewogenheit zwischen alldem wiederherzustellen.

Es verstand sich von selbst, dass Alvaro dies als Kind und Jugendlicher nicht erkennen konnte und sich selbst als Grund für den wachsenden Unmut seines Vaters sah. So begaben sie sich in eine Spirale, in der der Ton des Vaters immer rauer und der Sohn zunehmend renitenter wurde. Und als nichts mehr gefruchtet hatte, beschloss Javier, sich an dem zu orientieren, was er aus seiner eigenen Kindheit kannte – der Erziehung im Sinne der

Tradition. Wie sollte das jedoch bei einem Kind funktionieren, das sechs Jahre lang in einem anderem Geiste herangezogen worden war?

Der einzige Erfolg, den Alvaros Vater damit erzielte, war der, dass er noch weiter in der Achtung der Dorfältesten stieg. Aber was nutzte einem Mann dieses Schulterklopfen, wenn er tief im Herzen das Gefühl hatte, im wichtigsten Belang seines Lebens versagt zu haben?

Javier wippte allein, wie an so vielen Abenden, in seinem abgewetzten Schaukelstuhl auf der Holzveranda seines leicht abgelegenen Steinhauses. Er lauschte dem Rauschen des nahe gelegenen Bergbaches und sog den Geruch der sich entfaltenden Nacht in sich ein, während er darüber nachgrübelte, wie in Gottes Namen er endlich den Faden zu seinem Sohn wieder aufnehmen könnte. Alle Versuche, die er unternommen hatte, waren kläglich gescheitert. Es war einfach wie verhext. Jedes Mal, wenn er voll guter Vorsätze Alvaros Nummer gewählt hatte, brauchte es nur wenige gewechselte Worte, bis er sie wieder über Bord warf. Die bisherige Bestmarke lag bei einem Telefonat, das erst nach zwei Minuten lauthals abgebrochen worden war. Er konnte sich nicht mehr daran erinnern, von wem.

Warum nur ist diese Sache nicht genauso einfach wie Fährten lesen?, dachte Javier kopfschüttelnd. Er nahm einen Schluck Rotwein, strich sich über den Oberlippenbart und schielte zweifelnd auf das Mobiltelefon, das er für einen erneuten Versuch auf dem Beistelltisch bereitgelegt hatte.

»Es gibt Dinge im Leben, die sind nur von Angesicht

zu Angesicht zu regeln«, sprach er und nahm das Gerät dennoch auf.

Als er gerade auf »Wählen« drücken wollte, vernahm er das fremdartige, tiefe Blubbern eines sich langsam nähernden Wagens, das die Geräusche der beginnenden Nacht durchbrach. Kurz darauf bogen zwei Scheinwerferkegel auf die leicht ansteigende Kieseinfahrt ein, und hinter dem gelb blühenden Stechginster tauchte ein alter amerikanischer Wagen auf, in dem Javier die Silhouetten zweier Personen ausmachte.

»Schon wieder ein Touristenpärchen, das sich verfahren hat!«, schimpfte er vor sich hin. Aber irgendwie war Javier auch dankbar für diese Unterbrechung. Dann würde er eben erst morgen Abend scheitern.

Er erhob sich aus dem knarzenden Schaukelstuhl und stellte sich stolz an die Holzbrüstung der Veranda. In das helle Scheinwerferlicht blinzelnd, versuchte Javier zu erkennen, wer da über die knirschenden Kiesel zu ihm kam.

Er hatte vielleicht mit einem schüchternen Schweden oder geschwätzigen Amerikaner gerechnet, aber nicht damit. Vor ihm erblickte er seinen einzigen Sohn, seinen Alvaro, der die drei Stufen zur Veranda mit weit ausgebreiteten Armen erklomm. Javier musste sich vor Glück die Hand vor den Mund halten. Mein Gott, wie groß er geworden ist und wie sehr er seiner Mutter ähnelt, dachte er zutiefst gerührt. Dann entglitt ihm das Mobiltelefon aus seiner schwieligen Hand, seine Augen füllten sich mit Tränen und zuletzt, bevor er seine Arme ausbreitete, um sein Herz fest an das seines Sohnes zu drücken, nahm sich Javier Marcos Contente de Ayllon vor, erst einmal unter keinen Umständen etwas zu sagen, damit er diesen so sehr herbeigesehnten Moment nicht mit einer weiteren Unzulänglichkeit zerstören würde.

Während der langen Minuten, in denen sich die Männer schweigsam in den Armen lagen, wünschte sich Klara zumindest eines ihrer farbenfrohen Einstecktücher zurück. Stattdessen wischte sie mit dem Ärmel ihrer Bluse abwechselnd die Tränen von der Wange und das angelaufene Beifahrerfenster frei. Sie war so erfüllt von dem Glück, das die beiden Männer ausstrahlten, dass sie dabei fast das Atmen vergaß.

Als sich Javier von Alvaro löste, nahm er die Hände seines Sohnes in die seinen und betrachtete ihn das erste Mal seit acht Jahren. Stolzer hätte sein Herz nicht schlagen können. Er ist mit der Zeit zu einem richtigen Mann herangereift, der weitaus mehr von seiner Mutter hat als von mir, dachte er fast erleichtert. Dann blieb sein Blick an dem Lederband hängen, das Alvaro um sein linkes Handgelenk gewickelt hatte. Javier erkannte es sofort wieder.

»Hat es dein Heimweh lindern können?«, fragte er, darauf deutend.

»Nein, Papa, wie auch. Das Wichtigste hat doch gefehlt.«

»Das kann nicht sein, Alvaro, ich habe den Beutel doch selbst für dich gefüllt!« Javier biss sich auf die Zunge.

Alvaro löste sich sanft von seinem Vater.

»Nein, es lag nicht an dir. Es war alles so, wie es sein sollte. Die Erde unserer Felder, der wilde Fenchel, Ginster, Honig-Salbei, Wacholder und das Eichenlaub. Du und Mama, ihr habt gefehlt. Aber jetzt bin ich wieder da. Und ohne Klara hätte ich das nie schaffen können!«

Javier erinnerte sich an die zweite Silhouette, die er im Dunkel des Wagens gesehen hatte. Natürlich, wie hätte es auch anders sein können! Letztendlich war es immer eine Frau, die einen rettete. Lachend schaute er zu seinem Sohn auf.

»Das hat sie gut gemacht, deine Klara.«

Alvaro nickte. »Ja, das hat sie wirklich. Von ihr kann man viel lernen.« Er überlegte einen Moment. »Eigentlich wollte ich sie Mama zuerst vorstellen, aber was meinst du, wollen wir zu dritt an ihr Grab gehen?«

Javier schluckte betreten. Nun würde es ein wenig kritisch werden.

»Gerne, Alvaro. Doch um unsere Salma zu besuchen, müssten wir schon den Wagen nehmen.«

Alvaro schaute seinen Vater verblüfft an. Er deutete in die Richtung, in der der Friedhof lag. »Aber sie ruht doch nur zweihundert Meter weit entfernt von uns.«

»Schon lange nicht mehr. Lass es mich dir erklären.« Javier legte seine Hand auf die Schulter seines Sohnes.

Alvaro war kurz davor, sie wieder herunterzufegen. Fassungslos schaute er in die Richtung des Camaros und sah, dass Klara das beschlagene Seitenfenster herunterkurbelte und ihm zart zuwinkte. Und dieses warme Winken verscheuchte Alvaros Ärger ebenso schnell, wie er über ihn gekommen war. Zumindest zuhören kann ich ihm, entschied er sich.

Klara hatte Alvaro auf der Herfahrt immer wieder versichern müssen, dass alles gut werden würde, auch wenn in familiären Dingen immer mit einem gewissen Restrisiko zu rechnen war. Aber bereits als Vater und Sohn sich auf der Veranda aus ihrer Umarmung gelöst hatten und mit dem Reden begannen, wusste sie, dass alles wieder seine Richtigkeit hatte. Sie kam sich auf ihrem Außenposten vor wie in einem Kinosessel, nur besser, weil dies in der Realität geschah.

Auf einmal hatte es jedoch den Anschein, dass es zwischen den beiden zu knirschen begann. Um deutlicher sehen zu können, kurbelte sie das Fenster hinunter und war froh darüber, den echauffiert wirkenden Blick Alvaros abfedern zu können. Was dann zwischen den beiden folgte, war eine relativ lautstarke und gestenreiche Unterhaltung, die Klara sorgenvoll beobachtete, aber nicht genau deuten konnte.

Nach einer Weile waren anscheinend alle Worte gewechselt. Während sein Vater eilig in das Haus lief, kam Alvaro ihr über die drei Stufen entgegen und nahm schnaubend auf dem Fahrersitz Platz. Klaras Herz rutschte in die Hose. Herrjemine, jetzt ist es doch nicht gutgegangen, und dabei hatte ich ein so gutes Gefühl, dachte sie.

Alvaro drehte seinen Kopf zu ihr.

»Kannst du dir das vorstellen?! Er hat die Urne meiner Mutter einfach so, ohne mich zu fragen, ausgegraben und ihre Asche in irgendeinem Garten der Alhambra verteilt!«

Vor ihrem sechzigsten Geburtstag hatte Klara häufiger darüber nachgedacht, an welchem Ort sie gerne ihre letzte Ruhe finden würde – als ob sie zu diesem Zeitpunkt bereits mit ihrem Leben abgeschlossen hätte. Sie hatte keine Antwort darauf finden können. Ihr war jedoch klar, dass sie weder in einem Sarg unter der Erde Berlins liegen, noch dass sie zu ihrem Mann in die Ostsee geschmissen werden wollte. Zwar wusste sie nicht, was die Alhambra war, aber der Gedanke, Teil des Nährbodens eines Gartens zu werden, erschien ihr in diesem Moment die Beste aller Optionen. Klara war erleichtert. Sie dachte schon, es wäre etwas viel Gewichtigeres vorgefallen.

»Er wird doch sicherlich seine Gründe dafür gehabt haben, oder nicht?«

Alvaros eingeschnappte Miene wechselte zu einer betretenen.

»Du hast ihn nicht danach gefragt? Schau, es ist doch bisher alles so gut zwischen euch beiden verlaufen. Vielleicht solltest du aussteigen und wieder zu ihm hineingehen.«

»Das brauche ich nicht. Er kommt eh gleich. Dann fahren wir gemeinsam hin, und dort soll er mir genau die Stelle zeigen, wo sie jetzt liegt.«

Nun begriff Klara, warum Alvaro so außer sich war. Welcher Sohn würde nicht einen fixen Punkt für sein Zwiegespräch mit seiner verstorbenen Mutter brauchen, vor allem, wenn er so lange nicht mehr bei ihr gewesen war?

Sie hörte das Schließen einer Tür und drehte ihren Kopf zur Veranda. Alvaros Vater trat, gestriegelt und geschniegelt, in das Licht der Außenbeleuchtung und steckte sich den Schlüsselbund in seine Anzughose. Unsicher, ob sie nun zur Begrüßung aussteigen oder lieber warten sollte, bis er ihr die Tür öffnete, richtete sie grob ihr Haar und wischte sich den verschmierten Kajal von der Backe. Klara wusste auch nicht, wieso, aber sie wollte auf Herrn Contente de Ayllon senior einen guten ersten Eindruck machen. Mit schüchternem Blick folgte sie ihm, bis er an der Beifahrertür angelangt war. Er nahm den Griff in die Hand, zog die Tür auf und verharrte überrascht bei dem Anblick, der sich ihm bot.

Er hat wohl mit einer weitaus jüngeren Dame gerechnet, dachte Klara amüsiert und fasziniert zugleich, als sie in seine erstaunten Augen blickte, die dennoch eine Tiefe besaßen, in die sie es beinahe hineingezogen hätte.

Javier erging es ebenso. Er hatte erwartet, Alvaros junger Freundin dankbar seine Hand zur Begrüßung reichen zu dürfen. Aber als er merkte, dass die Realität seine Erwartung bei weitem übertraf, stieg in ihm das Gefühl auf, dass die Frau neben seinem Sohn eigentümlicherweise für ihn bestimmt war. Sein Herz begann plötzlich in einem Rhythmus zu klopfen, den er schon lange nicht mehr verspürt hatte. Er kam sich ein wenig dümmlich vor, wie er da regungslos und stumm vor ihr auf dem Kies stand. Aber Javier wusste einfach nicht mehr, wie er sich einer ihm unbekannten Dame seines Alters vorzustellen hatte, die ihn mit einem erwärmenden Blick bedachte und darüber hinaus auch noch seinen Sohn wieder nach Hause gebracht hatte.

»Wollen wir nun los?«

Es war Alvaros auffordernde Stimme, die ihn aus seiner Peinlichkeit befreite. Er murmelte schnell ein unbeholfenes »*Mucho gusto*«, um überhaupt etwas gesagt zu haben, lief eilig um den Wagen herum und zwängte sich auf die Rückbank des Camaros.

Alle drei spürten einvernehmlich, dass dies nicht der Moment für weitere Fragen und Antworten war. Und so verlief die dreiviertelstündige Fahrt zur Alhambra in einer Art kontemplativer Stille. Alvaro bemühte sich emotional abzukühlen, indem er darauf hoffte, dass sein Vater zumindest eine der schönsten Stellen in den unzähligen Gärten der alten maurischen Festung für seinen Unsinn ausgewählt hatte.

Klara hingegen lehnte am geöffneten Fenster und hielt ihre Hand in die Nacht hinaus. Sie drehte sie im Fahrtwind hin und her und betrachtete durch ihre gespreizten Finger die Myriade von Sternen, die ihr vom klaren Nachthimmel entgegenleuchteten. Nie zuvor hatte sie so viele auf einem Haufen gesehen. Sie fühlte sich von dieser nicht begreifbaren Endlosigkeit nicht erdrückt, so klein sie auch in dem allen sein mochte. Ganz im Gegenteil, es war das Kleinsein, das sie in diesem Moment genoss, weil sie wusste, dass die Summe das Ganze ausmachte und sie ohne eine Klara nur eine unvollständige Addition wäre.

Javier jedoch war die geschundenste der drei Seelen. Er saß geknickt auf der Rückbank, kaute nervös an seinen Fingernägeln und überlegte fieberhaft, wie er seinem Sohn die eigentliche Wahrheit über den Verbleib seiner Mutter nahebringen könnte, ohne ihn erneut zu vergraulen. Aber er hatte etwas lügen müssen. Schon wegen der aufbrausenden Reaktion seines Sohnes auf der Veranda und damit sie, zumindest für ein letztes Mal vereint, gemeinsam vor beziehungsweise inmitten Salma stehen konnten. Denn er hatte ihre Asche nicht an einem bestimmten Platz verstreut, sondern sorgsam an jedem ihrer Lieblingsplätze, über die gesamte langgezogene Burgstadt und deren paradiesische Gartenanlagen hinweg. Es war zwar nicht ihr Letzter Wille gewesen, aber Javier wusste, dass er seiner Frau damit vor fünf Jahren postum einen unausgesprochenen Wunsch erfüllt hatte.

Für Salma waren es nie die Berge und Täler der Sierra

Nevada gewesen, deren Anblick ihr Herz hatte höher schlagen lassen, sondern dieser jahrhundertealte, rötlich schimmernde Wunderbau, hoch über Granada auf einem begrünten Hügel gelegen. Wann immer sich die Gelegenheit geboten hatte, hatte sie sie beim Schopfe gepackt und mehr Stunden in der altertümlichen Anlage verbracht, als verabredet gewesen war. Nicht weil sie inmitten der filigranen Schönheit die Zeit vergessen hätte, sondern weil sie sich ihr nicht entziehen konnte. Vor allem den Gärten nicht. Wenn Javier wegen ihrer Verspätung murrte, hatte sie immer die gleiche Antwort parat: »Javier, du musst nicht eifersüchtig sein. Die Alhambra ist wie du. Von außen betrachtet stolz, über den Dingen stehend, beschützend, fast uneinnehmbar, und im Inneren verspielt, unergründlich, sanft und erdend. Die Gärten dort sind wie deine Seele, sie halten für alle meine fünf Sinne mehr als genug bereit. Es wird mir nie langweilig. Weder in ihnen noch mit dir, denn es gibt immer wieder etwas zu entdecken, was meine Neugierde stillt.«

Javier musste schlucken. Oder hätte ich Salma weiter in ihrem Grab im Schatten der alten, bemoosten Steineiche ruhen lassen sollen, fragte er sich, damit Alvaro einen festen Ort hat, an dem er mit ihr sprechen kann?

Als er den gelben Schimmer am Horizont bemerkte, der im Westen Granada ankündigte, schaute er zu Klara vor, die sich vom Fenster abgewandt hatte und gespannt durch die Windschutzscheibe schaute. Sie schien voller Neugierde zu stecken. Am liebsten hätte er sie um Rat gebeten, wie er es am besten anstellen sollte. Vielleicht wäre es schon hilfreich, wenn er bei dem ganzen Schlamassel, der ihn sicherlich erwartete, einfach in ihrer Nähe blieb. Und das nahm er sich fest vor.

In dem Moment, in dem Alvaro den Camaro vor dem Haupteingang zum Stehen brachte, stieg über dem Sabikah-Hügel der Vollmond auf und tauchte die Alhambra in sein silbriges Licht. Es war, als ob er sie erwartet hätte. Staunend verließ Klara den Wagen und hatte das Gefühl, an einem der außergewöhnlichsten Plätze der gesamten Welt angelangt zu sein. So wuchtig das Bauwerk auch von außen auf sie wirkte, war ihr doch klar, dass es im Inneren einen besonderen Kern bergen musste. Wie angewurzelt verharrte sie neben dem Wagen und erschrak, als Javier sie leicht am Arm berührte. Er deutete zu seinem Sohn, der bereits ungeduldig vor dem Portal stand. Er hatte recht, es galt nun Wichtigeres zu erledigen.

Der Wachmann, der skeptisch seinen Posten verlassen hatte, entspannte sich sichtlich, als er Javier erkannte. Es war für ihn nicht ungewöhnlich, dass er in solch besonderen Nächten hier auftauchte. Und schließlich würde es zur Jagdsaison wieder etwas für seine Kühltruhe geben. Mahnend legte er seinen Finger auf die Lippen und ließ die nächtlichen Besucher ein.

Für Klara war es, als ob sie das Tor zu einer anderen Welt durchschritten hätte. Doch es blieb offenbar keine Zeit, sich länger umzusehen. Wie ein Schatten an ihrer Seite führte Javier sie und Alvaro immer weiter in das Innere der Anlage. Und je tiefer sie vordrangen, desto wundersamer wurde es.

Wasser lief plätschernd und funkelnd wie Quecksilber kaskadenartige Läufe entlang, die laue Nachtluft war geschwängert vom süßen Duft der Nachtblüher und das schimmernde Mondlicht warf fremdartige Schatten auf die Textur der Bäume und kunstvoll herausgearbeiteten Fassaden.

Klara kam sich vor, als wäre sie in ein Märchen aus »Tausendundeiner Nacht« geraten. Als sie dachte, dies alles könnte nicht mehr übertroffen werden, betraten sie einen kleinen Innenhof, in dessen Mitte, umringt von uralten Pappeln, ein schalenförmiger Brunnen stand, auf dessen spiegelglatter Wasseroberfläche sich der Sternenhimmel abbildete. Die Quelle des Lebens! Einen schöneren Platz hätte er nicht wählen können, dachte Klara gerührt.

»Hier?«, fragte Alvaro ehrfürchtig, der sich auch nicht der Magie des Ortes entziehen konnte.

Javier räusperte sich. Es gab für ihn Dinge im Leben, die man nur verstehen konnte, wenn man sie an Ort und Stelle erfuhr. Und er hoffte darauf, dass sein Sohn es auch so sah.

»Ja, zumindest habe ich hier damit begonnen.«

Alvaro verstand nicht ganz.

»Womit begonnen, Papa?«

Javier hob seinen Blick, schaute Alvaro direkt in die Augen und begann ruhig zu berichten, wie und warum er vor fünf Jahren nachts mit dem Spaten in seiner Hand das Haus verlassen hatte. Als er mit seinem Bericht geendet hatte, wusste er, dass er genau das Richtige getan hatte.

Alvaro ließ sich perplex auf die Steinbank zu Klara sinken.

»Die Alhambra war ihr Lieblingsplatz!«, erklärte er ihr. »Er hat sie eigenhändig ausgegraben und nicht nur hier, sondern überall, in der gesamten Anlage und den Gärten verteilt, in denen sie nun, in welcher Form auch immer, weiterleben kann.«

Klara schlug sich mit einem Seufzer die Hand vor den

Mund. Javier zuckte unwillkürlich zusammen, denn er hatte das untrügliche Gefühl, dass es auf Klaras Reaktion ankommen würde, wie sein Sohn all dies aufnehmen würde. Als ob sie das fehlende Bindeglied zwischen ihnen beiden wäre.

»Das ist das Wundervollste und Romantischste, das ich in meinem ganzen Leben gehört habe, Alvaro.«

Klara stand auf und bedachte Javier mit einem glühenden Blick.

»Sag, hat sie dich jemals mit hierher genommen?«

»Ich weiß es nicht ...«

Es war das erste Mal, dass sich in Alvaros Kopf konkrete Bilder von seiner Mutter formten. Wie sie ihm die Hand reichte, ihn lachend anschaute und aus eben diesem schattigen Innenhof in das gleißende Sonnenlicht hinausführte. Und in diesem Moment erhob sich Alvaro, folgte den Bildern seiner Erinnerung durch die Gärten, vorbei an all den Stellen, die sie ihm als besonders betrachtenswert gezeigt hatte, bis hinaus auf das vorgelagerte Plateau der Stadtfeste, unter dem Granada lag, in sein mystisch leuchtendes Nachtgewand gehüllt. Alvaro stieg auf die Mauer, setzte sich auf den äußeren Rand, ließ den Blick über die Giebel der Dächer schweifen und konnte endlich wieder geborgen seine Beine baumeln lassen.

Und in dem gleichen geborgenen Gefühl standen sich Klara und Javier im Innenhof gegenüber. Es war eine zarte Bande, die sich dort zwischen ihnen knüpfte. Javier war sich zwar nicht sicher, ob es ein gutes oder schlechtes Zeichen war, dass sein Sohn sie wie ferngesteuert verlassen hatte. Aber nach Klaras Mimik zu urteilen, war nichts Schlimmeres mehr zu befürchten. Schüchtern hob er seinen Arm und ließ Klara sich unterhaken. Gemeinsam schlenderten sie still durch das Mondlicht in Richtung des Ausgangs.

Als sie den Vorhof erreichten und Klara die darunterliegende Stadt erblickte, verhielt es sich bei ihr wie mit der berühmten Liebe auf den ersten Blick. Die Aussicht überwältigte sie, es begann in ihr zu kribbeln und sie war felsenfest davon überzeugt, dass sie in ihrem neuen Leben angekommen war. Ja, es ist wie in einem Märchen aus »Tausendundeiner Nacht«, dachte Klara und setzte sich mit Javier in einigem Abstand von Alvaro auf die Außenmauer.

Sie wusste nicht, wie lange sie dort oben, an Javier gelehnt, schon gesessen hatte, als unter ihnen hinter dem Camaro ein beigefarbenes Taxi zum Stehen kam, aus dem ein kleiner, pummeliger Mann und eine riesengroße, füllige Frau ausstiegen. Ihren Bewegungen nach zu urteilen, mussten sie eine längere Fahrt hinter sich haben.

Dann wurde es ein wenig seltsam. Während der Mann um Alvaros Wagen herumwuselte und kopfschüttelnd mit seiner Hand über die Schramme rieb, die sie an der Côte d'Azur hineingefahren hatte, schaute die Frau zu ihnen hoch, als ob sie etwas suchen würde. Dann streckte sie aufgeregt ihren Zeigefinger in die Richtung, in der Alvaro saß, und fing mit einer tiefen Bassstimme und auch noch auf Deutsch zu schreien an.

»Oh Gott, Alvaro! Nein, bitte spring nicht. Es wird sich alles regeln lassen, mein Schatz! Du bist genau so richtig, wie du bist. Vergiss bloß mein Gerede!«

Beunruhigt gesellte sich der kleine Mann zu ihr und wedelte mit seinen Armen.

»Dit is doch nur'n Kratzer. Der Monsieur Dahlep hat recht, dit lässt sich mir nichts, dir nichts rauspolieren! Also kiek jetzt, dass de da runterkommst. Außerdem brauch ick dir noch.«

Klara schaute verdutzt zu Alvaro rüber. Diese Menschen kannten ihn offensichtlich gut und hatten vor Sorge um ihn einen weiten Weg auf sich genommen – wie auch immer sie es angestellt hatten, ihn zu finden. Und anscheinend waren sie auch noch Herrn Dahlep begegnet!

Alvaro hingegen schien bester Laune zu sein. Er stellte sich mit einem breiten Grinsen auf die Mauer und schaute zu ihnen runter.

»Dann wart ihr es doch, die mir auf Höhe von Benidorm am Mittelmeer entgegengekommen sind! Kerstin, ich hab es gefunden! Genau, wie du gesagt hast! In meinem andalusischen Kaff!«

»Wat hat er jefunden?«

»Sein wahres Ich!«

Klara schwirrte der Kopf. Dem großen Mann, der verwirrenderweise Kerstin hieß, entfuhr ein erleichtertes Schluchzen. Er schmiss sich an den Kleinen und ließ seinen Emotionen freien Lauf. Dem ratlosen Schulterzucken Javiers konnte sie nur ein ebensolches folgen lassen.

»Das ist meine Vermieterin und mein … Nein, das sind meine Freunde aus Berlin!«, rief ihnen Alvaro überschwänglich zu, der begriffen hatte, dass er nicht alleine auf der Mauer war.

Er hüpfte zurück auf das Plateau, überrannte beinahe

den herbeigeeilten Wachmann, der, iberisches Steinbockfleisch hin oder her, das nächtliche Treiben sofort beenden wollte, und rannte zu ihnen hinunter.

Javier musste in dieser Nacht noch zweimal in die nahe gelegene Bar seines Dorfes gehen, um Nachschub zu holen. Auf die besorgte Frage des Wirts, was sein großer Durst zu bedeuten hatte, verkündete er stolz und noch im letzten Winkel des gut gefüllten Gasthauses hörbar, dass sein Sohn wieder da sei und er seine Freunde mitgebracht habe.

17

Als Cemal am nächsten Morgen kurz nach dem Sonnenaufgang von seinem Mobiltelefon geweckte wurde, hatte er das Gefühl, dass sein Kopf so groß wie Indien war. Wobei dies nicht nur am Wein lag, sondern auch an der Fülle der Reiseberichte und der sonderbaren Begebenheiten, die sie in der Nacht überschwänglich ausgetauscht hatten. Stöhnend rappelte er sich vom Sofa auf und verließ auf Zehenspitzen, über die kühlen Fliesen und Kerstin hinwegsteigend, die rücklings schnarchend auf ihrer Yogamatte lag, den Wohnraum. Er wollte gerade auf der Veranda das Gespräch annehmen, als er sah, dass es dort auch nicht gehen würde. In friedlicher Eintracht schlummerten, Arm in Arm und mit einem Lächeln auf den Lippen, Alvaro und sein Vater auf der vergilbten Hollywoodschaukel. Eilig tapste er die drei Stufen der Holztreppe hinunter und stellte sich hinter das Haus. Blinzelnd schaute er auf das Display. Pinar! Und in diesem Moment wurde ihm bewusst, wie gerne er sie jetzt hier an seiner Seite gehabt hätte.

Cemal war selbst überrascht, wie rau und belegt sich seine Stimme bei der Begrüßung anhörte. Zuerst dachte er, seine Frau hätte wieder aufgelegt, aber dann quoll es nur so aus ihr heraus.

Und diesmal machte es ihm nichts aus, dass sie ihn nach der Adresse fragte, an die sie ihm die Scheidungspapiere schicken könnte. Ob er die Kinder lieber in den Oster- oder Sommerferien haben wollte, und wie sie den Zugewinn ihrer Gemeinschaft aufteilen sollten. Denn er wusste, dass es ihre eigentümliche Art war, ihm zu sagen, dass sie ihn vermisste und seine Unterstützung brauchte. Als die erste Welle der Entrüstung verebbt war, räusperte sich Cemal drei Mal.

»Pinar, ick lieb dir och. Aber jetzt muss ick erst mal meinen Rausch ausschlafen, wie Alvaro. Den ham wa nämlich jefunden, und er och noch sein eigenes Icke. Also, allet wieda paletti. Und glob ma, wenn ick übermorgen wieda zurück bin, dann wern wa uns um *unsern* Motor kümmern. Jut?«

»Gut!«

»Aber mal wat ganz anderes. Wat meinste, passt unsere Matratze durch die kleine Terrassentüre?«

»Warum das denn?«

»Dit wirste schon noch erfahren, mein Schatz.«

Cemal grinste und legte auf. In dem Moment schlurfte Kerstin mit ihrer Yogamatte an ihm schlaftrunken vorbei.

»Wat machst du denn hier?«

»Den Morgen begrüßen. Und dann hau ich mich wieder hin!«

Als Cemal fast wieder eingeschlafen war, läutete sein Telefon erneut. Es war Herr Dahlep, der sich für Cemals nächtliche Anrufe bedankte. Außerdem entschuldigte er sich für seine schlechten Deutschkenntnisse, denn er habe von den Nachrichten, die er auf seiner Mailbox vorgefunden habe, nur Rudimentäres verstehen können.

Die Sonne war bereits weit über den Zenit gewandert, als für Kerstin und Cemal die Zeit gekommen war, Abschied zu nehmen. Er saß bereits im Camaro und wartete ungeduldig, bis Kerstin ihre unzähligen Küsse über Alvaro verteilt hatte, als Klara zu ihm an das geöffnete Fahrerfenster trat.

»Sie ist fast wie eine Mutter, nicht wahr?«, sagte sie.

»Ja, sie wäre uff jeden Fall besser als so manche. Nur schade, dit sie keine eigenen Kinda bekommen kann.«

Es war wie eine Eingebung, die ihm Klara mit ihren Worten geschenkt hatte. Nun wusste er endlich, wer auf seine Zwillinge aufpassen könnte, wenn er Pinar mit der Reise nach Nizza überraschen würde.

»Danke, Frau Lüdtke. Och dafür, dat Se sich um Alvaro so jekümmert haben.«

»Nein, ich habe zu danken. Ohne Alvaro und Ihren Prachtwagen wäre das alles nicht passiert. Und entschuldigen Sie bitte nochmals den Kratzer.«

Cemal wischte Klaras Bedenken mit einer Handbewegung weg und beugte sich aus dem Fenster.

»Apropos Alvaro. Wat meinen Se: Wird der hierbleiben? Ick wollte mir ja nicht einmischen, aba er is mein bester Fahrer.«

»Ich kann es Ihnen nicht sagen. Und um ehrlich zu sein, Herr Bozoglu, ich denke, er sucht für seine Zukunft etwas mit mehr Verantwortung. Die Zeiten, auf etwas zu warten, sind für ihn vorbei.«

Und schon wieder machte etwas in Cemals Kopf »klick«. Er pfiff durch die Lücke seiner Vorderzähne.

»Sie sind ja der reinste Inspirationsquell. Ick kann ihn ja zu meinem Stellvertreter machen. Dit gibt ma 'n bisschen Luft für Privates.«

Klara schaute Cemal mit hochgezogenen Augenbrauen an.

»Is ja jut, vielleicht Teilhaber. Hört sich eh bessa an. Icke und mein spanischer Teilhaber!« Munter kramte er seinen Tabak hervor und befreite das Zigarettenpapier aus dem Beutel.

»Vorausgesetzt, er möchte. Vielleicht lassen Sie ihm noch ein wenig Zeit. Was bin ich Ihnen eigentlich für die Tour schuldig, Herr Bozoglu?«

Cemal wollte bereits mit dem Kalkulieren beginnen, als sein Blick am Innendeckel seines Zigarettenpapiers hängenblieb. Er las das dort abgedruckte Zitat leise durch, nickte und hob seinen Kopf.

»Frau Lüdtke, manche Dinge im Leben sind kostenlos, aber nicht umsonst. Wie immer nicht von mir.« Er zog lächelnd die Sonnenbrille von der Stirn auf die Nase. »Und wat is mit Ihnen? Bleiben Se hier? Ick kann mir ja och täuschen, aber ick globe, Alvaros Papa hat 'nen janz schönes Auge uff Sie jeworfen.«

Klara errötete leicht. »Wir werden sehen, Herr Bozoglu.«

»Recht ham Se. Nur nichts überstürzen. Und wenn, dann lassen Se sich mal schön erobern, versprochen?«

»Versprochen!«

Cemal drehte den Zündschlüssel um, jagte den Motor im Leerlauf einmal kurz hoch und drückte auf die Hupe.

»Kerstin, jetze komm schon. Und denk dran, der Mercedes hat'n Automatikjetriebe. Dit is normal, dass der nur zwei Pedale hat! Und bis Barcelona wird keine Pause jemacht.«

Sechs Tage später saß Alvaro in der Nachmittagssonne auf der Terrasse der einzigen Bar des Bergdorfes und war damit beschäftigt, lästige Fliegen zu vertreiben. Es hatte sich in den acht Jahren seiner Abwesenheit nichts verändert. Selbst die ausgeblichenen Sonnenschirme und neugierigen Blicke, die ihm zwischen den Lamellen der Fensterläden hindurch zugeworfen wurden, waren noch die gleichen. Er winkte seinen unsichtbaren Beobachtern zu, bestellte sich seufzend eine weitere Cola und begann darüber doch tatsächlich Berlin zu vermissen. Schlagartig wurde ihm bewusst, warum er damals als Achtzehnjähriger so schnell wie möglich diese Enge verlassen wollte.

Bisher waren die Tage wie im Flug vergangen. Besonders die frühen Morgenstunden und Vormittage, die er mit seinem Vater in den Wäldern und Bergen verbracht hatte. Aber nach dem Mittagessen wurde sein alter Herr zunehmend hibbeliger. Bis zu dem Punkt, an dem es Alvaro nicht mehr aushielt und ihn bat, endlich loszufahren. Dankbar bestieg Javier dann seinen alten Range Rover und zuckelte in ihm nach Granada, um Klara von der Sprachschule abzuholen, ihr beim Einrichten der kleinen Stadtwohnung zu helfen, die sie angemietet hatte, oder sie einfach auszuführen. Und am kommenden Tag wollten die beiden sogar gemeinsam Sevilla erkunden.

Alvaro fragte sich gerade, wie er nun sein neues Leben angehen sollte, als sein Telefon klingelte. Es war Cemal.

»Und, wie haste es?«

»Jut!«

»Hab ick mir verhört? Du berlinerst ja. Und warum so einsilbig?«

»Nicht grad viel los hier.«

»Dacht ick mir. Hör mal, Kerstin lässt frajen, wann de wieder eintrudelst.«

»Cemal! Seit wann betreibst du Small Talk?«

»Hast ja recht. Also, ick wollte dir, wenn de magst, zu meinem Partner machen. Sag'n wa sechzig-vierzig.«

Alvaro beugte sich neugierig vor.

»Und wie sollte ich das finanzieren können?«

»Janz einfach, ick arbeite nur noch halbtags bei vollen Bezügen bis zur Rente, und du machst den Rest.«

»Fünfzig-fünfzig!«

»Jut, aber übermorgen, spätestens um neune, stehste uff der Matte. Um zehne jeht nämlich unser Fliejer nach Nizza. Und jetzt muss ick los, packen gehen.«

»Nizza?!«

Aber Cemal hatte bereits aufgelegt.

Zur selben Stunde hatte der Physiotherapeut Herrmann Czerwinski auf Rügen ein wahres Wunder vollbracht, an das er selbst nicht mehr richtig geglaubt hatte. Sein sich ständig beklagender Patient konnte endlich wieder aufrecht und vor allem ohne Schmerzen gehen.

Als er, von seinem Sohn begleitet, ohne Dank seine Praxis verlassen hatte, bereute Herrmann sein unermüdliches Bemühen ein wenig. Schulterzuckend löste er sich in der Hoffnung vom Türrahmen, dass ein solches Verhalten vielleicht zu einem anderen Zeitpunkt und an einem anderen Ort auf seinen Patienten zurückfallen würde. Und weder er noch Gerhard Lüdtke würden jemals erfahren, wie recht er damit behalten sollte.

Denn keine zehn Minuten später klingelte es in Berlin auf der Fischerinsel an Herrn Ossietzkys Tür. Nicht, dass er jemanden erwartet hatte, aber irgendein Gefühl trieb ihn trotzdem zur Gegensprechanlage. Es war der Paketdienst, der wahllos auf dem Klingelbrett herumgedrückt hatte, damit er nicht noch einmal wiederkommen musste. Herr Ossietzky wollte den Hörer bereits wieder aufhängen, als er knarzend den Namen des Adressaten hörte. Lüdtke!

»Ja«, sprach er freundlich in die Muschel hinein, »ich könnte es für die Familie annehmen.«

Herr Ossietzky erkannte den in Frischhaltefolie eingewickelten, floral bedruckten Trolley sofort, der kurz darauf neben seiner Tür lehnte. Es war zumindest das gleiche Modell wie auf Frau Lüdtkes Gewinnerfoto, das Angelika ihm gezeigt hatte. Er gab zur Sicherheit einen falschen Namen an, unterschrieb unleserlich und zog sich mit dem Koffer in seine Mietwohnung zurück.

Der Inhalt übertraf seine kühnsten Erwartungen und machte den Schmerz über den komplett ramponierten Wartburg mehr als wett. Damit würde er sich endlich seinen langgehegten Lebenstraum verwirklichen und die USA, das Land des Klassenfeindes, bereisen können.

Als Alvaro am nächsten Abend aus dem Flughafengebäude trat, griff er nach dem kleinen Leinensäckchen, das ihm Klara in Granada um den Hals gehängt hatte, und zog dabei genüsslich die Berliner Luft durch die Nase ein. Genau so riecht und fühlt sich meine Heimat an, befand er und erspähte, in zweiter Reihe stehend, Cemals Mercedes. Aus dem Fond stieg gerade ein älterer, bleicher Mann im Trenchcoat, der hinter sich einen floral bedruckten Trolley aus dem Wagen zerrte. Neugierig geworden, begleitete Alvaro ihn mit seinen Blicken, bis er in dem Gebäude verschwunden war.

»Nein, so etwas gibt es nur in Filmen.«

Alvaro schüttelte den Kopf, drehte sich um und begann sein neues Leben.